黯鄉魂 1

作者／張廉
插畫／Ai×Kira

目錄

楔子

鬱悶！鬱悶！真是鬱悶！

腳痛！手痛！屁股痛！全身都痛！

掉到樹上也就罷了，還從樹上再掉到地上！

這個破地方！

想扁人！但身為罪魁禍首的小丫頭一副楚楚可憐的模樣，害我無法下手，只有自個兒鬱悶！

「啊！」小丫頭突然抓住了我，嚇了我一跳！「鬼……」我順著她的手一看，草叢中，赫然伸出一條白色的手臂，然後，一個披頭散髮的女人從草叢裡，一步、一步爬出來。

我暈！居然是另外一個罪魁禍首！

到了這裡，我才覺得：「人，就是不能做好事！」當時的情景，不管是誰都會鬱悶！

我正走在上海的延安路上，一個喧鬧的城市，人山人海，令人煩躁。忽然，我進入了一個奇怪的空間，人潮照樣從我身邊擦過，但他們卻沒發現我的存在，而我面前正有一個呼救的女人，她被一個奇異的黑色空間吸入，那莫名的黑洞，讓我害怕，但我還是拉住了她的胳膊。空間裂變，這是我當時唯一想到能解釋這個現象的詞，而就在我幾乎要將她拉出來的時候，另一個女人，居然闖了進來，她還騎著一輛電動車。

於是乎……她就把我們統統撞進了這個世界……

這個撞我們進來的，就是一直在我旁邊哭，看上去只有十七八歲的小姑娘，面對一個比妳將近小十歲的孩子，妳還能對她怎麼樣？而那個爬出來的，就是我想救的，怎麼看上去也只有十七八歲？當時好像還要老一點？難道我眼花？哎，不管怎樣，我這二十五、六歲的老太婆趕什麼穿越時空的熱鬧？這本就是屬於她們年輕人的玩意！

「啊——」從草叢爬出來的那位女孩尖叫著，嚇起一群飛鳥，我看著她，她正不停地摸著自己的胸，一臉恐慌，「小了，怎麼會小了？」我看看她的胸部，她此刻穿著白色的襯衫，看上去的確寬鬆了很多。

「啊！」身邊的女孩也叫了起來，「我也小了！」她擦著眼淚拉開自己的領口看著……我汗！難道穿越時空還會縮胸？我也看看，沒啊，挺正常的啊，不過我本來就不大。

「啊！」又是一聲，今天要被這兩個女人的尖叫聲給震聾了，「年輕了，我年輕了！」她正拿著化妝鏡看著，「年輕了五歲！妳們也快看看！」我拿過鏡子，讓我想起了大話西遊的一個鏡頭，就是至尊寶在穿越時空後，用照妖鏡照自己，鏡子裡漸漸出現一張臉，驚呆了。然後，我也露出和他一樣的神情，不知是該高興還是擔心，我只好扯動我的臉皮乾笑，我，變回了二十歲。

「老天爺啊！」我朝著蒼天大喊著：「我是無辜的，您讓我回去吧……」

「轟隆！」一道雷，打在我面前的湖裡，激起的水花淋濕了我全身。

我想，祂的答案，應該是：不行……

一、【虞美人】

半個月後……

蒼泯國的都城．沐陽城——

今日尤為熱鬧，因為在它最繁華的街上，即將開張一家新的裁縫店。隨著火花的點燃，一陣「劈哩啪啦」的爆竹聲，【虞美人】，也就是這家新的裁縫店，終於開張了。周圍是圍觀的人群，他們用驚訝和驚豔的目光，看著這家新開的鋪子，尤其是女人，都露出驚喜的神色。小孩子在一邊忙著撿掉落的火炮，嘻笑成群。

【虞美人】，終於要開始展現魅力了！

「喂！妳說我們這鋪子能行得通嗎？」寧思宇撞了我一下胳膊，我看著【虞美人】的牌匾，露出一抹得意的微笑，指向站立在牌匾下，羞怯的上官柔：「只要有她，就行！」

我們，就是在半個月前，倒楣地來到這個世界的人。不過是不是只有我認為倒楣？她們怎麼想我就不知道了，因為她們很興奮。我們掉落的地方，是在一個叫蒼泯國的境內，而且靠近都城，所以根據穿越時空小說的經驗，我們還算是比較運氣好的，總比掉在戰場上好得多。看著身邊咧嘴傻笑的寧思宇，我忍不住再次嘆氣，她，就是那個罪魁禍首，一個可愛得讓妳無法生氣的女孩。她今天一身少年行頭，方巾裹髮，淡褐的短褂，深褐的綢褲，腳下一雙牛皮小靴，朝氣蓬勃，配上她傻秀的小圓臉，更是可人。而另一個，就是站在牌匾下，我們【虞美人】的形象代言人：上官柔。一個江南水鄉的美女，擁有著精緻的五官，內斂的性格，白淨滴水的肌膚，和秀美的長髮（假的，短時間無法長到腰部）。

她今天穿的是我們【虞美人】主打服飾：女子盛裝。繡有綻放牡丹的抹胸，鵝黃的中衣，錦繡的罩裙，微微透明的薄紗，和一條長長的鮮紅色披帛。柔亮長髮垂於腰間，一席桃花裝，恬靜中凸顯著張揚，張揚中又顯得沉靜，如同一朵盛開的滴水芙蓉。

也不知是不是上天的補償，我們來到這裡的時候，居然都年輕了五歲，原本二十六歲的我倒是占了便宜，其實我本來就娃娃臉，顯得年輕。但同是二十二歲的寧思宇和上官柔卻很鬱悶，因為她們的胸部也縮水了……呵呵，反正我無所謂。

【虞美人】得以開張，還要感謝那次爭吵，那可真是一場激烈的爭吵啊……

「我要開妓院！」上官柔柳眉倒豎，朝我大聲喊著。我搖著頭，大喊：「不行！」緊緊藏起手中的五百兩，這可是我們賣了手機得來的錢。五百兩，可不是小數目！不過那當鋪老闆也真好騙，居然相信寧思宇的鬼話，以為手機是仙界聯絡器。

「為什麼？我覺得上官的主意不錯啊，多刺激……」寧思宇咧嘴笑著。

「不妥，妳們還要嫁人呢。」

「我們只賣藝不賣身……」

「能那麼好嗎？哪有那麼好的事？」我緊緊盯著上官柔，她秀眉微微揪在一起。

我嘆著氣：「我看過太多了，妳們以為能像小說中那麼順利？太難了……」

「有志者事竟成！非雪，妳是不是怕了？」

「怕？我不是怕，是考慮周詳。是，我們開妓院，我們不用賣身，妳可以賣藝，那然後呢？我們是回不去的，所以一定要找一個更好的項目發展。」

「正因為我們回不去，所以我才要開妓院，只有妓院，才能認識達官顯貴！」上官柔的眼中，忽然發出精光。

我一驚：「妳要找長期飯票？」

「沒錯！我們始終要嫁人的，那為什麼不嫁給有錢人？」

我沉默，原來是個拜金女。對於拜金女我並不鄙視，因為她們反而更看穿了現實。

「非雪，我們這五百兩，足夠開一個教坊，我們只要闖出名聲，就可以過濾一些三教九流的人，說不定還能引來皇親國戚。」教坊啊，就是水上紅樓，買一艘漂亮的畫舫，然後精選幾個美人，陪的都是王孫公子，這個主意的確不錯。可是，我們真的要走上這條路？勾欄裡出來的，始終是妓女，就算哪個貴族看上，也只有做小妾的份，不過看上官……感覺她應該並不介意，說不定她之前就是別人的情婦。

「非雪，思宇，我知道妳們……都是正經女人，所以，拋頭露面的事，我來做！」上官神情異常地堅定，她……居然要為了我們犧牲她的美色！

「我們要現實點，小說裡的穿越情節，都是騙人的，我們既然沒能掉到好人家，只有靠自己打拚，在這樣一個人生地不熟的地方，我們這樣三個女人，還能做什麼？」上官一席話，慷慨激昂。

我繼續沉默，看著窗外的行人，好無奈，好迷茫，就像當初到上海，求職無門，差點淪為酒吧女郎，是啊……在這個世界，女人還能做什麼！

看著路上來來往往的人，我掂著手中沉甸甸的銀子，無意中，看到了一副眼熟的場景，那是一男一女，他們相互依偎地站在一棵柳樹下，柳枝輕搖，帶著綠色的剪影，像，真像！

我立刻打開我的筆電（我唯一帶到這個世界的東西，而且，還是攜帶型太陽能的哦），找到了這張畫，於是……我看到了我的美人圖庫……便有了現在的【虞美人】。此刻，那張畫做成大幅海報，掛在門口，上面兩個人物的服飾，唯美精緻，這就是我的點子，剽竊那些漫畫大師的服飾設計，這絕對是這個世界最時尚，最容易吸引目光的設計！而現在眼前的情景，證明了我們當初的決定是正確的。上官柔手拿團扇，掩面嬌笑，她這個活體美人，更是吸引了不少訂單。我含笑走過她的身邊，她正忙著接單，如果按照這樣的進度，我們絕對可以成為蒼泯國都城數一數二的裁縫店。

「掌櫃的。」說話的正是我們店裡負責給男子量身的福伯，「您進去先歇著吧，外面有我們就行了。」福伯紅光滿面，他是京城二流的裁縫師，沒想到被我用重金聘請，對我絕對忠心耿耿。我點了點頭，收起摺扇，進入內堂。今日我穿的是男子主打服，書生儒衫。簡單的設計，流暢的線條，主要突出書生的儒雅之氣。至於修長的身材嘛……咳咳，慚愧慚愧，小女子只有一米六，踩個蹬底鞋，也才一六五，好在這裡矮子不在少數。在我眼中，這個國家可以用變態的美來形容，一眼望去，都是俊男美女，而且是雌雄難辨的美，這倒為我和思宇提供了莫大的方便，幾乎沒人懷疑我們的性別。

坐在內堂裡，喝著茶，想想還缺什麼？在店面的選擇上，我們下了血本，無論多貴，一定要是京城最旺的鋪子。然後是人，呵呵，我們請的卻是二流裁縫和二流繡娘。為何都是二流？一流的架子大，即使招來也眼高於頂，不像二流，妳若誠心，待遇又好，他們不賣力才怪！這招，是跟我老闆學的。他就喜歡招大專生，而不是本科或是更高學歷的人。只要我們的款式別緻，這些二流人才，最後也會被我們打造成一流人才！

「非雪——」寧思宇大喊著衝了進來，「好消息！我們的訂單已經快要接近一百套了！」

「哦？那到一百套就停止接單。」

「為什麼？」寧思宇疑惑不解地看著我。

我放下茶盅，神秘地笑了笑：「這叫噱頭，提高我們的身價，還有，妳就說第一百個訂單打對折，今日開張，其餘打八折；順便說清楚，如果外加五兩，我們就會上門服務，進行針對客戶的獨家設計。」「我明白了，可是非雪，這樣我們人手夠嗎？」「那些都是有錢人，不缺衣服，不缺時間，等等無妨。」「好！」思宇笑著，再次跑了出去。

我們現在有男女裁縫各一名，分別是錦娘和福伯，但我對他們的要求很簡單，就是量身，其他的，就交給他們下面的繡娘們去做，正因為考慮到他們將來會與達官貴族打交道，所以當初在選人時，我進行了特別的面試。錦娘精明能幹，能言善道，又是徐娘半老，風韻猶存。而福伯老實忠厚，處事穩重，矮矮胖胖，一臉福相。現下最缺的，就是帳房，我們三個都是懶女人，最討厭記帳的事，所以過幾天，我還要去找個帳房先生。

是夜，我們三個女人洗去一天的疲憊，圍坐在院子的石桌邊，現在是初春，清爽怡人。

上官輕輕拿起芙蓉膏，蘭花指微翹，輕掩朱唇，微含入口，吃完甜美一笑：「怎樣？我這禮儀學得可好？」

「不錯不錯……」我讚言，上官非常世故，即使有了【虞美人】，她也深知無法長久生存，所以，釣金龜婿的計畫，她始終沒有放棄。她常說，只要嫁入豪門，我們也可跟著享福。

我和思宇笑著，翹首期盼。

思宇大咧咧躺在椅背上，就差沒把腳架在石桌上：「學那些東西好討厭哦，還是做男人舒服。」思宇雖然和上官同歲，但明顯沒有上官成熟，她依舊保持著她這個年紀該有的純真，或許……是比實際年齡更小的純真。「我們以後還是用兄妹相稱吧……」上官輕吸一口茶，經過這半個月的學習，她舉手投足，都大方得體，褪去了原本21世紀大城市女孩的野蠻和浮躁。「怕惹來不必要的閒話。」我點頭，這樣的確少了很多麻煩，而且也不耽誤各自的終身大事。

「嗯，我喜歡非雪，都聽非雪的。」思宇抱住我的肩膀，撒著嬌。「非雪比我們年紀大，經歷的事也多，的確很適合做我們的大哥。」上官也嬌笑著趴上我的肩膀。我抹著額頭的冷汗，這兩個女人擺明了要我照顧她們啊，思宇也就罷了，上官也來湊熱鬧，也不知上次誰吵得最兇。上天真是有趣，明明三個不相識，連性格都南轅北轍的女人，卻一同穿越時空，還要相依為命。

「妳們……」我把她們推開，「哎……那我們就串一下口供，免得說漏嘴。」

「這個我早想好了。」寧思宇立刻來了精神，「我跟上官是同母異父，而非雪是我們的堂兄，所以我們三人的姓，都不同。」

汗…她真能想，搞這麼複雜。

「我們的遭遇很慘呢，父母雙亡，非雪大哥帶著我和上官流落街頭，後來大哥無意間幫了一位貴人，得到了許多銀子，便開了這家【虞美人】，生意興隆，照顧弟妹，多好的大哥，多麼偉大的大哥啊……」吐血……我當即昏倒在石桌上，對著思宇擺手：「妳就瞎掰吧妳……」

「呵呵，怎樣？」思宇看著我們，神情是難得地認真，我和上官對望了一眼，點頭同意，她立刻興奮地跳了起來，這小丫頭估計以前不怎麼受到同學的讚賞。

「妳說我們會成功嗎？」上官在思宇蹦跳的時候，輕聲問我。

我長嘆一口氣：「走一步算一步吧，從來到這個世界開始，我們的命運，就不再是我們能掌控的了……」

「我想家了……」

「我也是……」伸手攬過上官顫抖的肩，我們兩人在思宇的興奮中，在一旁憂傷地遙望蒼穹，那是一片和家鄉一樣的星空……

【虞美人】的生意比我們預想的要好得多，也或許是這個國家的君主賢明，下面的官員清廉，沒有出現我們事先擔憂的官欺商的現象，因此【虞美人】的品牌沒幾天便打響了全沐陽城。而上官此刻也功成身退，畢竟讓她老是在外面拋頭露面，怕影響她的名聲。她開始轉入內場，和我一起畫樣裝。她不會畫畫，但可以幫我上色。

「非雪怎麼會畫畫？」她一邊在邊上為一件唐裝上色，一邊問著我。

我笑道：「以前喜歡漫畫，就開始動手畫了，後來去學了些素描。我這根本不算會畫畫，而是臨摹，哈哈哈……」

「跟我一樣，學東西只學皮毛，我還會彈古箏呢。」

「真的？聽說思宇會吹笛子，不如今晚我們來個音樂會。」

「好啊！」上官也忍不住興奮起來，甩手間，將顏料滴在了白紙上，「哎呀，怎麼辦？」

「沒事，反正是樣板。」

就在我們聊得正開懷的時候，思宇忽然慌張地從屋外跑了進來：「非雪——好消息！」

「什麼好消息？」我和上官放下手中的筆，看著氣喘吁吁的思宇。

「水王爺夫人有請，說是請我們過去為她和郡主設計服裝。」

「太好了！」我激動得喊了起來，搓著手興奮不已。冷靜，要冷靜，這可是認識上流社會的好機會，得準備禮物，禮物一定要別緻！

「思宇，快，去挑一件別緻的首飾。」思宇的臉，旋即變成了土黃色。

寧思宇，上海大學的學生，頭腦靈活，會做生意，在大學裡販賣首飾。那天，就是因為趕著把新到貨的首飾帶回學校，結果就把我們撞進了這個世界，所以，來到這個世界，她身上一樣實用的都沒有，就只有一大包飾品。

「又打我的主意：要什麼？水晶的？」「不用，就最差的那種鋯石。」我話剛說完，思宇就一臉黑線，木訥地說道：「我明白了。」隨即離開。「妳倒是會利用資源。」上官在一旁取笑著，我壞笑道：「別得意，妳得跟我一起去。」

「為什麼？」她顯然有點驚訝。

「妳不去，誰幫那小姐梳頭啊？」上官很會梳頭，這歸功於她的心思細密，她只要看一遍那些漫畫上的髮型，就能梳出來，而這些髮型，自然也是這個世界難得一見的。

「妳……」上官指著我，一臉無奈，「妳倒是真會拍馬屁。」我呵呵直笑：「沒辦法，要照顧妳們兩張嘴，不努力往上爬，哪來更多的錢？而且……」我靠近她的耳邊，「如果能做郡主的閨中密友，妳說，妳能認識誰？」上官的秀目驀然瞪大，可轉瞬間，便變得平靜：「我還沒打算這麼快賣了自己，不過……這網總是要撒的。」她嘴角微揚，漂亮的朱唇在陽光下展現一個美麗的弧度。

帶著上官和錦娘，以及一只鋯石鑲嵌的蝶型髮簪，我們坐上了水王爺府安排的馬車。

在車上，我向錦娘打聽著水王爺府的情況，原來水王爺是蒼泯國的外姓王爺，聽說祖輩是和太祖皇帝一起打下了這個江山，所以成了這個國家唯一的外姓皇戚。而他們的子女，若是兒子就繼承王爺，若是女兒，就會嫁入皇宮，王爺的夫人，也一直享有一品榮華夫人稱號。現在的郡主正好芳齡十六，名叫水嫣然。好名字，一聽就知道是個美女。唯一可惜的就是這個王爺的兒子，居然是一個傻子。

撩開窗簾，沐陽城繁榮的景象，展現在我們的面前。沐陽城不愧是蒼泯國的都城，不僅富人多，美人更多。記得思宇初入沐陽的時候，差點沒把沐陽淹了，為何？口水唄。

這裡女人漂亮，男人俊美，害我還以為來到耽美城了。當初我還勸思宇，別妄想了，說不定妳看上一個，卻是同性戀，到時妳就窩在牆角哭去吧。沒想到思宇還真就躲在被子裡，哭了一個晚上，真是一個可愛的女孩。

轉眼就到了水王爺府，喝！好大的氣派，跟電視裡一樣，寬大的門楣，巨大的石獅，門口還站著護衛。但我們的馬車，直接繞過正門，走的是偏門，我還在車廂裡不停地囑咐錦娘，今天少說話，也不知王爺夫人喜好，不如不說。

穿庭過院，還來不及瞧瞧這王爺府內的景色，我們便已經到了一間大廳，廳上正中坐著一位雍榮華貴的夫人。

「好美！」上官驚呼起來，引起了夫人的注意，她和藹地笑道：「姑娘莫不是上官柔吧？」「小女子該死，實在是被夫人的特殊氣質吸引，才會脫口而出。」我把笑努力憋在肚子裡，上官這女人也挺會拍馬屁。偷眼看王爺夫人，果然紅暈上臉，甜意濃濃。

「沒想到小女子的名諱竟能從夫人嘴中說出，真乃小女子莫大的福氣。」

「呵呵呵，上官姑娘果然討人喜歡。」夫人笑了，笑了就好。

「那這位是……」夫人望向我，上官立刻為我引薦：「這位是家兄，雲非雪。」

「咦？你們不是同姓？」

果然，外面的人都會有此一問，幸好當初我們都串好了口供。接下去，就是上官的個人表演時間，她的雙眉一簇，一種莫名的哀傷渾然天成，聽完我們身世的榮華夫人，一時唏噓不已。終於，榮華夫人談起了製衣之事，原來是下月要參加御花園賞花。好機會，榮華夫人穿著我們【虞美人】的衣服入宮，這不是活廣告嗎？

我將榮華夫人的氣質、樣貌記在心底，眼前已漸漸浮現適合她的衣服。深色錦緞的抹胸，嗯，胸前還要繡一簇紫羅蘭，要小碎花的，這樣不但大氣，而且不會蓋住宮裡那些貴妃娘娘的氣勢。然後是藍色為主調的服飾，什麼樣的藍好呢？到時去布庫裡看看。

「怎樣？可要量身？」榮華夫人開口了，我道：「夫人，在下有個提議，望夫人同意。」

「雲掌櫃但說無妨。」

「在下的【虞美人】實在沒什麼上乘布料能適合為夫人做衣，所以在下大膽提議，希望能由夫人提供布料。」我說完，小心地望向榮華夫人，她的臉上滑過一絲驚訝，轉而笑了：「這正合我意，那就麻煩雲掌櫃自己前往布庫選取布料了。」

「多謝夫人，【虞美人】願為夫人和郡主免費做衣，只求夫人能在其餘夫人面前，多為【虞美人】美言。」

「呵呵，你這孩子倒是會做生意。水生，帶雲掌櫃和上官姑娘去倉庫選布。」

「是！」一個身著白色家丁服的乾淨小廝，準備為我們帶路。

「夫人。」上官道了一福，「小女子今日來，還為郡主帶了一件小玩意，是否有幸獻給郡主？」

「哦？還有禮物？是何禮物，讓本夫人也看看。」榮華夫人的臉上，神情平淡，那是自然，王爺府什麼沒有，對我們所說的小玩意自然不會上心。

我暗笑，上官悄悄撞了我一下，我這才想起東西在我這兒，哎，誰叫我做了這麼久配角，差點忽略自己的存在了。

我掏出錦盒，拿出髮簪，這髮簪相當廉價，簪體是不銹鋼，頂端是用鋯石所做的一隻蝴蝶，當我拿出的時候，並沒引起榮華夫人的注意。我也不急，慢步走著並將髮簪放在陽光下，那鋯石反射的七彩光芒，頓時驚呆了大廳上的所有人。

我早就打探過了，這個世界的寶石加工技術還不先進，就算有上好的寶石，沒經過細緻打磨，也無法散發它獨特的光芒。更何況那些寶石頂多閃現一種光芒。而鋯石，也就是用來做假鑽的一種，下面鍍上銀，就可以折射出七彩霞光，只是日子久了，就不行了。

「這是什麼？」榮華夫人驚訝地瞪大雙眼。

「回夫人，這是小人家鄉的一種晶石，名為借光，只要有光，它就能發出耀眼的星光。」

「奇，真是奇！如此奇特的禮物，嫣然一定喜歡，說不定……」榮華夫人的臉上掠過一絲遲疑，「說不定他們也會感興趣，水生，帶二位去湖心亭。」

「是！」

於是，錦娘就留下為榮華夫人量衣。我們跟著那名叫水生的小廝，前往湖心亭。水生很有教養，看得出受過專門的訓練，垂手引路，路上不多言。我和上官邊走，邊欣賞兩旁的景色，鵝卵石鋪的路，路旁花團錦簇，桃紅柳綠，彩蝶紛飛，花香撲鼻。

「花香引蝶蝶戀花，無奈花開不為蝶。」

「那是為了什麼？」上官疑惑地問我。

「嘿嘿，嬌豔只為美人來啊。」我調笑著身邊的上官，上官白了我一眼：「妳這傢伙越來越不正經了。」

「是是……上官大美人……」我也覺得很奇怪，自從穿了男裝，心思也變了，沒事就調戲那些繡娘，於是，我成了她們口中風流不羈的雲掌櫃，「呵呵，不過這裡的景色確實很美。」

「是啊……」上官忍不住捧起路邊一朵怒放的茶花，細細端瞧。我看著她一臉神往，輕手拈花，一副花映美人圖，在我腦中瞬即形成。

今日上官一身淡藍長裙，雖是便裝，依舊掩蓋不住她的美麗。臉上略施脂粉，長髮只是用一條藍色絲帶紮起，垂落在身後，只留下兩縷青絲，掛在耳邊，一對珍珠耳環，更是稱出她修長白皙的脖頸，清新淡雅地宛如一位降臨人間的幽幽仙子。難怪榮華夫人看見她，也要驚豔。就在上官拈花輕嗅時，我感覺到有不善的視線從一旁射來，上官自然沒有發現，她還在欣賞著那朵絢麗的茶花。

我瞟眼望去，原來，我們已經到了湖心亭外，而那視線，正是從湖心亭射來。只見湖心亭裡坐著二男一女，盯著我家上官的，正是那兩名男子。其中一名在發現我回瞪的時候，立刻收起視線，而另一個，依舊有恃無恐地盯著上官。色狼！我在心底暗罵，隨即轉頭拉過上官：「別看了，到了。」

「哦……」上官回過神，朝我嫣然一笑，我想她這笑容，一定會勾去那庭中男子的三魂七魄。

「郡主，【虞美人】的人求見。」水生稟報著。上官和我，垂手站在庭外，此番我也不好細瞧，低著腦袋，只看見他們的腳，真是好鞋啊，肯定是王孫公子。

「【虞美人】的人來了，快讓他們進來！」銀鈴般的聲音從亭中響起，看，古往今來的女人，都喜歡品牌服飾。

上官落落大方地道福，我也終於看清庭中三人的樣貌，不禁大吃一驚，好美！好帥！

嫣然郡主國色天香，嬌小玲瓏，宛如一個漂亮的唐瓷娃娃，不過略顯幼稚，還是沒我家上官好看，因為上官有一種與生俱來惹人憐愛的氣質。而嫣然郡主邊上坐著的，也就是有恃無恐的那位，是一名氣宇軒昂的男子，紫金冠束髮，眉宇間，是攝人的英氣，挺直的鼻樑下，是微抿的薄唇。金色滾邊的白衣，風流瀟灑。他此刻正單手托腮，慵懶地看著我家上官。

皇上！或者是皇子！這是我當時就想到的，當然只是猜測，因為十本穿越小說十本這麼寫！

而他身邊，坐著一名素衣男子，儒雅的書卷氣，秀美的五官，眉角含笑，如同春風，讓人暖心，但時不時從眼神中滑過的，卻是精明和智慧。城府夠深啊，肯定是個大官。這兩個美男站在一起，我的腦子裡，就是耽美，很適合，一個風流不羈，一個大智若愚。

這些，都是我兩三眼打量得到的感想情報，我可沒對著美男發花癡的習慣。偷眼看著上官，她淡眉微蹙，慢慢地垂下了臉，輕挪腳步，跟我差不多高的她。居然躲在了我的身後。

「小人雲非雪。」

「小女子上官柔。」

「見過嫣然郡主。」我和上官一起行禮，順便將上官擋在身後。

「哦？你就是【虞美人】的老闆？」那名我懷疑是皇子的人，一手打著摺扇，一邊打量著我，「你們的名氣很大啊。」

「過獎過獎。」我也大方得體，「在下是來替郡主選布的。」

「是要給我做衣服？太好了！」嫣然郡主喜上眉梢，「早聽說【虞美人】的服飾獨一無二，拓哥哥、夜哥哥，你們也該讓雲老闆給你們做幾件，雲老闆，你們可做男裝？」

「這是當然。」我笑了笑，那兩位男子倒也頗有興趣地看著我。「我有幸得見郡主的傾城容貌，真乃一生的榮幸，請恕在下無禮，先行告退，去挑選適合郡主和夫人的布料。」

「好好！我已經迫不及待了。」

「哥……」上官輕輕拉住我的衣角，不安地看著我，我走了，就只剩她了，我拍了拍她的手背，笑道：「妹妹不是還有禮物要獻給郡主？」

她眼中一亮，嫣然而笑。上官也是聰明人，我是在給她發揮的機會，笨蛋，還不趁機會好好拍拍郡主的馬屁？

上官放開我，接過我給她的錦盒，而我，便跟著水生離開。

到了布庫，我驚得目瞪口呆，好傢伙，這布庫不是一般地大，都趕上我們整個鋪子了，綾羅綢緞應有皆有，看得我眼花繚亂，貪念上升，幹嘛不多拿點，這麼好的貨色，做幾件自己穿也好。

腦中閃過夫人和郡主的樣貌，挑選出適合的布料，再挑選了幾匹我們自己適合的布料，呵呵，滿載而歸。一跨出布庫，涼風一吹，人立刻清醒不少，居然把正事忘了。

「水生，那兩位爺是誰？」

水生淡淡地回道：「文人打扮的是夜鈺寒宰相，另一個不清楚，只知道是夜大人的朋友……」

夜鈺寒啊……這人我聽說過，是蒼泯國歷史上，最年輕的宰相，超級神童，十一歲就中狀元，十八歲拜相，至今已有七年，是貴族小姐的最佳夫婿。這夜鈺寒至今未娶，莫不是真跟那個叫拓什麼的是……不會不會，他看拓什麼的眼神是敬畏，拓什麼看我家上官是癡迷，或許這種文人雅士要求高，普通女子看不上。

「雲老闆，這些布匹夠了嗎？」

「嗯。」

「那我叫人送到您的鋪上，我帶您回湖心亭。」

「好……」

就在這時，一隻紙鳶突然落到我的腳下，我嚇了一跳，撿起紙鳶，紙鳶上是一隻蒼鷹，哎，這嚮往自由的蒼鷹，卻因一根細線而束縛。

「還給我。」一個男人的聲音從我面前響起，我抬眼一看，是一位帥哥，修長的身材，俊雅的五官，一雙清澈明亮的眼睛在陽光下閃耀，只是這公子的臉上，卻帶著傻氣。

「少爺。」原來是傻子小王爺。我將紙鳶遞還給他。

「謝謝！」傻子小王爺從我手中拿過紙鳶，笑著，他陽光燦爛的笑容，是那麼地動人，可惜……是個傻子。

「你是誰？」傻子小王爺略微彎腰盯著我的臉。我行禮：「小人雲非雪。」

「稟少爺，是來給夫人和小姐做衣服的。」

「新衣服？無恨也要！無恨跟娘說去！」說著，轉身跑開，手中的紙鳶，搖啊搖。

哎……這麼個帥哥，居然是個傻子，真是可惜……

當回到湖心亭的時候，亭中正傳來郡主的嬌笑：「真的？怎麼會？外人一直以為是上官姑娘的傑作呢，那些衣服如此適合女兒家，簡直就是瞭若指掌。若果真如此，那麼雲掌櫃豈不非常懂得女子的心？」

「他當然懂，還很疼惜女子呢，家兄是個溫柔的男子……」上官的「誇獎」正好飄入我的耳朵，說我是溫柔的男子……怎麼，想給我撮合郡主啊，那也得先讓我變性啊。

「雲老闆來了。」嫣然郡主老遠看見我，向我招手，郡主招我過去，我還不快走？

於是我匆匆跑進湖心亭，他們都看著我，讓我有點不知所措。

「雲老闆。」郡主坐在石桌邊，上官陪在她的身邊，托腮看著我，「聽上官姑娘說，衣服其實都是你畫的，這是真的？」

「回郡主，沒錯。」我笑道，我也長得不差，可愛的小臉，明亮的眼睛，笑起來燦爛如星。

「哇……」這個郡主跟思宇有點像，「那上官姑娘身上穿的也是？」

「呃……是……」

「上官姑娘果然有個好哥哥呢，雲掌櫃也過來坐啊……」

我趕緊坐在上官的身邊，她臉上掛著淡然的笑。

「聽上官姑娘說雲掌櫃只要看過一眼便可畫出服裝的樣稿，是真的嗎？」

冷汗開始直冒，我瞟眼看了看上官，她朝我不好意思笑笑，她剛才都吹噓了些什麼啊？

「哪有，還沒到那個火候，對了，郡主可喜歡舍妹的小玩意？」趕緊轉移話題，擦擦冷汗。

「喜歡喜歡！」郡主下意識摸向髮間，此刻她的髮型也已經改變，方才她的腦袋上簡直是琳琅滿目，現在只用那只蝴蝶髮簪，綰了一卷青絲，清麗脫俗。

「你們那裡的借光石真漂亮！」

「雲掌櫃和上官姑娘家鄉是哪裡？為何我從未見過這種石頭？」溫雅的聲音從一邊傳來，原來是夜鈺寒，他的聲音就和他的長相一樣動人。

「在遙遠的北方。」上官在我身邊說著，那位正中間的公子，立刻將注意力放到她的身上。

「那裡沒有國名，是在深山裡……」得，莫非我們成了叢林泰山？

「深山？」那位拓公子眼中滑過一絲憐惜。

「是的，深山，我們一直往南走，就走到了這裡，這裡繁榮似錦，風調雨順，百姓安居樂業，一片欣欣向榮。如此昌平盛世，吸引了我們，於是，家兄決定在此定居。」上官含笑解釋。

「是嗎？大哥？」上官轉眼看我，我連連點頭：「當然，當然，這裡一定有一個好皇帝，否則怎會有此繁華景象？」

「沒錯，好皇帝！」嫣然甜笑著，看著一旁的拓公子，由此可見，此人九成就是皇帝了。

「深山？莫非是北寒國的古老部落？」夜鈺寒怎麼沒完沒了。

「不知國名，只知深山。對了，郡主，關於這借光，還有一個古老的傳說。」我趕緊再轉移話題，免得夜鈺寒打破砂鍋問到底。

「是嗎？是什麼？」

「相傳天上的擦星女，愛上了人間一名書生。」

「擦星女？」郡主好奇得眨巴著她那秀美的大眼。

「沒錯，就是負責擦拭星星的仙女，她要用天山仙水擦拭星辰，就在那天，她遇到了一名書生，兩人墜入愛河，難捨難分。」

「好羞人～～」郡主捂著發紅的臉，嬌聲連連，難道說愛就已經屬於黃色？看來我要適當降低一些辭彙了。

我乾咳兩聲道：「兩情相悅，本是人間美事，可能小人說話太過，請郡主諒解。」

「雲掌櫃無妨，小丫頭還沒長大而已。」夜鈺寒笑著望向一張臉紅成蘋果的嫣然郡主，到底是成年男人，果然不同。

「誰沒長大？哼！夜哥哥壞！」

我暈死，難道我才是真正的燈泡？

「雲老闆莫理她，請繼續說。」

「呵呵……」我乾笑兩聲，繼續道：「擦星女畢竟是天上的神仙，人仙不能相愛，天帝一怒之下，就將擦星女帶回天界。臨走時，擦星女留下借光石，說道：星辰伴夜，借光伴日。就是說晚上你看見滿天的星星，就如見我，而在日間，這石就是白天的星星。」

「好感人……」嫣然眼圈泛紅，看著我。

上官忍不住長嘆一聲：「哎……此情若能長久時，又豈在朝朝暮暮？」

夜鈺寒的眼中滑過一絲驚異，就連那拓公子都盯著上官發愣，我暗想難道詩詞真能引起男人的注意？原來穿越時空小說寫的都是真的。

看著這兩個各懷心思看著上官發愣的男人，我帶著上官起身告辭，不知為何，總覺得今日的上官在有意無意地顯耀，像極了那些穿越時空的女主角，莫非她已有什麼想法？

從水王爺府回來，我就趕緊畫下今日這三位美男的樣貌，這就是我的另一項工作，為思宇畫下美男圖。而上官從回來後，似乎一直心事重重，不知她心裡有什麼打算？我也不想雞婆地去問她，想說的自然會說。

月朗星稀，微風徐徐，三人坐在院子裡，品茶聊天。自從來到這個世界，我們才覺得電視是多麼的重要！就算我的電腦是太陽能，就算裡面有電影，也在那半個月看完了。

此刻，上官在石桌上放上了香爐，我們這才明白，古代焚香不是為了什麼高雅，而是趕蚊蟲。她將古箏放好，笑道：「開音樂會吧。」於是，思宇也拿出了笛子，琴動笛鳴，一曲《蝴蝶泉邊》在夜空中迴盪，而我，什麼都不會，正好蹺腳欣賞。

音樂只起了一個頭，我都未入境，她們就提出了意見，說我什麼都不做，太過分了。於是，我只有獻出嗓音。上官的琴聲如同流水，思宇的笛聲如同鶯啼，我的歌聲……只可說過得去。在現在這年代，最不缺的，就是唱歌的。而就在那晚之後，沐陽城街頭巷尾就流傳開這麼一條八卦，說【虞美人】的三位東家夜夜笙歌，琴聲優美，笛聲撩人，還有那歌聲更是動人，每次路過【虞美人】的男人，都要上前對上官讚揚一番，以為是上官唱的歌，於是上官便說，那是鋪裡的小丫鬟所唱，其實，哪有什麼小丫鬟。因此，在開音樂會的時候，我就真真正正地只要蹺腳欣賞，而這段日子，是我們當時初來的時候，最愜意的日子。

看見他，是在一個饅頭攤前。

那時我正從布店回來，他就那麼站在那裡，靜靜地看著饅頭。一身粗布長衫，卻依舊掩藏不住他獨特的氣質。白淨的臉上沒有半點塵埃，不淡不濃的眉毛微微蹙起，給人一種莫名的傷感。看到他，我想起了上官。上官也給人一種惹人憐愛的感覺，但他不同，他很沉靜，就像湖中唯一的一朵清蓮，只可遠觀，不可褻玩。看著他，心會變得平靜。他眼角垂落一邊，然後就是一聲哀怨地嘆氣。抬手撫摸著肩上的一隻毛茸茸的玩意，一臉哀愁。我這才發現他的肩上，還有一隻動物，是一隻狐狸，而且是一隻銀白色的狐狸。銀狐伸出微紅的小舌，知心地舔了舔主人白皙的手指。情不自禁地，我就走到他的身旁，他的身上，帶著一股淡淡的草藥香。我買了兩個饅頭，遞給他。他有點驚訝，隨即笑了，那種淡淡的，卻很美的笑容。

「有沒有地方落腳？」就這麼簡單，這麼直接，彷彿是多年不見的好友。

他搖了搖頭，接過我手中的饅頭。

「那來我家幫忙吧，我正缺一個帳房。」我在夕陽下笑著，看著他的眼睛慢慢彎起……

「哇——」這就是思宇在看到斐崳時發出的尖叫，她用她赤裸裸的眼神盯著斐崳，「非雪，妳隨便晃一圈都能撿回個美男子！」

沒錯，我撿回來的這個美男子名叫斐崳，至於其他事，我一概沒問，只知道他叫斐崳，那隻銀狐叫小妖。之所以沒對我起戒心，因為他的小妖，也就是那隻狐狸，喜歡我……

真是怪人，聽狐狸的。不過以後我們家，就成了怪人集中營，這是後話。

我敲了一下她的腦袋：「收起妳的口水，別把我好不容易找回的帳房給嚇跑了！」

「帳房？太大材小用了吧……」思宇的眼睛瞪地比死魚眼還大。

「對不起啊……」我不好意思地對斐崳說道，他只是淡然一笑：「沒關係，妳弟弟很可愛。」

他這一笑，傾國傾城，看，思宇又掉口水了。

正歡笑間，上官回來了，她上午去了廸水王爺府，把我設計的樣稿帶去，她在看見斐崳的時候，愣住了，指著斐崳半天說不出話：「這……這……」

「這是我的帳房，漂亮吧！」我揚揚得意，這可是我的男秘書，專門撿回來讓大家養眼的。

「妳……妳……」上官又指著我發愣。

然後，我帶著斐崳出門，才剛走到院子，小妖便從他身上跳到我肩膀上，開始竄來竄去。

「妳們一家都是好人……」斐崳淡淡地說著，輕柔的聲音像和煦的春風，「不過，妳不怕我是壞人？」

「怎麼會？壞人不會對自己的寵物這麼疼愛。」我笑著，小妖開始抓我的頭髮。

「妳們三個女子一定過得很不容易吧。」他看著我，眼中帶著憐惜。

我有點驚訝，但感覺就像多年的老朋友，聳了聳肩：「沒辦法，誰叫我們孤苦無依呢，以後你就是我們的新成員，把這裡當作自己的家，我們就是你的親人。」心中有點激動，將這些不經大腦的話，脫口而出。

斐崳恬靜地笑了：「看來我要開始頭疼了……」那寵溺的笑容，彷彿他才是我們真正的大哥。

「哎呀！」小妖這壞東西把我的頭髮揪斷了，好痛。

於是，院子裡開始上演人狐大戰。

當天夜裡，斐崳也加入了音樂會，我十分之鬱悶。斐崳會的是洞簫，雖然我只負責欣賞，但難免心裡沒有疙瘩，早晚我也要去學一門樂器！

就在音樂會散場後，上官進了我的房，隨手帶上了門。她的臉上寫著「陰謀」。我瞪大眼睛看她，看她什麼時候說出來。

「非雪……妳說那天那個拓公子是什麼身分？」

「身分？還能有什麼身分，身邊是夜鈺寒宰相，而且是皇姓拓，不是王爺就是皇上，現在這個國家的皇帝聽說也是個年輕人，九成就是那小皇帝了。」

「小皇帝？哈哈哈，也只有妳會那麼說。今天，我去送樣稿的時候，在湖心亭又碰到他了，他還是和夜鈺寒在一起。」

「是嗎……」我開始脫衣服，現在還是早春，有點涼，窩在被子裡比較暖和。

「他們問了我幾個問題。」

「什麼問題？」

「也沒什麼，應該是在懷疑我們的身分。」上官皺著眉，神情有點失落，「妳說，他們會不會以為我們是鄰國的奸細？」

「有可能吧……」我撫摸著自己光潔的下巴，「我們可以說一夜成名，而且身分背景神秘，不引起別人的注意是不可能的。不過妳放心吧，我們只是做生意而已，結果碰巧遇到他們，又不是我們事先知道他們在那兒才去的。」

「那妳覺得這個小皇帝怎麼樣？」

「人帥，機智，城府深，皇帝該有的他全有了，又勤政愛民，是個好皇帝。」

「那……妳猜，他會喜歡怎樣的女人？」上官雙頰微紅，眼角落在一邊問著我。

我想了想：「應該是特別的吧，穿越小說裡都這麼寫，不過那裡面把其她女人都寫得太……笨了，其實像嫣然郡主不是也很特別？所以，就要比她們更特別，什麼琴棋書畫應該入不了那小子的眼，詩詞歌賦也只能湊合著用，最重要是展現智慧……慢著，妳該不是想釣皇上吧！」我吃驚地大喊起來，我怎麼現在才反應過來！

「妳那麼激動幹嘛？既然要找長期飯票，自然是找最好的。而且，我一旦成功，妳們不也跟著享福？」

當時我聽上官這麼一說，整個就是被未來美好的米蟲生活給衝昏頭腦，完全沒有考慮到，如果她入宮，我跟思宇又怎麼可能過上寧靜的生活？我看著上官堅定的眼神，一股熱血不由自主地冒了上來。「這個主意不錯……」我閉目沉思，腦子裡有點亂，如果上官用美貌勾引那小皇帝，肯定入不了宮，這裡美人如雲，又怎缺上官一個？所以，一定要攻心。

「非雪，妳應該明白我找妳的目的，我不能如此膚淺地去吸引他的注意，我要拿下他的心！」

果然一拍即合！我點頭同意。

「而且……」上官繼續說著：「這件事我不會主動，要想辦法讓他來追我。」

再點頭，自己送上門的，有幾樣好？男人就喜歡那種常在身邊晃，卻吃不到的東西。

「所以，妳要幫我，妳覺得我該用什麼來吸引他？」

「吸引？對了，妳那天就已經做得很好了，只是還缺少見面的機會。」

「沒錯，就是見面的機會太少……」上官陷入沉思。

我扣住上官的肩：「上官，妳有沒有想好，釣皇上不是一件容易的事，而且我們不知道他後宮有多少女人。這些女人有才情的肯定不在少數，所以要套住皇上的心，妳必須比她們更有才！」

「更有才？詩詞歌賦？琴棋書畫？」

「這些恐怕還不夠，不過，以妳的聰明才智，我相信妳能成功！」加油啊！美女！我的米蟲生活就靠妳了！上官挑了挑眉，看著我：「這個還要機運……」我看著她，想起了拓小子身邊的小宰相：「其實，鈞夜鈺寒不是更簡單？」

「但他不是人上人！」

從上官閃著光芒的眼睛中，我看到了野心，心底滑過一絲憂慮，她選的道路到底對不對？我們幫她，是不是真的就可以過著想要的生活？

「我明白了，我會好好想想的。」

「謝謝妳！非雪……」上官握住了我的手，「其實……在以前，我就是一個情婦……呵……」上官的臉上扯出一絲苦笑，她的苦笑化入我的心底，勾起我一縷哀傷。

「我是同大的學生，當時我也跟思宇一樣單純，所以，當一個男人追求我的時候，我信了他。朋友都勸我，告誡我，但我一意孤行。我們是在一家咖啡店相識的，當時下著雨，他用他的車把我送回了學校，我很感激他，後來，他就開始追求我，鮮花、西餐、浪漫的夜景，呵……非雪，我真的好傻……」一滴淚滑落上官的眼角，難以言表的苦澀，浮上我的心頭，我不知該說什麼，只有輕輕擁住她。「他吻了我，說等我畢業就結婚，我給了他全部，最後，他卻出現在別的女人身邊，那個女人，是他的老婆……我自殺過，絕望過，最後，我看透了，男人，沒一個好東西！最後，我不哭不鬧，哼！還是錢最可靠！」上官的眼中已經是不屬於她這個年齡的滄桑和冷漠。「所以，非雪，既然來到這個世界，我不期盼有美好的愛情，我只希望得到想要的生活，如果能讓皇帝愛上我，不是更好！」上官堅定的眼神，讓我也頭腦發熱。我緊緊地握住她的手：「好！我幫妳！」

雖說答應了上官，但這件事，始終沒有頭緒。第二日，在我畫畫的時候，思宇跑了進來，拿著那張傻子的畫像，那是我那天回來時畫的，上面的傻子王爺只是一個簡單的輪廓，沒有稱景。思宇嘛著嘴，皺著眉：「非雪，這人真是傻子？」

「嗯……」我點頭，自從到了這兒，我就成了思宇的「御用畫師」，整天給她畫美男子。

「好可惜……」

「可惜什麼？」外面傳來了斐崳的聲音，他穿著我設計的白色長衫，一根藍色的絲絛隨意地掛在腰間，黑色而泛著淡淡藍光的長髮，寬鬆地披在在身後。

一陣清香飄過，斐崳居然帶來了甜羹，我真沒想到，自己會撿一個寶回來，非但帳務做得好，甜品做得更好。而且，他還是一個大夫，說不定……還是個神醫呢。

「可惜他是個傻子嘛……」思宇將水無恨，也就是那傻子小王爺的畫像拿到斐崳的面前，斐崳看了看，微微一笑：「他真傻嗎？我怎麼看著比誰都精明。」

「真的？」我有點吃驚，再次看了看，還是傻嘻嘻的。呵，對我來說，他只是一個傻子小王爺，與我何干？

小妖不知何時躍在我的桌子上，用牠的爪子，開始「作畫」，真是調皮的傢伙。

喝著茶，我想起了昨夜上官的話，我忍不住問吃得正開心的思宇：「思宇，妳有沒有想過今後的生活？就是妳想過怎樣的生活？」

「嗯，和非雪永遠在一起……」思宇滿足地笑著：「還有……跟小斐在一起……」

斐崳寵溺地看了看思宇，淡淡地笑著。

「傻瓜，我又不是男的。小斐也不能永遠跟我們在一起啊……」

「啊～～好可惜啊，非雪又溫柔，又體貼，還有點壞壞的，不是男人好可惜哪……」

我冒汗，看著身邊的斐崳，他輕笑。

「那我就做個鋤強扶弱的女俠！」思宇在一邊揮著拳頭，她會跆拳道，還有一點點散打。

「鋤強扶弱？那妳怎麼賺錢填飽肚子？」

「不是有非雪妳嗎？」

鬱悶，我還想有人養呢。不理她，還小，不懂事，我轉頭問斐崳：「小斐要過怎樣的日子？」

「靜靜地在山間，種一方藥圃，看書製藥……」

果然符合小斐的性格，隱世主義者，那我呢？我又想過怎樣的生活？沒想到比我年輕的上官，卻已經做出了明確的打算，我真是比她白活五年。

究竟是社會改變了人？還是人改變了社會？上官，不過是都市愛情惡迴圈的又一個受害者。

「思宇……」

「什麼？」

「我們來幫上官釣皇上吧……」

「啊？」

……三天後，機會來了。

二、水王爺府

水王爺府要我去為小王爺量身做新衣，看來那天他也動心了。上官見我要出門，便拿著郡主的樣衫要跟我一起去，我笑道：「今天那人未必在。」

「試試也無妨。」上官淡然地笑著。我想也對，便帶著上官和福伯一起趕往水王爺府。

到了那裡，依舊是上次那個水生為我們帶路，而上官，便由一個小丫鬟帶著去水嫣然的房間。

水生將我和福伯帶到上次的湖心亭，小王爺水無恨正優哉優哉地餵鯉魚。其實用我的角度看，這水無恨也不是什麼傻子，只是弱智，或是心智不全，一個二十多歲的男人，卻像孩子般天真。

「小王爺，小王爺……」水生無奈地嘆了口氣，那小王爺此刻玩魚玩得正開心呢。

「小王爺～～」水生大喊了一聲，才引起那水無恨小朋友的注意，他回頭咧嘴笑著，笑容很純真：「幹嘛？」

「給您做新衣了。」

「好好！」水無恨小朋友拍手歡笑，「在哪兒?在哪兒？」

「這裡，這是雲掌櫃，來為您量身的。」

「啊，是上次的小哥哥。」水無恨蹲在凳子上，托腮笑著。

我略微行了個禮：「小人見過小王爺。」

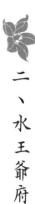

「嗯，嗯，快點快點，我要穿新衣。」

「是，福伯。」我喚過福伯，福伯便拿著皮尺走到小王爺的身邊，恭敬道：「請小王爺起身。」

「嗯！」小王爺水無恨樂著站了起來，結果他還是站在石凳上。

福伯為難地看了看我，我又為難地看了看水生，他為難地皺了皺眉，上前小聲對那小王爺說道：

「少爺，您得下來，不然怎麼給您量身？」

「量身不是用皮尺嗎？那伯伯手上有皮尺了啊……」

「那您得下來。」

「為何？」水無恨疑惑地看著我們，眨巴著他天真善良的大眼睛，睫毛在陽光下一閃一閃。

我嘆了口氣，小孩子就是如此，我從福伯手中接過皮尺：「水生，算了，小王爺愛這樣就這樣，我來給他量。」

「小哥哥給我量？」水無恨咧嘴俯視著我，實在很難把他當作一個大人看，多純真的一個孩子啊。我將桌子清理了一下，你站得高，我站得比你更高，我爬上了桌子，聽見福伯和水生的提醒：「掌櫃的小心。」這種石桌，可以圍坐五六個人，摔不下來。怎麼說我以前也是個孩子王！現在，我站在石桌上，正好與面前這個大孩子平視，我笑道：「看，這不是可以給你量了？」

他睜著星星一樣的大眼睛，很是驚奇地看著我，然後給了我一個大大的笑容。

這裡的尺規與我們那裡的有點不一樣，但跟古代有點接近，大約三十釐米為一尺。

「肩寬，一尺半。」我將尺寸報給下面的福伯。然後是手臂，在量他胸圍的時候，這孩子居然猛吸了口氣，腮幫子鼓鼓的，胸圍一下子大了好多，我無奈，小孩子就是小孩子，喜歡調皮搗亂。

「福伯，減去十分。」

「知道了，掌櫃的。」

水無恨立刻撇嘴：「為什麼要縮小。」

「你剛才吸氣了，要減去，不然你的衣服就給女人穿了。」

水無恨眼珠轉了轉，然後笑了。

「腰圍……小王爺，您靠近點，我環不住。」

水無恨往前略微站了一點，我終於能環過他的腰，他的腰上有一個很精緻的白玉佩，雕成一朵大大的相思花。這是蒼泯國的國花，聽說一年開一季，花謝便樹死，只有一年的壽命。

水無恨的腰在男人中也算細，我將皮尺環過，一收緊，水無恨的身體便晃了晃，我趕緊抱住他的腰，就連水生也趕忙跑了過來，萬一把他摔了，我可吃不了兜著走。

「小朋友，你可一定要站穩了，不然哥哥就要死翹翹了。」我抱著水無恨，心裡慌亂萬分，見他站穩，我才鬆開，用衣袖擦了擦額頭的汗，嚇壞了，要是在我的世界，你摔成狗吃屎我看都不會看一眼。水無恨用很奇怪的眼光看著我：「哥哥叫誰小朋友？」糟了，一定是剛才太心慌，脫口而出了，我笑了笑：「沒什麼……」然後再次提醒：「別再亂動囉！」

水無恨眨巴了兩下眼睛，點了點頭。我才繼續量尺寸。

「腿長……福伯，你自己看一下。」我此刻站在石桌上，看不到，我將皮尺從水無恨腰間放下，讓福伯自己抄錄。

如此一折算，這位小王爺的身高大致是一米八不到，三圍嘛，也很標準，而且有點偏瘦，沒想到他這麼單薄。

「這又是在玩什麼？」熟悉的聲音從身後傳來，我面前的水無恨，倒是笑了起來：「拓哥哥來了。」小皇帝來了？我轉身，卻忘記自己是站在桌子上，然後，我就這麼俯視著那小皇帝。

「大膽！還不下來！」果然，他身後那位夜宰相立刻朝我吼著，我趕緊躍下石桌，拜見那兩位爺，「小人見過兩位大人。」

「小人也見過兩位大人。」水無恨也躍下石凳，學著我給那兩人行禮。

「哈哈哈……無恨今日心情很好啊。」

「嗯，要做新衣服了！」水無恨像個孩子一樣，蹦到小皇帝的身邊，真是叫人冷汗冒到死，這麼大個人了，做那樣可愛的動作有點怪。

見這裡沒我的事，我決定告退，抬眼間遠遠走來兩位俏麗佳人，正是水嫣然和上官，於是我笑道：「兩位大人，小人還要為小王爺挑選布料，先行告退。」

「雲掌櫃可一定要給無恨做最好看的衣服哦。」那小皇帝摺扇一開，微笑著看著遠方趕來的兩位清水麗人。

這小淫蟲！

「無恨也要去，小哥哥，無恨也要去！」水無恨拽著我的袍袖，鼓著臉。

暈，果然是小孩子，愛湊熱鬧：「好啊，這樣小王爺還能選自己喜歡的顏色。」

「好哦！做新衣裳囉……做新衣裳囉……」水無恨興高采烈地跑到了我的前頭，我和福伯緊緊跟在後面。

清香擦過鼻尖，我與上官擦肩而過，我停下笑道：「加油！」她對我嫣然一笑。

看著上官遠遠離去，心中無限感慨，有目標的女人，才是能抓住幸福的女人。突然手被抓起，整個人就被帶著跑。

「哥哥慢死了，快點快點！」水無恨拖著我，天哪，我那短腿哪趕得上他啊，等到了倉庫，我就跟福伯兩個人氣喘吁吁，喘不上氣了。

小孩子都是精力旺盛的，水無恨在倉庫裡東轉西轉，布匹就全亂了，他看看這個喜歡，讓僕人拿下來，後來又覺得不喜歡了，就扔在一邊，我和福伯無奈地跟在他的身後。最後，我們索性坐在門口，看著水生嘆氣。

「好了！」水無恨樂呵呵地跑了出來，然後，後面就是五個僕人，每人都抱著四五卷。

「哥哥哥哥快給我做。」水無恨拖起坐在地上的我，我現在感覺就像是他的玩具，甩到東，甩到西。我笑了笑：「哥哥不是現在就能做的，先要畫樣稿，然後再做。」

「樣稿？那是什麼？」

「就是……先把衣服的樣子畫在紙上，然後再吩咐下面的人去做。」

「無恨要看樣稿，哥哥快點畫！」於是，就又要拖著我走，福伯在我身後一臉擔憂，我朝他揮手，讓他帶著布料先回去。

水無恨拉著我的手搖啊搖，我總算明白了，我就是玩具，就像那次他手裡的紙鳶，晃啊晃，如果我縮小，就是一個娃娃。

他住的院子很清幽，除了房間還有一個大大的蓮花池，池邊的老柳樹上，還掛著秋千。然後，他把我甩進他的書房，裡面文房四寶俱全，還有不少玩具，他趴在桌子上，點著紙：「快畫快畫，無恨要看新衣服。」真是心急的孩子。

水無恨小朋友相當調皮，在我畫畫的時候，他就沒停過。一會兒在邊上玩水彩，一會兒扔毛筆，一會又轉起了茶杯，幸好我練就平心靜氣功，他玩他的，我畫我的，再加上我被他這麼一折騰也沒心思畫，所以只畫衣服不畫人。

此刻，他倒沒了聲音，我正好奇，卻見他跑到外面，趴在池邊，正試圖摘水中那朵白蓮。清幽的春風輕輕搖曳著水中的銀鏈，綠色的波光中，水無恨寬大的衣袖，浸入水中，長髮撒在他的臉龐，任由輕風吹揚。修長白皙的手臂輕觸白蓮，一時分不清是蓮花白，還是他的手更白。蓮花在他的擺弄下，如同羞澀的少女，頻頻躲避。好一副美人戲蓮圖。換過一張畫紙，三筆輕勾，再次畫出新的輪廓，上色，落墨，一氣呵成。

我忍不住提筆題字，但在下筆前，我猶豫了，就我那幾個狗爬字若是寫上去，明顯破壞了這副戲蓮圖。忍不住嘆了口氣：「哎……」回去一定好好練字。

「哥哥嘆什麼氣？」沒想到水無恨居然進來了，他臉上還沾著泥巴，那朵銀蓮已在他的手中。我看著他，他其實是個可愛的孩子，招他過來，用袍袖為他擦去臉上的污泥，他眨巴著眼睛，笑得陽光燦爛。

「小王爺可會寫字？」

「當然會！」水無恨有點生氣地看著我，估計以為我小看他。

我笑了：「好，那就小王爺自己寫。」我將毛筆交給他，他愣住了：「寫什麼？」

「這兒，給我題字。」我一邊幫他擠乾袍袖的水，一邊指著畫，可不能讓袍袖上的水滴到畫上。

他驚訝地瞪大眼睛：「小哥哥什麼時候畫的，剛才明明不是這樣的。」

「呵呵……」我得意地笑著：「這已經算慢了。我唸，你寫。」

「好……」

「風戲水中蓮，水映雲中天。

天女心念動，信手做雲蓮。」

我遙望雲天，一朵大大的像蓮花的白雲，飄蕩著……

「你道雲蓮美，我說水蓮香。

不如天女下凡來，與我一同共戲蓮。」

啊……與神女戲蓮，那是怎樣的人生樂事。

「哈哈哈哈……」我忍不住笑了起來，腦中是對神女的幻想。

「小哥哥的詩……」

「那是打油的，不好不好。」我看了看水無恨小朋友的字，真是棒！可謂游龍飛鳳，我那首破詩，在他的字襯托下，反而增加了一股靈氣和瀟灑。

「不是啊，無恨覺得很好……」水無恨提筆笑著。

「謝謝你啊。」我將畫捲起，沒想到水無恨卻一噘嘴：「小哥哥要幹嘛？」

「拿回家，裱起來，無恨小朋友可真好看哪。」我忍不住捏著他鼓起的臉蛋，他雙眉皺起，一臉不滿：「不行，這是無恨的，無恨要！」小孩子脾氣就是如此，沒辦法，只有忍痛割愛，大不了回家再畫一副給思宇。

現在小王爺最大，我只得將畫交給他：「那小王爺可不能弄壞它哦。」

「嗯！」水無恨小朋友，滿意地笑了，而我，帶著那卷樣稿準備離開。

「小哥哥要走？」

「嗯，還要去找那位漂亮姊姊。」

「好啊，無恨帶你去，不然小哥哥會迷路的。」水無恨小朋友一邊走一邊唸，手中的畫卷甩啊甩，「不如天女下凡來，與我一同共戲蓮，戲蓮戲蓮……」

汗死，還好他這次不是甩我的手了。

等我們到湖心亭的時候，裡面正傳出朗朗笑聲，上官與水嫣然嬌笑連連，一旁的兩位大帥哥，更是朗聲大笑，不知他們說了什麼，這麼開心。

只聽小皇帝笑罷，對上官說道：「上官姑娘果然才思過人。」

「哪裡哪裡，湊巧說中而已。」

「上官姑娘過謙了。」夜鈺寒看著上官，眼中露出欣賞的目光。

「就是就是，上官姑娘真厲害，嫣然自愧不如。」

聽他們這麼一誇，方才上官定是有所表現了。正想著，水無恨突然拉起我，又是用跑的蹦進亭子裡。「你們為什麼這麼開心？」無恨小朋友好奇地眨巴著他的眼睛，而我就只有扶著邊上的亭柱喘得像隻狗，眾人看見水無恨，便迎接他入座，我終於獲得休息的機會。

夜鈺寒笑著問水無恨：「無恨似乎也很開心？」

「嗯！小哥哥為無恨畫好新衣服了呢？」

「哦？是嗎？在哪裡？」

無恨一努嘴，將自己的畫藏好，指著我：「在他手上，是我的樣衣，比妹妹的好看。」

「是嗎？」水嫣然眼睛發亮，「還沒見過雲老闆做的男裝，今日居然畫了樣衣，讓我看看。」

我先喘了口氣，然後把手裡的畫紙放在石桌上展開，眾人都將視線集中在畫紙上，畫紙上只有衣服，沒有人，分別是內襟、外襟、裡衣，外衣、褂子和褲子，然後邊上再畫了一副效果圖。他們也看不出所以然。

「哥哥的服裝好奇怪，袖子好小。」水嫣然疑惑地看著我，一臉不屑，彷彿在說沒我的衣服好看。

「是嗎？我看看。」水無恨也湊了過來，剛才他只知道玩，自然沒注意我畫了什麼。

我笑道：「小王爺可頑皮了，寬大的袍袖讓他玩起來不方便，這衣服，其實是適合練武的人穿的，袖口小，下擺短。」

「那我東西放哪兒？」水無恨愁眉苦臉，伸手還從袍袖中取出糖果。

我想了想，看見石桌上有毛筆，隨手畫了一個背包側面效果圖：「就放在這背包裡，容量多，而且方便。」

「好哦！」小王爺歡呼雀躍，手一舉，就讓嫣然郡主看見了他手中的畫。

「那是什麼？」嫣然郡主好奇地指著水無恨手中的畫。

水無恨慌忙藏好：「這是哥哥的寶貝，不給妳看。」

「嗯～～哥哥給嫣然看看嘛，到底是什麼？」

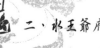

「就不給！」水無恨藏地越發好了，然後，嫣然郡主就站了起來，水無恨小王爺也站了起來，兩個人開始在亭子裡追逐。

我笑著搖頭，然後收起桌上的畫卷，這兄妹倆，都是孩子。

「那到底是什麼？」上官在一旁也忍不住問我，我笑了笑，看著小皇帝和夜鈺寒好奇的目光，只道：「還能有什麼？給思宇帶的，結果小王爺不肯給，就送他了。」

「美人圖？」上官驚呼起來，頓時吸引了小皇帝和夜鈺寒的注意，「那思宇怎麼辦？」

「回家再畫囉。」

「也好。妳累了吧，吃點。」上官把水果放到我的面前，我大吃起來，上官用她的絹帕為我擦去額邊的汗，關切道：「妳怎麼這麼多汗？」

「哎……別提了，小王爺可皮著呢。」

「呵呵呵……原來也有讓非雪頭疼的人？」上官掩面調笑著我，我一挑眉，這女人可從沒那麼好過，方才那擦汗的舉動，簡直是賢妻良母啊。

「雲掌櫃有這麼一個妹妹可真是福氣啊。」小皇帝一臉不羈的笑，嘴角微勾地看著上官。

皇帝就是皇帝，跟我說話都不看著我，我笑道：「是啊是啊，柔兒是我最疼愛的妹子，溫柔大方，而且還做得一手好菜。」

「是嗎？上官姑娘還做了一手好菜？」夜鈺寒看上去有點驚訝。

「哪裡哪裡，哥哥亂說什麼？」上官拉著我的袍袖嬌嗔，千嬌百媚，看得我都癡了。

我愣愣地看著上官，上官朝著我笑，我忍不住感嘆：「嫣然一笑百媚生，誰人不願做裙臣？」

上官倏地一下愣住了，她定定地看著我，柔柔的春風撫過我們之間，揚起我們的髮絲，帶來淡淡的花香。

春日下，涼亭中，我和上官互相久久凝視著。

「早就聽說上官姑娘和雲掌櫃其實是堂兄妹……」我和上官木訥地轉過臉，看著正在說話的小皇帝，他的臉上帶著戲謔，但眼神中卻是一絲不悅：「感情更是親密無間，今日見你們如膠似漆，果真是一對才子佳人啊。」

「您誤會了！」「不是這樣的！」

我和上官一起脫口而出，我們同時一愣，再看小皇帝和夜鈺寒，他們都淡淡地看著我們。

「我跟上官……不是你們想的那樣。」我垂下臉，額上開始冒汗，真是的，早知道就編同母異父，老娘改嫁多次…哎……這裡還沒有不准近親結婚啊。

「哥哥，算了，別人怎麼想，就讓他們怎麼想好了，這與我們何干？」上官帶著氣，對我說著，還抓住了我的手，彷彿在說，這次失敗了，我們再釣其他的，可這個謊言，總歸會影響她。我抬手覆在上官的柔荑之上，看著那小皇帝差點捏碎手中的茶杯，我露出一抹苦笑：「對不起，哥哥連累妳了……」哎，要不我說我是GAY？

「哥哥……」上官忽然輕喚我，眼神哀傷，她怎麼了，傷心什麼？

忽然，她又露出一抹壞笑，一下子撲了上來：「哥哥哥哥，你為什麼只愛男人不愛我，我可是很希望成為哥哥的媳婦呢！」

她什麼意思？是間接說我喜歡男人？說我是斷袖？哦，不，這裡叫男愛。天哪，她在暗示那兩個男人我跟她沒關係！

我立刻推開她，她這樣勾著我的脖子累死我了，居然利用我，真是過分：「別隨便碰我！」心裡開始竄火，就這樣把我給賣了。也不看那兩個男人的表情，肯定是驚呆。而一邊依舊追逐嬉戲的水家兄妹估計還沒聽見這驚人對話。

「哥，生氣啦？」上官開始表現她可愛的一面，哼，男人就喜歡多變的女人，最好再妖媚點。

「怎麼會？」我假笑：「哥哥只是……只是……」我皺眉，上官迅速接話：「妹妹知道，哥哥不喜歡女人碰。」

果然冰雪聰明，我想，上官一定可以拿奧斯卡獎了。

於是，我轉身，拿起茶杯，瞟眼看著兩個坐在對面的男人，他們此刻已恢復常色，笑容自如，只是氣氛有點尷尬。

就在這時，嫣然郡主居然搶到了畫，還得意地大笑著：「哈哈，我來瞧瞧哥哥的寶貝！」水無恨傻傻地僵立在一邊。眾人將目光移到了水嫣然身上，氣氛終於得到緩解。

我想起以前有位朋友問我，如果穿越時空不是女主角一個人，那她是否還吃得開？現在看來，答案就是：是的，只是更艱難，更多的謊言。

「好美……」

水嫣然發出的感嘆，將我的思緒拉回，看著她癡迷的神情，我暗笑，我的畫仿造的是漫畫大師古典唯美風格，就算男人，看了他們筆下的美男子，也要遐想連篇。而那畫上的水無恨，已經除去了稚氣，憑添了一份懶散，身上的衣服，已被我換作雲蘭色的長袍，上面繡有大朵的雲蓮，十分稱景。

然後，水嫣然抬眼看我，嘛起了嘴：「雲掌櫃，嫣然也要畫這樣的。」說著，還將那畫對著我，於是，那副美男戲蓮圖，頓時暴露在眾人的目光之下，他們的眼睛，也隨之瞪大。

「好好，能畫下嫣然郡主的美貌，在下榮幸之至。」我笑著，完全沒注意到眾人的目光。

「不行！」水無恨不高興了，搶回自己的畫，捲好，「不能畫得跟我一樣！」

「放心放心，絕不一樣！」

「那詩呢？」水無恨再次逼問。

「放心放心，也不一樣。」

聽我說完，水無恨笑了，但嫣然郡主卻疑惑了：「這詩不是哥哥的筆跡嗎？」

我一聽，臉開始發紅，只有實話實說：「這個……小人的字，實在不雅。」

「這麼說，這詩是雲掌櫃做的？」夜鈺寒驚訝地看著我，上官也在旁邊驚呼道：「妳做的？」

「嗯，打油詩，又不怎麼好……」我汗顏，主要是水無恨的字好。

上官好像很是放心地鬆了口氣：「妳就會寫打油詩……」

「呵呵……」我立刻對著眾人行禮，「那小人和舍妹就告辭了。」

沒想到臨走的時候，水無恨卻拉住了我：「小哥哥真的喜歡男人？」

我笑，笑得很神秘，不答他，只是離開。

坐在車上，我沉下了臉，上官看著我，小心地問道：「妳生氣啦……」

「拜託大小姐，下次妳隨機應變的時候，先通知我一聲，我也好有心理準備。」

「對不起……我……」

「算了，我本來就打算說自己是GAY的。」我無奈搖頭。

我們的性格或許已經註定我們將走上不同的道路，愛不同的男人，有著不同的結局。天意，這一切都是天意。

晚上，思宇來到我的房間，問我是不是和上官之間發生了什麼事？估計她看出從下車後，我跟上官就不怎麼說話。我說沒什麼，只說累了。思宇忽然嘆了口氣，一下子變得成熟，她說，我和上官都是她的親人，她不想看見親人吵架。說完這句話，她就回了自己的房間，而這句話，卻讓我的心無法平靜。

但不管將來如何，我們都是親人。

日子依舊過著，榮華夫人和郡主正式的衣服，在幾次修改後，終於完成，於是，我讓上官替我送去，她回來的時候，臉上的表情又是激動又是擔憂。

她衝進我的書房，看見我就說：「非雪妳說的沒錯，不是一般的才，無法出彩，今天我見識了嫣然的才氣，非雪，妳把筆電借我，我要抄唐詩宋詞。」

「這是沒問題啦，那妳慢慢背吧。」

「不行！來不及了，沒時間了……」上官的口氣有點急，「後天就要用了。」

「後天？這麼快！到底怎麼回事？」

「嫣然邀請我一起參加御花園賞花！」上官激動地抓住我的手，隨即，臉又垮了下來，「還有賽詩會……所以，我一定要在那個時候脫穎而出！」

後天啊，的確有點急……

「所以，我們要想一個作弊的方法。」

「作弊？」天哪，又要回到讀書考試的時候，「要不給妳傳紙條？」

上官的表情有點尷尬：「他們……沒說……請妳……」

「哦。」我本來就無所謂，「那只有抄小紙條這個法子了，妳也多背背，一些不太好記的，就不要背了。」

「我也是那麼想的，所以，就麻煩妳跟思宇這兩天幫我抄紙條了。」

「嗯！一定的！」

「非雪，謝謝。」上官抱住我，我笑道：「說什麼謝，我們是親人，我和思宇還要靠妳吃免錢飯呢。」

「討厭~~」上官也笑了，她的笑容很清澈。

於是，上官開始抄我電腦裡的《唐詩宋詞精選集》，一來加深記憶，二來也可以多記幾首。

而我，就想起了沐陽城最大的書館，我覺得如果對這個國家一無所知，也是不行的，到了這個世界，覺得自己最缺乏的，就是對這個世界的瞭解，不如我去看個大概，然後講給上官聽，那麼，她在賽詩會上，和別人聊天時，也不至於出醜。好在這裡的文字大多是隸書，否則還真擔心看不懂。

三、書館比試

「韜晦書館」在東大街的【狀元閣】私塾裡，我早就打聽過，這是全沐陽最大的書館，只供裡面的學員用，外面的人要看，就要花錢，也就是辦長期閱覽證。

我送了一套華服給這家私塾的院長老婆，吹了點耳邊風，才有進來看書的權力。身穿白色儒衫，頭戴方巾，我也一身書卷氣，遞上木牌，也就是閱覽證，我走進了書館，果然大，至少在這個世界來說算大了。共有上下三層，第一層是文人書籍，也就相當於什麼四書五經之類的。二樓是歷史軍事，三樓是天下奇聞等雜書，本來想直奔三樓的，但一想自己的任務，還是乖乖去了二樓。

思宇今天跟我穿的一樣，只是她把頭髮紮成包子，用白色方巾裹著，而我是放下，披在身後。世上最沒心沒肺的，恐怕就是思宇了，讓她抄唐詩宋詞幫上官，結果她跑來跟著我逛書樓，讓她好好看看這個世界的歷史，結果她蹦上了三樓，不見了人影。

哎，這小丫頭。

我拿起《史誌》，大致翻看著，原來這個滄泯國也就建國兩百年，前面還有什麼雲國，鵬鴒國，嘿，還有一個唐國，不知為何，看到這個唐字，倍感親切。然後，就是在這個滄泯國邊上，還有不少鄰國，東邊的佩蘭國，北邊的暮廖國，西邊的夏緋國和南邊的幽溟國，這五個國家，是目前最強，也是勢均力敵的國家，至於再外面的，就是一些小國了。

再看看滄泯的歷史。

兩百年前拓拔幹掉了雲國皇帝，然後就建立了這個滄泯國，從老皇帝開始，就注重商業，這也再次驗證了，勞動人民的智慧是偉大的，什麼豆腐乳啊，粽子啊，大型戰船啊，火炮啊，都跟我們明朝時的科技一樣先進，我們那些小聰明，在這裡根本沒有發揮的餘地。

現在開始慶幸當時沒有開什麼酒店茶樓和畫舫，就我們那點破才藝，哪比得上這裡的姑娘。

就在這時，上面傳來爭吵。這裡是書樓，所以大聲吵鬧很明顯。

「我說我就是看見過……」這聲音好耳熟，天哪，居然是思宇，她怎麼看書看著吵起來了！

「我才不信！」也是個挺細的聲音。我趕緊跑上樓，在書樓的窗邊，看見思宇正跟一個少年吵得厲害。

只見那少年好俏麗。鵝蛋般的臉，粉嫩的嘴唇，情絲盤在兩邊，用方巾裹起，垂下兩條絲帶。身著白色少年短衣襟，下面是深色的綢褲，一雙小靴俏麗可愛，這不就是女孩子嘛！

雖說思宇也是女生，但她有一張圓臉，長相略顯一般，至少在這個變態的世界，屬於一般，所以再加上她那些「粗獷」的舉動，不相信她是男的也難。

「那這是什麼？」小姑娘拿出一塊玉佩。

思宇不屑地笑道：「貔貅！」

「怎麼又知道？」小姑娘氣得直跺腳，小嘴嘟得越發可人。

她們的爭吵，引起了書樓看書的人的注意，當然，不引起才怪。

有個書生好心提醒：「請你們別吵了！」

那個小姑娘立刻揚起臉，瞪著那個書生：「你是什麼東西，敢來管我！」

於是，一群書生搖著頭，嘆著氣，走下了三樓，索性給她們讓出位置。

「那我問你，這又是什麼？」小姑娘指著書，給思宇看，思宇又是輕鬆一笑：「孔雀囉……」

小姑娘驚訝地看著思宇：「你怎麼都見過？」

「當然，你那本書上的我都見過……」思宇得意洋洋地環著雙手，靠在窗邊，窗外陽光撒在她白色的衣衫上，勾勒出一圈金光，說不出的瀟灑，居然看傻了那個小姑娘。

真是丟人哪……不知下次來院長還肯不肯讓我進書樓。

走過去，拉起思宇的手：「別鬧了，回去。」

「大哥？妳也上來了？」思宇挽住我的胳膊。

我忍不住笑了：「妳們這麼大的聲音，整個樓都聽到了。人家是小姑娘，妳也該讓讓人家。」

「小姑娘？」思宇眉一挑，放開我的手臂，上上下下打量著那小姑娘，而那小姑娘已經雙頰緋紅看著我：「你……你怎麼知道？」

「哈哈哈……我哥有什麼不知道的？其實我早就看出妳是小姑娘，才逗妳玩呢。」說著就伸出手，指尖輕輕滑過那小姑娘的臉蛋，看得我冒出一身冷汗，這思宇，又開始惡作劇了。

「你……你……」小姑娘氣得滿面通紅，作勢就要打思宇，思宇嘻嘻一笑就跑，於是她們開始在書樓追逐，我只有搖頭哀嘆。

突然，思宇發出一聲痛呼，我抬眼望去，原來思宇撞進了一個人懷裡，而那人，讓我驚訝，好有肅殺之氣的一個男人。只見他有著清晰分明的輪廓，濃濃的劍眉，一雙星目咄咄逼人，剛毅的弧線，勾出性感的嘴唇，而真正吸引我目光的是他居然有一頭深紅色的長髮。那紅得發紫的頭髮，散發著無限神秘和魅惑，額前的寶石小冠，更展現他身分的高貴。此刻他嘴唇微抿，正看著懷中人兒。他穿著一件黑色的披風，將自己的身體完全包裹在那披風內，但隱隱可以看見裡面卻是精緻的華服。他站在樓道前，應該是剛上樓，而玩你跑我追的思宇，就這麼撞了上去，然後撞得暈呼呼。

奇怪的是，方才那位小姑娘，在看見此人後，便變得規規矩矩，退回我的對面。

「你沒事吧。」那人低沉的聲音不帶任何感情。思宇搗著頭，擺著手：「沒事沒事，對不起啊，撞到你了。」思宇緩緩揚起臉，露出一個燦爛的笑。

思宇就是如此，她很善良。而就在思宇揚起臉的那一剎那，我看見男人的神色微變，而思宇則臉開始發紅，糟了，又要流口水了。帥男人看著思宇癡迷的表情，嘴角勾出一抹了然而鄙夷的笑，是啊，這樣的男人，女人看了都著迷。

「思宇！」我大聲喚她，及時將她喚醒，她的臉立刻一百八十度轉變，皺了皺眉，大聲道：「混蛋！你還要抱多久！」

帥男人顯然大吃一驚，而思宇已經推開他，笑著跑到我的身邊。

思宇就是思宇，她看著美男會發癡，但她決不是花癡，她的座右銘是：好看的男人碰不得！所以，她絕不會隨便動心。

帥男人用一種奇怪的眼神看著我們，緩緩離開樓道，朝那小姑娘走去，而當他離開樓道後，我終於看見，他身後原來還跟著兩個人，他們出了樓梯。

一個，便是院長，而另一個，居然是夜鈺寒！

我拉著思宇準備偷偷離開，這樣的爺，怎麼好惹，思宇還罵了他一句混蛋……

「雲掌櫃？真是好巧啊……」該死的夜鈺寒居然叫住了我，還帶著看好戲的目光，看著我身邊的思宇。

思宇在看到夜鈺寒的時候說道：「大哥，這就是夜鈺寒？怎麼真人沒妳畫得好看？」

我汗！自然是配上景才好看呀。

而夜鈺寒聽見思宇這話後，怔愣地看著我，隨即，他臉上滑過一絲尷尬：「雲掌櫃，在下知道你有畫美人的習慣，但請你也尊重一下本人的意見。」

呃……這個……

「哼！畫你是你的榮幸！」思宇站在我的前面，「我告訴你，不是美人，我哥還不畫呢！」

夜鈺寒臉上的黑線，又多了幾條。

「夜大人，今日我們是來請教古院長的，不相干的人，請迴避。」沒想到那個冷漠男人居然下起了逐客令。他坐在窗邊的書桌邊，一派王者風範。

這完全不用夜鈺寒開口，我就會帶思宇走。

「不行！」卻沒想到那小姑娘居然叫住了我們，「哥哥，我今日一定要跟那小子分出高下！」

「哦？」男人披風微敞，露出紫色精美的華袍，左手從裡面伸了出來，枕在自己的臉龐，看著一邊站著的小姑娘，冷冷說道：「麗兒，剛才妳在這裡吵鬧，我還沒說妳呢！」

小姑娘立刻吐了吐舌頭，不敢再言語，但卻依舊緊緊盯著思宇，滿臉的不服氣。

「罷了。」男人突然收起責備的目光，揚起一抹富有玩意的笑，「你們到底在比試什麼，說來聽聽？」

「比誰知道的怪物多，所以，麗兒請哥哥做裁判，我一定要贏他！」

看著那小姑娘發怒的樣子，我問邊上的思宇：「妳真這麼無聊？」

「是啊，呵呵……」思宇乾笑，「衝動了，衝動了。」

然後，夜鈺寒在一旁輕笑。看著夜鈺寒恭敬的樣子，心念一動，難道這才是皇上？

心一沉，完了，下錯注了。

男人取過小姑娘手中的《怪物誌》，隨意翻看著，然後，抬眼看思宇，思宇皺起了眉。

「你真的都知道？」

「一點點。」思宇老實地答著。

「那就比比吧。」

夜鈺寒站到了那男人的身後，一副準備看好戲的樣子，而一邊的古院長也捻鬚微笑。

我忍不住小聲問思宇：「妳有把握？」思宇忽然壞笑起來：「我懷疑那本《怪物誌》就是我們那世界的人寫的，上面的叫法跟我們知道的一模一樣。」

哦……了然，既然我們都能穿越時空了，那有前輩也沒什麼奇怪。

於是，思宇和那小姑娘一同站在男人的對面，我則站在他們另一邊，夜鈺寒的身邊。

男人隨便翻出一頁，是穿山甲，他遮住一旁的注釋，將畫攤在兩個人面前：「這是什麼？」

「穿山甲！」兩人異口同聲。

沒想到那小姑娘也喜歡看這種書，不過現在這情形跟幼稚園認圖有什麼區別？結果，幾個回合下來，兩個人依舊無法分出勝負，而那男人也變得了無興致。

「這樣比下去，也不是辦法。」一旁的老院長恭敬地說著。

「哦？那古院長有何提議？」

「不如換個題目如何？」古院長這話是對著兩名參賽者說的，她們兩人對視一眼，點頭同意。男人見她們同意便道：「那就比治水。」

「啊？」

很顯然，這個題目出乎兩名參賽者的意料。倒是夜鈺寒和古院長，露出富有深意的笑。不過聽了這個題目，我就放心了，怎麼說我們也有五千年的治水經驗，就算沒治過，故事也都聽爛了。

「沒意見，我就出題了。」男人不疾不徐地說著：「現在香河大水，民不聊生，而堤壩也是處處決堤，請問該如何？」

「疏通啊！」兩人居然又是異口同聲。

驚訝，我很驚訝！沒想到這小姑娘居然能想到，若是他老哥想到我一點也不奇怪，我一直認為古人比我們其實聰明許多，不過在這樣一個不提倡女子讀書的世界，這小丫頭能說得出，確實讓我刮目相看。

「嗯……」男人微微點了點頭，估計和他想的一樣，「但是水患已在眼前，人力又不夠？如何在短時間內疏通河道呢？」

兩人陷入了沉思。

在她們擰眉思索的時候，我開始揣測這個男人的身分。根據繡娘八卦（她們在做工的時候就會聊天），聽說前幾日佩蘭國國王到蒼泯遊歷，應該是出國外交了，然後，很倒楣的，在他離開沒多久，突然發起了洪水，洪水比預計的居然早了一個月，也算是異變，讓佩蘭國措手不及。

那麼，莫非現在坐著的，是佩蘭國國主？

有可能……一道視線向我投來，原來是思宇，她似乎在向我求救，我聳聳肩，卻聽到那男人說道：「莫非小公子有什麼好建議？」

暈，他以為思宇看他呢。

思宇騎虎難下，那臉簡直比黃紙還黃，她緩緩說道：「人力不夠，就要靠工具，要有一種工具，能迅速而快速地打通河道……」她緩緩說著，估計在尋思著工具，可惜，估計她想的那些，八成都是現代化的高科技了。

不過她倒提醒了我，想想現在可用的，能快速打通河道，而且又是威力巨大的，應該是火炮！儘管此時的火炮技術還只有一般，射程不夠遠，不過打打河道，應該還是行的。就看這皇帝捨不捨得用了。

於是我伸出兩個手指，思宇立刻反映過來：「這工具兩個字……」

「哦？哪兩個字？」

我又伸出一個手指，暈，居然跟她玩猜字遊戲。不過這是我們在家裡，經常用來打發時間的遊戲，所以思宇見我伸出手指，會條件反射。

「第一個字……」

我取出火摺子，這是「火」字的暗號。

「火……」

然後我伸出第二根手指。

「第二個字……」

我指了指身邊夜鈺寒的衣袍，今日我穿的是短衫，所以會給錯暗示。

「袍？」

「火袍？」男人奇怪地重複了一下。

思宇眼睛一轉，便驚喜道：「對！是火炮！沒錯，用火炮炸開下游河道，再炸開河道口，快速而又有威力，節省了人力和時間，非……」我瞪了她一眼，她趕緊改口，「非它不可！」長舒一口氣，這丫頭，就是一根直腸子通到底。

男人看著思宇若有所思，此刻那小姑娘已經用佩服的眼光看著思宇了。

「用火炮會不會太浪費……」古院長遲疑道。

思宇搖頭：「怎麼會？人命值錢還是火炮值錢？水患不治，糧田被淹，食物就會供給不足，到時餓屍遍野，民怨四起，瘟疫、動亂、犯罪都會直接影響國運，這些損失又會有多少？」

男人沉默不語，古院長露出讚賞的神色，至於夜鈺寒，倒看不出他有什麼想法。

「而且，如果出動火炮，說明在位的皇帝關心百姓，這不正好抓住了民心？」思宇越說越激動，居然收不了話了，「民為水，君為舟，水亦能載舟，又能覆舟，所以，國家應該以民為本啊！」思宇說得激情飛揚，激動地看著我，我豎起了大拇指，思宇的口才，不是一般，若在之前，她應該去參加演講比賽！

「啪！」男人忽然拍了一下案几，「好一句亦能載舟，又能覆舟！好！好！好！」男人霍然起身，疾步走向思宇。

他龐大的身影遮住了我的視線，他想對思宇做什麼？說實話，我很擔心，在這個君為重，民為輕的世界，思宇卻提出相反的理論，真擔心會不會被這皇帝扁一頓。那個老孟同志當初提出「民為貴，社稷次之，君為輕」這個理論的時候，也被人炮轟得厲害！

我正準備上前，卻被一旁的夜鈺寒攔住，我瞪著他，他卻是一臉微笑。

「這位是思宇公子吧……」男人低沉的聲音傳入我的耳朵。

「嗯……在下寧思宇……」

心裡好急，也不知男人想把思宇怎樣？

「那不知寧公子是否願意賞臉，現在陪在下和麗兒遊玩？」

就在這時，我看見思宇從那個身影之下探出了腦袋，用詢問的目光看著我，我見她沒什麼事，也就放下心來，衝著她點了點頭，因為我在她的目光中，看見了期盼。

「非雪不來嗎？」她依舊歪著腦袋，有點失望。

「非雪？」男人疑惑地說了一聲，轉過身看著我，立刻明白思宇是在叫我。

我想想上官那邊還要有人幫忙，現在思宇去玩了，我總不能也去玩，太沒義氣了，於是我笑道：「嗯，妳去吧，我還有事，記住，玩得開心點。」

「嗯！」思宇咧著嘴笑了，於是跟著那男人樂顛顛地走了。而那小姑娘，呵，估計應該是公主，更是樂顛顛地跟在思宇的後面。

我的前面是古院長和夜鈺寒，樓道很窄，只能走一個人，我跟在夜鈺寒的身後，忽然，夜鈺寒停住了，他堵在樓道裡，轉過身看著我，現在這情景，不上不下。

「夜大人掉了東西？」我想他可能掉了東西，想回去拿，於是我準備側身讓路，哪知他卻雙手插入袍袖，衝著我詭異地笑。

「怎麼雲掌櫃對火炮也有研究？」

心頭一驚，難道剛才我做手勢被他看見了？我立刻揚起一個笑容：「雲某只知做衣，不知火炮。」

「是嗎？」夜鈺寒嘴角微揚，「夜某可能誤會了，在下以為令弟能想到利用火炮開鑿渠道，是雲掌櫃的提醒呢。」

「怎麼可能？哈哈哈……」我大笑起來，「雲某若是有此等才智，早就參加科舉，也不會只是畫畫美人，做做衣裳了……」

「是啊……呵呵……」夜鈺寒狡詐地笑著，然後轉身下樓。

終於鬆了口氣，其實承認也沒關係，只是影響了思宇，那她豈不是作弊？而且，後來那些慷慨陳詞本就是她自己想的，與我一點關係都沒有，所以可見，思宇本身就是個人才。

「啊！」我忽然撞上了一個物體，腳下踩空，我立刻抓住觸手能及的東西。

「雲掌櫃想什麼想得這麼入神？」

這天殺的，原來夜鈺寒突然剎車了！我撞上了他，此刻正抓著他的手臂，真是夠陰險，突然停下，就是為了試探我是不是因為他的問話而分心？此刻我再上一級臺階，他再下一級臺階，揚臉間，正好與他平視，我發現，他居然走了神，盯著我發愣。我鬆開他的手臂，笑道：「是啊，在想夜大人也是個美人呢，哈哈哈……」

於是……我看見夜鈺寒的眉角開始抽搐，一抹紅暈迅速爬上他的臉，然後轉身，急急地離開。

呵呵呵，跟我鬥，你還嫩著呢！

思宇一直到晚上都沒回來，吃晚飯的時候，居然只有我跟斐崳兩個人。

斐崳關切地問道：「柔兒怎麼不來吃？」

「她正忙著作弊呢。」我飛快地扒飯，吃完還要給她送飯過去。

「那思宇呢？」

「陪著佩蘭國皇帝玩呢！」我猜九成九是佩蘭國國主，因為他有個妹妹叫柳讕麗，而我清清楚楚聽見那男人喚那小姑娘為麗兒。

「什麼？」斐崳手中的碗突然跌落，臉色變得刷白，「柳讕楓？」

見斐崳如此，我立刻覺得事態不對：「怎麼了，小斐？」

斐崳雙眉緊擰，臉上寫滿了擔憂：「那是個霸道的男人，我怕他對思宇不利。」

「霸道？」斐崳的意思是不是說那男人好色？

「應該沒關係，思宇是男裝。」

只見斐崳搖著頭，嘆著氣：「他喜歡男人……」

「什麼？」這下連我的心也懸了起來，看著斐崳欲言又止的模樣，難道吃過虧？

「斐崳，你是不是……」我看著他，他的臉微微一紅，便點了點頭：「我本來隱居在佩蘭國的賀蘭山，然後今年年初，柳讕楓忽然來賀蘭山打獵，發現了我，便要把我強行帶走，多虧了小妖……」

斐崳輕柔地撫摸著此刻趴在他腿上的小妖，「我才倖免於難……」

「原來如此，那他會發現思宇是女人，就沒事了……」我再次放下心來。

「不行！」斐崳喊得更響了，從他來到現在，我從沒見他這麼大聲說話，他再次重重嘆了口氣，「他更喜歡女人……」

無語……這下麻煩了，碰到個男女通吃的，看看天色，已是晚上，被斐崳這麼一說，我更是焦急萬分。「我去帶她回來！」我立刻扔下碗，跑出了門。

可是，怎麼救？我甚至不知道柳讕楓住哪兒？在我毫無頭緒的時候，我腦子裡，突然閃過了一個人，雖然這個人我萬分不情願地找他，但現在，也只有找他了。

這個人，就是夜鈺寒。

夜鈺寒的窩，我還是知道的，只是沒想到抵達那兒的時候，他正準備出門。一輛馬車停在門口，他抬腳上車。我趕緊跑了過去，喊著：「夜大人！夜大人且慢！」

夜鈺寒看見我居然出現在他府第門口，很是驚訝，他站在車上俯視著我，嘴角掛著笑：「這是什麼風，居然把雲掌櫃吹來了？」

「呵呵……」乾笑，上午剛捉弄過他，他一定記恨在心裡，趕緊說兩句好話，「總之是東南西北風都用上了，急啊！」

夜鈺寒看著我滿頭大汗，似乎也察覺出我有事求他，臉上出現了擔憂的神色。

「夜大人，我家思宇還沒回家啊……」
「寧思宇還沒回【虞美人】？」
「是啊！」我垂頭頓足，「請問您那位朋友把她帶哪兒去了？」
夜鈺寒聞言，立刻向我伸出了手：「快上來，我帶你去！」
哎呀？轉變地這麼快，我愣愣地看著他，他怒道：「還不上來？再晚我怕你那弟弟要被人吃了！」原來他也清楚那柳讕楓的癖好啊，我趕緊將手交給他，他抓著我的手愣了一下，隨即將我拉上了車。在車裡，他向我交代著：「如果你見到拓公子，不要驚訝，帶著你的弟弟離開即可，其餘什麼都不要問！」
「嗯！嗯！」我猛點頭，原來兩個皇帝會面啊。那代表咱家思宇還有救。
車子快速奔馳著，車廂裡昏暗一片，我有點好奇，想看看到了哪裡，伸手撩車簾，手卻被夜鈺寒捉住，按在窗框上。
「別看，有些東西不是你該知道的。」他口氣裡是威脅，而他溫熱的氣息居然噴在了我的臉上，那麼，他一定靠我很近，我甚至可以聽見他平穩的呼吸聲。
「夜大人……」我試探地叫他。
「什麼？」依舊是他溫熱的氣息。
「您可以放開小人的手了嗎？」
感覺到夜鈺寒的倉皇，我忍不住輕笑，我是男愛，一定把他嚇壞了。
「對……對不起……」

「沒關係。」其實這個世界並不排斥男愛，反正這裡也盡是雌雄難辨的美人。

「那個……雲掌櫃……你真的是……」

「呵呵……不是，只是愛美人。」

「那上官姑娘不夠美嗎？」

「哈哈……跟我見過的美人，差得遠啊……」例如斐崳。

「原來如此，那麼說雲掌櫃不論男女，只要是美人就行？」

「沒錯！」我得意地笑，其實就算是美人，我也未必喜歡，這樣說，只是為了讓身邊這個夜鉦寒輕鬆一點，瞧他嚇的。

「呵呵……」夜鉦寒輕笑起來，看來他已經輕鬆了，「看來像夜某這樣的，還不能入雲掌櫃的眼了。」

「正是！」我也不說謊，你跟斐崳比起來，可差遠了，儘管你也挺帥的。

「哈哈哈……」夜鉦寒在昏暗的車廂裡大笑著，「雲掌櫃真是一個有趣的人。」

車子停下，門簾一下子撩起，光亮立刻灑了進來，夜鉦寒趕緊收住笑容，由於收得太快，差點嗆到自己，我搖頭輕笑，原來一個堂堂宰相居然會怕一個男愛，估計他以前被男人騷擾過。

下了車，居然就是一個寬敞的庭院，真沒想到，車子居然能開到房子裡，那這個房子得有多大？因為要有可以供馬車跑的大道。夜鉦寒帶著我，我好奇地四處看，初步估計，應該是皇宮的其中一宮。還沒走幾步，我就聽見歡笑聲，尋著聲音一看，在我的左前方，有一處草坪，草坪上，正設著酒席。

拓公子，應該是拓羽小皇帝坐在正當中，穿著便裝，而他的左邊，坐著柳讕楓，柳讕楓的後方，坐著柳讕麗，而思宇，就獨自坐在另一邊，正在大吃大喝。

好啊，我擔心妳擔心得要死，妳倒好，就顧著吃喝。我跟在夜鈺寒的後頭，兩個皇帝看見我來了，顯然都很不悅，而思宇還在悶頭吃，看也不看我。

「你怎麼把他帶來了？」拓羽很是不滿地說著。

夜鈺寒恭敬地回道：「他是來帶他弟弟回去的。」

「正是，小人是來帶舍弟回去的。」估計聽見我說話，思宇才揚起臉，看見我，興奮地跑到我的身邊，拉住我的手：「非雪妳終於來了，這裡好無聊。」

「無聊？」拓羽挑起了一邊眉毛，思宇趕緊吐了吐舌頭，一溜煙地躲在我的身後，她是知道拓羽的身分的。

拓羽身邊的柳讕楓微微眯起他的星眸，目光變得凜冽，估計在恨我壞了他的好事：「我倒很想知道雲公子家，怎麼個有聊法。」

汗毛啊，冷汗啊，全都冒了出來，我硬撐著笑容：「小人家只是尋常百姓，叫思宇回去是開音樂會的。」

「音樂會？」拓羽的眉毛揚了揚，這傢伙一看就知道是個愛玩成性的，「我知道了，就是街巷的傳聞。」

「什麼傳聞？」柳讕麗好奇地問著。

然後，只見夜鈺寒上前一步解釋道：「就是【虞美人】的傳聞，也就是雲掌櫃家的傳聞，傳聞【虞美人】夜夜笙歌，琴聲優美，笛聲醉人，歌聲更是動人，只是那歌聲只唱了一晚，便不再出現，而不久之後，又多了洞簫的聲音，看來，就應該是雲掌櫃所說的音樂會了。」夜鈺寒說完，還衝我笑著。

我笑著點頭：「正是。」

「哦？」拓羽似乎來了興致，「那不如我們到雲掌櫃的家，參加這音樂會如何？」

不會吧……皇帝來我家啊……那上官一定樂死了。

「這……不妥吧……」夜鈺寒在一旁說道。

兩個皇帝點頭。晚上皇帝出宮，太危險。

然後就聽見夜鈺寒又說道：「不如讓他們在這裡開音樂會如何？」

我一愣，不會吧，在這裡？

只見拓羽眼睛眯了起來，估計已經同意夜鈺寒的提議，而身邊的柳讕楓，也緩緩說道：「這提議好。」

「好啊！好啊！聽上去很好玩的樣子。」柳讕麗立刻喊了起來。

然後夜鈺寒在對著我，眼睛彎彎如半月，一臉狡詐：「雲掌櫃覺得如何？」

混蛋，兩個皇帝一個公主都說好，我難道說不好啊？我立刻笑道：「那我這就去接柔兒。」

去接上官的時候，斐崳立刻迴避，而上官也還在背書，頭髮凌亂，精神萎靡，估計她高考都沒這麼認真。當她得知我要帶她去見拓羽的時候，她一下子慌了手腳，過了好半天，她才拾掇整齊，扛著琴出來。在車上我大致交代了一下那些人的背景，好讓她隨機應變。

當柳讕楓在看到上官後，先是一愣，但隨即把視線依舊落在笑迎我們的思宇身上。也對，斐崳他都見過，上官在他眼裡根本不算什麼。而思宇特別、可愛又才智過人，自然能夠吸引他。與此同時，我發現夜鈺寒看著上官出神，呵呵，沒想到上官無意之中也吸引了夜鈺寒呢。紛紛入座後，我們三人坐成一排，先是上官，坐在拓羽右邊的後方，然後是思宇，我最後。說實話，我很不習慣坐蒲團，久了腳會麻，看看兩個皇帝，他們坐的都是可以躺的榻，太羨慕了。

「這麼晚還要打擾上官姑娘，真是過意不去。」拓羽斜靠在榻上，優雅地說著。

上官嘴角含笑：「音樂會若是沒人聽，就失去它原本的價值了。」

然後，上官將琴放在面前的台基上，和思宇對視一眼，便開始演奏。上官修長的雙手輕輕撥弄，《笑傲江湖》就從她指下鏗鏘而出，一旁的思宇隨即附和，然後我，就坐在一邊蹺腳享受，說實話，這面前的美食，還是相當誘人，難怪思宇都樂不思蜀了！

一曲吸引了在場的所有人，他們都驚訝地看著思宇和上官，無法從那盪氣迴腸的音樂中回神。

「啪！啪！啪！」拓羽第一個拍起手來，緊接著就是柳讕楓。

「好曲！好曲！」拓羽似乎有點激動，「為何我從未聽過這樣的曲子？」

上官微微一笑：「此乃小女子自創的曲子。」得，又一個剽竊犯。

「好！好！上官姑娘居然有如此才情，真是讓人佩服！」看來拓羽真的激動了。

柳讕楓懶懶地撐起自己的臉，看著燦爛微笑的思宇，她此刻正看著我，眨著眼，給我暗示，估計在說上官正在釣皇帝。我聳聳肩，微笑。

「沒想到寧公子吹得一手好笛。」柳讕楓的話引起了思宇的注意，她笑道：「哪裡，我還在練，聽非雪說，有一位公主吹笙吹得引來了飛鳳，所以，我這只是皮毛。」

思宇說的，是鸞鳳和鳴的故事。這丫頭，估計得意過頭了，居然又忘記叫我大哥。

「真有這種事？」柳讕麗好奇得看著我，我微笑。

「怎麼不見洞簫？」細心的夜鈺寒終於發現少了一個。

「他今日回家了。」我立刻搶在所有人前頭，她們還不知斐崳和柳讕楓的事。

「原來如此……」夜鈺寒點了點頭。到是柳讕楓淡然說道：「缺一個無妨，有寧公子和上官姑娘合奏，就已經是人間仙樂了。」

「那雲掌櫃呢？」夜鈺寒好奇地問著。

我臉一垮，立刻成菜色，真是哪壺不開提哪壺。

「她呀，就是享受的。」思宇挪近我的身邊，撞著我的肩膀，「非雪最懶了，也不好好學一門樂器。」

「知道了，知道了！」我求饒，其他人開心的笑。

「那不如再讓我們為大家奉上一曲吧。」眾人收斂笑容，認真傾聽。

此番是《霸王別姬》，琴聲帶出了霸王的豪氣，笛聲透露著虞姬的悲涼，最後，琴聲與笛聲，帶著濃濃的哀傷，一起收尾……眾人聽罷，唏嘘不已，柳讕麗更是流出了眼淚：「這曲子怎麼好像描述丈夫與妻子的分離？」

「正是……」上官嘆了一聲，「此曲名為《霸王別姬》，在很久很久以前，大地上，出現了許多國家，其中，有漢王劉邦與西楚霸王項羽互爭天下……」於是，上官開始講楚漢相爭的故事，「……勢促時窮，楚王不得不割捨此愛妻，以免拖帶弱息之累。英雄氣短，兒女情長。置酒與虞姬共飲，泣下數行，作歌以寄慨。虞姬亦歌而和之，誑得項羽佩劍，自刎讓項羽無後顧之憂，但最後，依舊寡不敵眾，項羽在烏江自刎，與虞姬在地下結好合之緣……」

「好感人……」柳讕麗聽罷感嘆著，另外幾個男人沉思不語，估計這個故事又可以讓他們考慮半天。靜靜的風中透露著帝王將相的哀傷和孤寂，陰雲飄過，遮住了月光，就連星星也變得暗淡。

「哎……」思宇忽然沒來由得嘆了口氣，「所以說，皇帝不好當……」

「是啊……」上官順了話，「他們坐在龍椅上，高高在上，卻是高處不勝寒，他們是何等寂寞……」上官的話，立刻引起了兩個皇帝的注意，而當她正準備好好發揮一番的時候，思宇卻打斷了她：「上官妳說得太複雜了，還是非雪說得有趣！」思宇笑著看著我，我現在就差沒躺在地上了，誰叫我九點準時睡呢？現在可好，估計已經過了。

「非雪妳說是吧？」思宇問我，我一頭霧水，我什麼時候發表過關於皇帝的言論了？

「非雪妳忘了嗎？上次妳說的。」思宇開始陷入回憶，說實話，我真的忘了。

「妳說皇帝就是可憐的小屁孩……」

我下巴脫臼，好像想起來了，是在畫完拓羽的畫時說的，我沒想到思宇居然原話照搬！也不用把小屁孩都說出來吧，這下可慘了！偷眼看兩個皇帝，他們臉上一臉鬱悶，而思宇還依舊興致不減，滔滔地說著：「皇位還沒拿到之前，奪來奪去，拿到了，又要擔心別人是不是會來奪，等整個天下都太平了，嘿，後院的老婆又開始爭來爭去，等後院的老婆安定了，晃噹，生出了一群小屁孩，然後，又開始奪來奪去，所以，皇帝永遠都沒得清靜，可憐得要死！是吧……」

然後，我就聽見了哄堂大笑，所有人都笑得前仰後合，眼淚迸濺。

「呵呵呵呵……」思宇還得意得笑著：「我就說非雪總結得很逗吧……」

而就在這時，我看見上官的臉上，閃過一絲不悅，她盯著思宇，神色微變。

「雲掌櫃。」拓羽忽然叫我，他食指指著我亂晃，「雲掌櫃對帝王家的評論，真是前無古人，後無來者啊。尤其是那個『晃噹』一詞，真是妙哉妙哉。」

「嘿嘿……我這不就是一個俗人嗎？書沒唸過多少，墨水也不多，就按照想的說了。」這種新新人類的語言，要你們說，你們也未必說得出。

「我說得還不好，非雪說的時候特有趣，一張臉正經嚴肅，看著人就想笑。」

「是嗎？雲掌櫃不如現在說一個看看。」夜鈺寒發出盛情邀請。

我皺了皺臉，懶懶地坐直身體，想了想，道：「那我說個別的吧。」

於是眾人開始看我說故事。

「說那個！」思宇立刻興奮起來，她最愛聽我說故事。

「哪個啊？」我撓著頭，腦袋有點發暈，想睡覺了。

「就是那個……」思宇好像一下子想不起來，「那個……背叛來，背叛去，兒子又愛上老媽，又愛上妹妹的……」

到底哪個啊？我年紀大了，腦子裡東西太多，這哪兒想得起？

「她說的是《滿城盡帶黃金甲》。」上官提醒道，看著我依舊發愣，她說道：「這個故事就由我來為大家說吧。」

「也好。」拓羽好奇的看著上官。於是上官開始講《滿城盡帶黃金甲》。

我再懶懶趴回案几，開始打瞌睡，什麼嘛，這麼晚了，居然還不回去。

上官一個故事說完，聽的人，再次唏噓不已，陷入沉思。

思宇皺著眉，推了一把我，說道：「怎麼這些故事到了上官嘴裡都是慘兮兮的，非雪……」我再次懶懶爬起來，她不滿地看著我，「妳上次明明不是這樣說的。」

我撐著臉，眯眼看她，那神情好像我欺騙了她的感情：「哎呀！我那是擅自改編的，不就是怕妳傷心嗎？」

「那為什麼會這麼慘？妳上次明明很滑稽的，一點也不慘。」

「滑稽？」柳讕麗充滿渴望地看著我，「雲掌櫃能把那個滑稽的版本說出來嗎？」

哎，跟思宇一樣單純，不喜歡悲劇。

我只有提起精神，板著臉道：「其實是這樣的，老皇帝呢，被自己大兒子戴了綠帽子，覺得很丟臉，想想自己也確實比不過兒子，那是當然啦，他老了嘛，那方面又不行，怎能解決自己老婆的需要，他很嫉妒，嫉妒兒子的青春，所以他想，找個機會滅了他。」

「滅了？」拓羽插嘴。

「就是殺了。」我解釋，眾人輕笑，我繼續：「然後大王子呢，其實也很可憐，他又不喜歡自己的後娘，雖然她曾經也是一朵花，但畢竟老了，哇塞，脖子上一圈又一圈，看著連興趣都沒有……」

「等等等等……雲掌櫃，我怎麼聽不懂？」柳讕麗打斷了我，一臉的疑惑：「什麼不行？什麼需要？什麼興趣？」

邊上那幾個男人已經開始笑了，柳讕楓捂住柳讕麗的耳朵：「不懂就別聽，雲掌櫃繼續，這故事這樣講，很有趣。」柳讕麗惱怒地看著柳讕楓，卻又不敢發作，只有一旁生悶氣。

我拉長了臉繼續：「你想啊，老太婆有什麼好摸的，皺巴巴，黏呼呼的，自然小姑娘俏麗啦，於是，大王子相中了他的侍婢，嘿嘿，王子嘛，陪他睡覺誰不高興，那侍婢自然樂得屁顛屁顛。」

「屁顛屁顛？」夜鈺寒問了。

我再解釋：「就是開心地翹屁股，你們可以去觀察一下，妖媚女人很開心的時候，屁股會扭啊扭的。」幾個男人臉上神色變化不定，估計有過經驗。

「侍婢想，我陪你睡，以後說不定還能做王妃呢，於是，他們就相好啦。然後，皇后就不高興了，她的男人給小妖精拐跑了，她的問題怎麼解決？所以，她決定自己做皇帝，到時想要幾個男人就幾個男人。」

「所以她找她兒子奪王位……」柳讕楓淡淡地說著。

我點頭：「他兒子也有一番心思，他恨大哥，這男人是個變態來的，居然搞了他娘不認帳，所以，他要報仇；然後他父親也變態來的，居然害他娘，所以他又要找父親報仇，最後，他發現，他的弟弟也變態來的，居然愛上了他大哥。」

「你怎麼知道，剛剛沒說啊。」夜鈺寒疑惑。

我道：「有情節為證，三王子如果不是那麼喜歡他大哥，幹嘛這麼關注他大哥？整日跟鬼一樣跟在他大哥後面。」當然，這是我瞎掰的，只是為了讓這部出軌電影，再多一對變態，「所以，二王子想，天殺的這個家裡就老子正常，全滅了算了。於是，最後大家抱著一起死，這世上少了幾個變態，少了幾對姘頭，就這麼簡單。」

男人們看著我，看了許久，看著我臉上一本正經，面無表情，最後，他們終於大笑出聲。

「雲非雪啊雲非雪，為何好好的故事到你嘴裡全成了鬧劇？」拓羽拍著案几，笑得喘不上氣。

我鬱悶道：「人生本來就是一場鬧劇，而且又是這麼多挫折和苦難，就該多找找樂子，笑總比哭好。」來到這個世界根本就是老天爺跟我開的最大一個玩笑。

「嗯！嗯！雲掌櫃說得對，笑比哭好。」柳讕麗笑著：「我很喜歡聽雲掌櫃的故事呢，雖然……不是很懂。」

「但痛苦和困難總要面對的，大哥如此，豈不是在逃避？」上官的話讓我很吃驚，她怎麼好端端地要跟我抬槓了？思宇冷冷地看著上官：「現在我們不求名利，只求安穩，自然要活得地輕鬆瀟灑，快快樂樂！」

「那是安於現狀！」上官的情緒有點激動，我心底開始覺得不妙，「我們不找麻煩，麻煩就不會找我們了嗎？同行的競爭，【虞美人】的盜版，這些都會成為我們的隱患，非雪，妳到底在想什麼？」

「呃……」說實話，我什麼都沒想，我這人沒什麼上進心，也沒野心，所以只有做小老百姓，瞟眼看看眾人，好啊，對面的人全欣賞我們這邊的辯論。

「那又怎樣？」思宇笑著，只是那笑容有點假，「只要我們活得開心就行啦。」

「開心不能當飯吃，既然開了店，就要好好經營！」

「哼！反正妳的目的是釣……」

我的天，思宇說話怎麼又不經過大腦？我立刻拉下她的身體，捂住她的嘴，思宇倒在我懷裡，狠狠瞪著我，我對著眾人揚起一個笑容：「真是不好意思，讓大家看笑話了，這就是我們飯後常有的辯論。」上官也立刻收回不該有的情緒，換上笑容。

「辯論？」夜鈺寒替兩個皇帝問著。

「沒錯，就是找一個話題，大家說出自己對這個話題的看法，通常是正反兩方，例如這世上到底有無鬼魂，只練口才，不傷感情。」我放開思宇，思宇狠狠瞪了我一眼，站起身離去。

「不傷感情？」拓羽看著離開的思宇，衝著我笑。

我淡淡地笑了笑：「小孩子嘛，自然就有脾氣了。」

然後，我就看著柳讕楓也站起身，離開席位。

心中開始擔憂，剛想去找思宇，上官卻說話了：「大哥，剛才真是對不起，我也是為【虞美人】的生意著急。」

「我知道。」上官是適合做生意的，她是一個真正有抱負和野心的女人，「只是哥哥想，若是柔兒能找到一個可靠的依託，我就可以安心守著【虞美人】了。」

「大哥……」上官神情複雜地看著我。

我微笑，然後起身：「我去看看思宇。呵呵，這孩子，也該鬧完了。」

這算什麼？好端端地居然吵起來了。思宇也真是的，吵可以，別把底說出來，哎，這也是我為什麼最疼她的原因，實在單純得可愛。猜想思宇應該走不遠，這個庭院也的確大，我走了一段路，看見一個門，門內應該是一個院子。

「你想幹什麼？」是思宇的聲音。

「想讓寧公子跟我一起走，以寧公子的才智，絕對可以幫我。」是那個色狼！我剛想跨入院子，卻被一個人從身後拉住。我扭頭一看，是夜鈺寒。他朝我擺了擺手，將我拉到一邊，這裡正好能看清院子裡的情況。只見思宇小小的身影靠在廊柱上，而柳讕楓一手撐在柱上，身體微傾，正好將思宇圈在他的範圍之內。

「我不要！」思宇臉一鼓，雙手環胸。

「為什麼？」柳讕楓雙眼瞇起，渾身帶著威脅。

思宇咬了咬下唇：「我要跟非雪在一起！」

我暈死，身邊的夜鈺寒臉變得通紅，我連看都懶得看他，這傢伙準在想入非非。

思宇的話，顯然激怒了柳讕楓，他居然伸手就將思宇狠狠攬入懷中，俊臉逼近思宇的臉，嘴唇靠近她的臉龐：「雲非雪？他不是你大哥嗎？」

「大哥就不能喜歡嗎？」思宇瞪著柳讕楓，我忽然意識到，思宇可能已經猜到柳讕楓對他另有所圖，「他比你溫柔，比你體貼，比你……唔……」

柳讕楓身形忽然下沉，便吻住了思宇的唇，思宇在他懷中掙扎，他卻眼角含笑。

怎麼辦？怎麼辦？我驚惶失措，想衝過去，卻被夜鈺寒從身後抱住：「別衝動！」他壓低聲音，在我耳邊說著。我轉身推開他的時候，他居然還在發愣，我怒道：「思宇是女孩子！」

「什麼？」夜鈺寒一臉驚訝。

就在這時，裡面傳來了一聲輕呼：「啊，你居然咬我！」柳讕楓牢牢鎖住思宇的身體，鉗住她的下巴。思宇大罵著：「你這個變態！喜歡男人找別人去，我是女的！我是個女的！」果然，思宇說出了實話，然而柳謭楓的眼中卻出現了狂喜，思宇啊思宇，妳絕對沒想到這柳謭楓男女通吃吧。

不行，我要救她。

我明白夜鈺寒的難處，他是蒼泯的宰相，怎麼能過問柳謭楓這個皇帝的私事？而且，還是另一個國家的皇帝！

看著夜鈺寒也是一臉深沉，估計也在想對策。

有了！

我跑到離院門遠一點的地方，放聲大喊起來：「思宇～思宇～妳在哪兒？回家啦……」

夜鈺寒看著我，隨即笑了，他不出聲，依舊站在一邊觀察裡面的動靜。

然後，我放慢腳步，依舊喊著：「思宇……妳快出來，不回家吃藥，又要發病囉……到時妳死翹翹我可不管哦。」

夜鈺寒忽然朝我豎了一個大拇指，便躲入暗處。然後，我就看見柳謭楓抱著虛弱的思宇，陰著臉，走了出來。

思宇無力地朝我揮著手，這丫頭，真會裝：「非雪……非雪……」

「呀！思宇！」我急急跑上去，演得也不差，「妳……哎，叫妳別亂跑，快！跟我回去吃藥！」

我從柳謭楓懷中接過思宇，揹起她就走，暈死，太重了！

「嘿嘿……」思宇在我耳邊輕聲笑著：「我就知道非雪會來救我。」

鬼丫頭，真不知道我們三個到底誰最聰明。

「妳該減肥了！」

「老菜皮（黃臉婆的最高等級）妳說什麼！」思宇居然用她的手狠狠揪了我一下耳朵，痛得我差點掉眼淚。

因為思宇的關係，上官也只得早退，拓羽準備了一輛馬車送我們回去，思宇和上官一輛，我依舊坐夜鈺寒的馬車。

車風一陣一陣地掀起車簾，帶入一縷又一縷間斷的月光。

我擦著汗，剛才真是好險。

「真對不起，我不知道寧思宇是……」

「算了，你就當不知道啊。」

「啊……好……」

然後，就是沉默。

舒爽的風吹在我額頭和脖頸的汗上，帶來一陣陰涼，我忍不住靠在車窗邊，真是舒服得讓人昏昏欲睡。

今晚……真是有驚無險哪……

耳邊，是車輪咕嚕嚕滾動的聲音，髮絲隨著微風輕輕飛揚，刮過我的頸項，帶來微微輕癢。

「你……真是不容易啊……」夜鈺寒的聲音若即若離，宛如空穀的傳音，縹緲不定。

「嗯……」

「你……真的不打算為官？」

「嗯……」

「可惜啊……雲掌櫃？雲掌櫃？」

好煩哪，都懶得理他。

終於，夜鈺寒不再出聲，但當我以為可以安靜一會兒的時候，車子忽然顛簸了一下，我的腦袋頓時在車框上震了震，另一邊的臉頰好像擦到什麼，熱熱的，不過頭真的好痛。

「啊，天哪！」我捂著腦袋，瞌睡一下子被震醒：「昏倒，這路怎麼這麼不平。」

「你……你沒事吧。」夜鈺寒的語氣有點急促，似乎十分慌亂。

「沒事沒事。」我擺著手，揉著頭，瞟了瞟他，正好一縷月光透了進來，看見了他慌亂的眼神和煮熟的臉。

「你的臉怎麼這麼紅？」我揉著腦袋隨意問著。

「我……我……」

「以後不會喝酒就少喝點，男人紅臉很難看。」我在空氣中，聞到了淡淡的酒味。

「是……是嗎……」

「當然！」我隨手將窗簾固定，讓月光撒入，也好讓風把酒味帶走，然後側過臉打量著他，「我可不想破壞你在我心目中美人的形象，不然我會鬱悶，然後回去撕畫。」

「別撕！」夜鈺寒忽然激動了起來，抓著我的手臂，然後再慌張地放開，「別撕，我以後會注意形象。」

「這就對了。你喜歡我妹子？」

夜鈺寒稍稍退下的紅色，再次回升，慌亂地擺著手：「只是……只是欣賞，真的，我對她沒有非分之想。」

「有也沒關係。」我輕笑，「窈窕淑女，君子好逑，怕什麼？」

夜鈺寒有點發怔地看著我：「雲掌櫃一家都能出口成章，你們到底是什麼人？」

我愣了一下，窈窕淑女，君子好逑也算？看來下次我應該更加惡俗一點。我笑道：「兒時讀過書，家中父母也是開明，讓柔兒和思宇跟著一起讀，她們只是區區小才小聰明，登不上大雅之堂。」

「小聰明？呵呵，雲掌櫃是在為她們謙虛嗎？」夜鈺寒已經恢復常色，用狡黠的眼神看著我。我乾笑，立刻扯開話題：「哎！沒想到思宇碰到個男女同吃的，真是麻煩。」

「放心，他明天就走。」

「難怪這麼猴急，淫魔！」我恨得牙癢癢。

「呵呵……」夜鈺寒在我身邊輕笑起來，「不知他聽到雲掌櫃的評價，會怎麼想。」

「管他怎麼想，來一次我救一次，我就不信我雲非雪會救不了思宇！」

夜鈺寒輕笑著看著我，他的笑容在夜光下，散發著溫柔的美。

車廂的空氣變得清新，淡淡的月光撒在我和夜鈺寒的身上，帶出我們兩人的影子。

「你很愛你的妹妹們。」夜鈺寒的聲音變得異乎尋常地溫柔，這才是美人該有的聲音，我一下子對他的好感上升幾分。

「是啊……她們是我唯一的親人，所以，我不會讓任何人欺負她們，就算……就算是權貴人士也不可以！」

「真是可惜，以雲掌櫃的機智，若是為官為國出力，定是前途無量。」怎麼又繞回來了。

「你的意思是叫我跟著你混？」我看著夜鈺寒，他很是認真地看著我，我懶懶道：「算了吧，還要科舉。」

「只要我保舉便行。」他胸有成竹地說著。

「還要認識達官貴族。」

「我可以安排機會。」

「可是我沒那個才啊？夜大人，小人只會畫畫，只會做衣服，只會哄女人開心，只會……」

「那是誰提醒寧思宇火炮？」夜鈺寒居然打斷了我，向我俯身過來，我只有後退。

我無語：「那是因為書看得多。」

「那又是誰剛才救下自己的妹妹？」

「那是急中生智。」

「那水能載舟，亦能覆舟呢？」

「那絕對是思宇自己想的。」

「你會不知道？」

這怎麼說，這是小學生都知道的故事，天哪……

我想抬手推開他，卻沒想到他的手正撐在我的袍袖上，而且，他也沒想到自己壓住了我的袍袖。於是，我手一抬，袍袖一扯，他的手下一滑，重心不穩，便朝我撲來。我的背重重靠在車身上，手擋在他的胸前，好險，我鬆了口氣，抬起眼，看到了近在咫尺的臉，帥氣的五官吸引著我的眼睛，他的眼中滑過一絲慌亂，隨即變得漸漸深沉，深地如同一個黑洞，讓人猜不透他此刻的心思。他劇烈的心跳透過他的衣袍，傳遞到我的掌心，我忍不住笑了：「夜大人既然怕我，就不該挨我這麼近。」

「我……」夜鈺寒今天是幾次手足無措了？呵呵，總之現在的他，很可愛。

「夜大人很重哪……」

「對……對不起……」他慌忙拉開與我的距離，老老實實坐在我的身邊，臉上的紅暈再次出現。

整理整理衣衫，繼續看窗外的景色，快到了。

「雲……非雪。」夜鈺寒第一次叫我的全名，「其實……我不是怕你，只是有點不習慣。」

「沒關係，我知道。」

「那……請你考慮一下我的提議。」

車輪漸漸停下，我走出車廂，回頭衝他嫣然一笑：「我想，我不會考慮。」看著他出神的臉，我輕笑搖頭，一切只是巧合，若真要我為官，我恐怕就會醜態盡出了。

進屋的時候，我發現上官和思宇各走各的，互相不說話，思宇看著我，就把我往房間推，上官只是淡淡瞟了我一眼，便回自己的院子，我明白，裂縫已經產生。

「思宇，妳今天幹嘛老打斷上官？」我開始批評她。

她不服氣道：「我故意的！」

思宇的發言讓我吃了一驚。

「我就是看不慣她，憑什麼讓她一個人表現？」

「那妳也不要拖上我啊。」我鬱悶。

誰知思宇忽然抓住了我的手臂：「因為我覺得非雪更加優秀，非雪更適合做皇后！」

思宇的臉，是那樣地認真，語氣是那樣地篤定，但我很想脫鞋子打她。我淡淡地問她：「思宇可喜歡皇帝？」

「嗯？」思宇愣了一下，放開我，「不喜歡，老婆好多。」

「那妳不是害我嗎？」我大聲吼道：「妳都不願意做的事情，叫我做？」

思宇一下子呆住了。

「這世上沒有誰比誰更優秀，只有誰比誰更適合！在計畫統籌上，上官比我們優秀；在靈活機動上，妳比我們優秀；我和妳，都不是做皇后的料，既然上官有這樣的志氣，為什麼我們不能幫助她達成？」

思宇的情緒漸漸平靜，似乎明白我在說什麼。

「我連【虞美人】都經營得毫無突破，妳還要我去跟後宮的女人們鬥？妳是不是覺得我死得不夠快啊！」

「我……我……」

「上官是我們的親人，我們要把釣皇帝看作是她的一份事業，要幫她達成，而不是拆臺！」

思宇是個聰明人，她看著我，皺著眉，嘆了口氣：「我去跟上官道歉。」

「不用了！」忽然，上官從我們身後推門而入，她的臉上，沒有任何表情。

我和思宇站在桌邊，思宇有點侷促，她不敢看上官，上官只是隨意地看著我們，突然，她仰天大笑：「哈哈哈，沒辦法，女強人就是寂寞！有很多想法哪是妳們這種凡人能懂的。」

呵……這就是上官的可愛之處，性格很豁達。

思宇也忍不住笑了，揚起臉給了上官一個白眼：「咗！」

「好了，我們齊心協力，拿下那小屁孩！」我大聲喊著，將手伸了出來。

然後上官和思宇，將手放在我的手背之上，大喊著：「拿下小屁孩！」

朗朗的笑聲迴盪在【虞美人】的天空上……

第二天，思宇自發地幫上官抄書，我就得空去書樓看書，一窩就是一天，跟以前一樣。就在我晚上即將離開書館的時候，我居然發現一本真正的古籍，據說那裡沒一個人看得懂上面寫什麼，還傳說那本古籍裡有驚世的治國之策。

那本古籍殘破不堪，還散發著一股黴臭味，可當我翻開看的時候，頓時鬱悶得化成石頭，這哪是什麼擁有驚世治國之策的密書，分明就是一本小說，而且還是英文小說，書名：《簡愛》。由此可見，穿越時空過來的，的確還有很多先人。

跟院長好說歹說，搶了這本《簡愛》，怎麼說也是自己世界裡的東西，我忽然萌生一個念頭，既然有一樣，就有兩樣，我為何不將它們收集起來？說不定還能找到回去的辦法。

於是，在這個世界裡，我又多了兩個目標，收集穿越時空物品，找到回家的路。

四、賽詩會

當我拿到御花園賞花的請柬後，我鬱悶了半天。這夜鈺寒是鐵了心要收我做下屬，倒是上官十分樂觀，說那天有我在，她就更加安心。末了她還勸我想開點，做官不是什麼壞事，而且還是跟著一個帥哥，以前工作的時候，上面不是還有個老闆？思宇也在被邀請之列，估計是看她一個小姑娘，讓她也來湊湊熱鬧。反正他只要張一張嘴，請誰都可以。

出發的那天，夜鈺寒還派了車來接我們，上官穿得很素雅，不惹眼，保持低調，我和思宇都穿著劍袖長袍，袖子大一點，可以藏小抄。

思宇已經將整本《精選集》都抄在了一本小冊子上，這本冊子，現在就在我的袖子裡，上官已經背出一小半，如果有必要，我就翻書，然後思宇傳字條。

夜鈺寒站在馬車前，微笑著，今日的他，似乎經過精心打扮，特別的帥氣。頭髮梳得整整齊齊，冠玉扣髮，乾淨清爽，身上是錦蘭華衣，如此一襯，說不出的魅惑。看來今日這個宴會，定有不少貴族到場，他才會穿得如此正式。相對於他，我們的確寒酸了點。

依舊是兩輛車，依舊是同樣的坐法，我掂著手中的請柬，看著夜鈺寒：「你這算什麼意思？」

「雲掌櫃認為是什麼意思？」他嘴角含笑，一臉的陰險。

我大笑著拍著他：「哈哈哈，你請我去皇宮白吃白喝，還有什麼意思？」

「是的，只是如此……」夜鈺寒被我拍得直皺眉，好好的華衣被我拍出一個掌印。

跟著夜鈺寒下車，走在他的身後，上官和思宇的車似乎沒跟著我們，我問夜鈺寒才知道，上官是屬於水嫣然的客人，所以要跟著她，至於思宇，既然跟上官一輛車，就跟著上官。

左瞧瞧，右看看，就當逛故宮，夜鈺寒很奇怪，說我怎麼不驚訝，我老半天才反應過來，然後裝作很驚訝的樣子，大呼小叫，害得夜鈺寒冷汗一陣又一陣。

然後，就是落座，我又是最後一個，也好，看小抄方便。

上官和思宇到的時候，我還看見了水無恨小朋友，他穿著的是我後來又設計的一款華衣，因為聽說他也參加賞花。【虞美人】有了福伯和錦娘，我都不用操心，他們會催工，會送貨，我只要畫畫設計圖就行了。

酒宴設在御花園。亭子裡，是皇帝坐的，現在空著，然後接下來，就是兩排席位放在亭子下，面對面，大概十來個人左右。思宇和上官坐在我前面，就跟上次一樣。等人到齊後，我們三人看見了一個早就猜到的人，小皇帝拓羽，然後，我們三人裝成相當吃驚的樣子行禮，落座，開席，賞花。

酒席設在花團簇擁的草坪上，淡淡的陽光，淡淡的風，淡淡的花香，真是醉人萬分。面前是一片貴族公子，聽說皇太后負責那批老的，小皇帝就負責我們這批小的，此刻，席位當中正輕歌慢舞，周圍是演奏的宮女，那些公子小姐們賞花的賞花，看舞的看舞，聊天的聊天。

「呀，嫣然，妳的華服好漂亮啊，哪裡做的？」說話的，不知是哪個大官的千金。

水嫣然羞怯地一笑：「是【虞美人】，喏，他們今天也來了。」

「天哪，【虞美人】的人居然也被邀請來參加百花宴？」那些小姐們，眼睛一亮地往我們這邊瞟，而公子們露出不屑，但在看見上官後，立刻臉色變柔，禮貌地微笑。

呿！一群淫蟲。

上官低眉不語，正襟危坐，這也是我們之前商議好的，既然今天必定會知道皇帝的身分，就要裝作生氣，不然皇帝還以為天下的女人都會自動送上門呢。

我吃水果，思宇吃點心，我們兩個忙得不亦樂乎。

就在這時，我的後脖頸有點癢癢，我伸手撣了撣，可能是飛蟲，但又好像不是，而且還沒完沒了？我轉過身，立刻看見一張大臉，把我嚇得撞倒了身後的桌子，桌上的酒壺打翻，濕了我一片衣衫。那個罪魁禍首還笑著，笑得天真浪漫，手裡拿著一支竄兒紅，他剛才就是用這個撓我的脖子。我還沒說話，思宇倒是叫了起來：「水無恨？真的很好看呢。」

汗，又來！

我坐好，看著面前這位蹲著的小朋友：「小王爺，你真把小人嚇到了呢。」

水無恨好看的眉毛擠在了一起，一臉的委屈，我嘆氣：「沒關係了，你在玩什麼？」

「花花。」水無恨笑著，然後站起來，在我面前轉個圈：「好看嗎？」

「好看好看。」廢話，自己設計的能說不好看嗎？

「無恨好喜歡呢。」水無恨蹲了下來，坐在我的身邊，思宇拿過一個水果，從我身上爬過，遞給水無恨：「給好看的小王爺。」

「謝謝。」水無恨接過水果開心地吃了起來。

我看著他吃，再看看弄濕的衣服，這下可好，一身酒氣。

「沒想到【虞美人】居然為傻子做衣服，看來我們還是別在那裡做了。」這話怎麼這麼刺耳？

我望過去，原來是對面的幾位公子。

水無恨皺起了眉，一臉害怕的樣子，躲在我的身後。

可惡，取笑傻子，真是人渣。

衣袖被人扯了扯，原來是思宇，她低聲道：「教訓教訓他們！」

我想了想，便朝那位取笑無恨的公子道：「公子，小人有事請教。」

「請問。在下定然解答雲掌櫃的疑問。」那公子得意揚揚。

我問道：「請問您，一加一等於幾？」

那公子立刻惱怒起來：「你什麼意思，居然拿這麼簡單的問題來我，是在取笑我嗎？」

「小人不敢，正因為公子您才高八斗，小人才問您這麼高深的問題，莫非您不知道？」

那公子狠狠瞪了我一眼，道：「二！」

然後我問身邊的無恨：「無恨知道答案嗎？」

無恨皺著眉，掰著手指頭，怯生生道：「三。」

「哈哈哈……傻子就是傻子……」那公子嘲笑起來，身邊的一圈人都樂開了懷，無恨害怕地抓住了我的手。

我輕輕拍了拍他的手，笑道：「無恨好聰明，比那公子更聰明呢。」

話剛說完，無恨和那些公子都驚訝得看著我，我不慌不忙道：「一個爹加一個娘，不就是三嗎？」「怎麼會？」那公子不屑地說著。

我抬手一指他，笑道：「這不多了一個公子你嗎？」

「你！你！」那公子立刻氣得臉上一片緋紅。邊上的人笑成一片。

「哈哈哈……」我笑得前翻後仰，增加聲勢，差點沒倒到水無根的懷裡去，氣死你，白癡！

思宇比我笑得更誇張，有時笑也是一種武器，把那公子氣得臉都綠了，一下子就衝過來，瞪著我，水無根迅速躲到我的身後。

「你知道我是誰嗎？」

「你是誰不重要。」邊上思宇輕描淡寫地說著：「你該去猜猜為何我們能坐在這裡和你們一起賞花？」思宇別有意味地看著那公子。

果然，那公子臉上的表情，瞬息萬變，是啊，我們不過是小小的【虞美人】老闆，卻能和你們一樣坐在這裡賞花，原因嘛，足夠你們琢磨半天了。

「茶公子為何站著？」夜鈺寒優哉遊哉地走到我們的案几前，優雅的姿態，讓人癡迷。那茶公子的臉，立刻變得緊張。

我立刻起身，行禮：「原來是茶公子啊，您訂的衣服，我們一定會準時交貨。」

那茶公子也是識時務的人，立刻笑道：「在下找雲掌櫃訂衣服。」

「原來如此。」夜鈺寒笑著坐在我的案几邊，拉我坐下：「雲掌櫃你倒是很會做生意。」

「那是當然啦，哈哈哈……」

那茶公子見夜鈺寒坐在我的身邊，立刻撤退。

夜鈺寒一坐到我們這邊，我們這裡立刻成了視線的焦點，本來小皇帝就盯著上官，現在可好，一幫子女人全看這裡了，我只有側過身跟水無恨小朋友玩猜拳。苦了思宇，坐在位置上渾身不自在。終於，她忍不住了，只聽她跟夜鈺寒客氣地說道：「夜大人，您應該坐在首席，請別坐在這裡了。」

「為什麼？」

「您坐在這裡，太招惹視線了，你看，非雪都躲起來了。」

手臂被人抓了抓，我扭頭看他，他嘴角含笑，笑得很狡詐：「真的？」

「嗯。」我點頭，繼續跟水無恨玩猜拳。

「很好，我就是這個目的。」背後傳來他陰陰的聲音，昏倒，這是在給我間接地造成政治背景啊，

「非雪，夜某敬你一杯啊。」

渾身一個寒顫，出了剪刀，被水無恨的榔頭砸死。

轉身舉杯乾笑，這一杯下去，就說明我，雲非雪，是個有政治背景的人，而且是跟夜鈺寒狼狽為奸。夜宰相敬我酒，我想不出一天，我就成了黨派之間關注的物件，跟夜鈺寒對著幹的，就會找我麻煩，夜鈺寒這邊的，就會巴結我。然後，那些左右都不是的，就會觀望，這小子是非要把我拉進黑暗的政治世界啊！

夜鈺寒緩緩放下酒杯，輕輕抓著我的手臂，一副把臂聊天的親熱樣。

「剛才如果無恨說四，你又會怎麼答？」夜鈺寒看著我喝下酒，笑問著。

我看看水無恨：「這題本就沒答案，說四就說生兩個，反正人很能生。」

夜鈺寒忍不住笑了，這次是真的，我看得出來：「那二呢？」他又問。

「就說無恨跟那公子一樣聰明。」

「看來茶公子註定要被你戲弄了。」

「所以還是請夜大人三思，小人很會得罪人呢，到時怕給夜大人帶來很多麻煩呢。」

「我想你若是真心對我，應該不會讓我陷入麻煩中。」他忽然很認真地看著我，看得我有點不知所措。忽然水無恨的腦袋出現在我的肩膀上，鼓起臉說道：「夜哥哥好色，這麼盯著小哥哥看。」水無恨的話提醒了我，我笑道：「夜大人如此關照小人，不怕外面說你與小人有曖昧關係嗎？」「我不介意。」他忽然瞇起雙眼得意地笑，我立刻明白，他免疫了……果然，他睜開眼，笑道：「有些招，用多了，就不管用了，更何況，雲掌櫃你……」他忽然伸出了手，水無恨立刻將我往身後一帶，躲過他的魔爪，「也十分之有趣呢，呵呵……」然後，他就奸笑著離開。看著他的身影，我出了一身冷汗，這個夜鈺寒是個不達目的不甘休的人。

酒過三巡，小皇帝提出準備進行賽詩會。由他出題，下面每人做一首，而這次詩會有三個人不參加，就是我、思宇和水無恨小朋友，我和思宇打出擋箭牌說自己是文盲。

「第一個題目就為春。」拓羽指著滿園春色，微笑地看著上官，上官裝作沒看見，放在桌下的手，卻給了我一個ＯＫ，說明關於「春」的詩，她已經想到，無需作弊。

但之後呢？思宇看著我，我讓她稍安勿躁，周圍都是侍婢，我也不好看書，看著身邊的水無恨，計上心來。

我算是明白狗急跳牆的意思了，原來在夜鈺寒眼中我的機智，都是這麼給逼出來的。

「無恨。」我悄聲說著。

「什麼事，小哥哥？」水無恨瞪著大眼，也小聲說著。

「可願幫哥哥一個忙？」

「好啊。」水無恨笑得很歡暢，於是，我拉著他起身離開。

御花園的設計，是以小皇帝的亭子為中心，呈圓形，而往外，是一層比一層高的植物，如同湖水蕩漾一般往外擴散。我站起身的時候，就看見外面有一圈桃花林，我帶著無恨進入桃花林，輕風撫過，下起了一陣紛飛的花雨，紅色的，白色的，翩翩飄過。水無恨欣喜地伸出雙手，將花瓣接在手中。

我找了塊草地坐下，水無恨蹦啊蹦，蹦到我的身邊：「小哥哥……無恨能叫小哥哥非雪哥哥嗎？」

「可以啊……」我笑著，然後拿出行頭，書、小紙片，還有我將木炭削成的炭筆。

「那非雪哥哥要無恨做什麼？」

「你現在先回去，然後坐在思宇哥哥邊上，跟他說由你來傳紙條，思宇哥哥就會通知你什麼時候來。那時，你就要把那一輪的詩題告訴我，我就會寫一首詩給你，你再偷偷交給思宇哥哥，知道嗎？」我看著水無恨小朋友，他的星眸在桃樹下閃爍。

我忽然想起了斐崳對他的評價：他可是比任何人都精呢。會是真的嗎？水無恨，你就證明給我看看吧。

水無恨就這麼看著我，看了很久很久，然後，他壞笑起來，指著我：「非雪哥哥作弊，嘿嘿……」

「那還不去？」

「哎！」水無恨小朋友站起身，落在他身上的花瓣，從他的華服上滑落，他摘了一根桃花，拿在手中，甩啊甩，跑著離去。

這片桃花林很大，也很靜，靠在樹邊，看著眼前一片紅雲，微風掃過我的臉龐，帶起我幾縷青絲，和那紛飛的花瓣，一起飛舞……

好美啊……以後上官就要住在這樣美麗的地方啊……

估計上官還算順利，水無恨小朋友很久沒來找我，選中他，是因為他是唯一一個可以跑來跑去，而不會引起別人懷疑的人。

正想著，身後傳來蹦蹦跳跳的腳步聲，我回頭一看，正是水無恨。

「題目是什麼？」

「別離。」

我迅速翻書，剛好有一首王維的，立刻寫下：下馬飲君酒，問君何所之。君言不得意，歸臥……

「你們這裡有什麼山是兩個字的？」

「霧山。」

歸臥霧山陲。但去莫復聞，白雲無盡時。寫完，交給無恨，他笑著藏起，蹦啊蹦……

又過了一會，水無恨跑來了。

「什麼題目？」

「休息。」

「啊？」我疑惑，「休息是什麼題目？」

水無恨坐在我身邊玩桃花：「拓哥哥說休息了，然後聽上官姊姊彈曲子呢。」

果然，一陣陣悠揚地琴聲從深處傳來，是《森林狂想曲》。我笑了，這算過關了，我對水無恨說道：「不如跟哥哥說說之前的情景啊。」

「好啊！」水無恨含著桃花枝含糊地說著，這孩子怎麼什麼都放嘴裡，我取出他嘴裡的桃花枝，他開心地說了起來，「上官姊姊好厲害的，剛才前前後後一共出了六個題，分別是春、花、秋、月、相聚和別離，直到最後一個，上官姊姊才找我幫忙……」

水無恨在袍袖裡掏啊掏，掏出一個山狸果給我吃，這果子有點像我們那裡的紅心李子。古人就是麻煩，喜歡出題作詩，我想，就算叫我臨場發揮，也背不出。有時想想很奇怪，為何那些穿越時空的女主角能背詩？我若不是正好帶著筆電，哪能背得出？莫非穿越時空的，全是中文系高材生？真是怪了。

記得思宇看見我筆電裡的資料，一個勁問我是不是記者，我直笑，其實我是個執業藥師，但有一個特殊的愛好，就是寫書。一旦寫書，就需要大量的資料，所以我的電腦裡，有詩詞歌賦、經脈穴位、兵器門派、天文地理、妖魔鬼怪、現代科技……如果細找，還可以找出火炮的製作方法，呵呵，可說是包羅萬象啊。

而音樂更是以古典居多，所以上官和思宇才能奏出那麼多優美的曲子。不過那也是她們厲害，居然聽幾遍就能譜出曲子，若是我，頂多只會哼哼。

琴聲一落，水無恨小朋友就很積極地跑了回去，繼續做傳遞員。接下來，題目的難度明顯增加，我甚至懷疑小皇帝拓羽是否在試探上官的才情底線。

幾乎下半場題目一出，水無恨就往我這裡跑，先是「梅」，然後過了一會是「竹」。

看來下半場是「梅、蘭、竹、菊」。

腳步聲再次響起，只是這次有點慢，他走到我的身後，我正翻著書：「什麼題？」

「桃花。」

這麼巧？我翻到的一頁正好是崔護的《題都城南莊》：

去年今日此門中，人面桃花相映紅。

人面不知何處去，桃花依舊笑春風。

但我想到的卻是另一首，我忍不住吟道：

「桃花塢裡桃花庵，桃花庵下桃花仙；桃花仙人種桃樹，又摘桃花賣……」越想越不對，這聲音不是水無恨的。

「賣什麼？」

心，驚了一下，是夜鈺寒。

夜鈺寒在我身後緩緩俯下身，因為我看見他的長髮垂在了我的身邊，帶著淡淡的桂花酒的味道遊走到我的鼻尖：「雲掌櫃，賣什麼？」

「酒錢……」我側臉一看，果然是夜鈺寒，他也側臉看我，他那張俊美的臉，就在我的眼前。

「雲掌櫃，你好像沒說完吧，這首詩你那本書上好像沒有哦……」說著，他急速靠近，他的臉擦過我的臉龐，回神的時候，他正要搶我手中的書。我慌忙收起書，重心不穩，整個人倒在了地上，濺起片片花瓣，在身邊飛揚。

他的手已抓住了書角，狠狠一拽，我跟著書被他一起拽起，拽入他的懷中。書本被抽離，他用一隻手圈住了我，鎖住了我的身體，扣住了我的雙手，然後坐在我的身後，將書冊放在他的右腿上，開始翻開書冊。

「好詩，真是好詩！」他癡迷地看著，我在他懷中掙扎，無奈被他牢牢制服。現在的情況很糟糕，我被他從身後圈住，坐在他懷裡，動彈不得。他溫熱的呼吸，吹在我的耳邊，染紅了我的耳朵，屬於他的體溫，正源源不斷地從他的衣袍裡傳遞到我的後背……

好緊，好熱，好鬱悶……

他就那樣坐著，完全忽視我的存在，這個詩癡，臉還枕在我的頸窩，看著我那本書直流口水。

「真是好詩，雲掌櫃你……」夜鈺寒在叫我的同時，整個人的身體都僵住了，而且，我清晰地感覺到，他一下子屏住了呼吸，因為我的後背緊緊貼著他的前胸，甚至感覺到他心跳的加速。白癡，現在才發現我們的坐姿很曖昧啊，你去死吧你！

「還不放開！」我怒吼！

他慌忙鬆開對我所有的鉗制，能逃多遠就多遠。

站起身，看著臉紅和慌亂的他，怒道：「還我！」我也怒了，被吃豆腐不說，還被搶了書。

他愣住了，看著我，眼神漸漸變得深沉，我被他這般盯著，汗毛立刻豎了起來，再次喊了一聲：「還我！」

紅潮漸漸退去，夜鈺寒的眼中滑過一絲戲謔，緩緩起身，晃著手中的書：「你把那首詩唸完，我就還你……」

「好！」沒想到夜鈺寒會那麼壞，居然要脅我。

於是我開始唸唐伯虎的《桃花庵歌》。能背下這首詩，是因為周星馳的《唐伯虎點秋香》。當他唸這首詩的時候，覺得他好帥，便特地背下了這首詩。（當然還有另一段經典，就是：小人本住在蘇州河邊，家中有屋又有田，生活樂無邊……當然現在不能背這段了，嘿嘿。）

「桃花塢裡桃花庵，桃花庵下桃花仙。
桃花仙人種桃樹，又摘桃花賣酒錢。
酒醒只在花前坐，酒醉還來花下眠；
半醒半醉日復日，花落花開年復年。
但願老死花酒間，不願鞠躬車馬前；
車塵馬足富者趣，酒盞花枝貧者緣。
若將富貴比貧者，一在平地一在天；
若將貧賤比車馬，他得驅馳我得閒。
別人笑我太瘋癲，我笑別人看不穿；
不見五陵豪傑墓，無花無酒鋤作田。」

「別人笑我太瘋癲，我笑別人看不穿……好詩，真是好詩！」夜鈺寒激動地看著我，「難怪非雪你能做出不如天女下凡來，與我一同共戲蓮的意境。」

「別誤會，這首《桃花庵歌》不是我做的，我只會做做打油詩。」我立刻潑了一盆冷水給他，別抬舉我，我根本不是你想的那種人。

「現在可以還我了吧。」我伸出手，低聲下氣。

夜鈺寒將書冊在手中翻了翻，緩緩朝我放來，突然，他將書冊收入懷中，嘴角一勾：「我有說現在就還你嗎？借我看幾天，我就不告訴皇上你們的事。」

「你！你！」我恨恨地咬牙切齒，「算你狠！」我當即甩袖離去，作弊的東西都被沒收了，還留著幹嘛？

心情極度火大。當我氣呼呼回到座位的時候，上官與思宇先是一愣，然後就看見了夜鈺寒，當即明白了一切。

我只有抱歉地看了上官一眼，隨即吃悶食。

水無恨奇怪地看著我：「非雪哥哥怎麼回來了？」

「別提了，書被你夜哥哥發現了。」

「啊？夜哥哥是壞人！」小孩子的世界就是這麼簡單，好人壞人全憑他個人的喜好。

此刻出的題是「酒」，上官一臉擔心，我悄聲告訴她，夜鈺寒不會把這件事說出來，她才稍稍鬆口氣。

到上官的時候，果不其然，她背的正是李白的《月下獨酌》：

「花間一壺酒，獨酌無相親。

舉杯邀明月，對影成三人。

月既不解飲，影徒隨我身。

暫伴月將影，行樂須及春。

我歌月徘徊，我舞影零亂。

醒時同交歡，醉後各分散。

永結無情遊，相期邈雲漢。」

上官溫柔的聲音，更是將這首詩的意境，吟誦地淋漓盡致，聽後讓人回味萬分。

我瞟向夜鈺寒，這小子正埋首看著桌下，王八蛋肯定在看我的書。

忽然，他揚起臉，做了一個將某物藏好的動作，衝著我微微一笑，還拍了拍他的衣襟。

可惡，藏了我的書，還耀武揚威。

他看著我，在那邊淡淡地說道：「既然雲掌櫃回來了，不如也做一首，你剛才可是逃了不少啊。」

「是啊是啊……」眾人一片附和。

你這個千年的烏龜，萬年的王八，我恨恨說道：「不會！」甩臉，老子就是文盲，俺就是耕田的，你能拿我怎樣？

「雲掌櫃真是謙虛，雲掌櫃的打油詩可是很有意境，夜某到現在還記得呢。」

「什麼什麼？」下面的公子小姐好奇地問著：「能讓夜大人記得的，一定是佳作。」

佳作？我還作家咧！

夜鈺寒看著我，薄唇微張：

「風戲水中蓮，水映雲中天。

天女心念動，信手做雲蓮。

你道雲蓮美，我說水蓮香。

不如天女下凡來，與我一同共戲蓮。」

「好瀟灑的風格。」對面也不知哪位小姐突然冒出這麼一句，誇得我汗顏。

「嗯，這詩在打油詩裡面堪稱佳作，哈哈哈……」拓羽在上面也跟著起哄，「雲掌櫃，不如你再做一首打油詩，讓朕也開開眼界啊。」

沒想到拓羽居然開了口，做就做，誰怕誰？我一定要做一首語帶罵人的。

晃著杯中的殘酒，腦子飛速旋轉，身邊的思宇和上官都擔憂地看著我。

腦子裡就只記得《月下獨酌》前四句，還被上官唸了，現在開始後悔當初語文為什麼不好好念，已有人等得不耐煩，例如我對面的茶公子：「雲掌櫃，莫不是沒有靈感？」

「一杯殘酒……」我開口了，對面的小子一下子靜了下來，然後就是議論：「這也算詩？」

「二兩相思……」我唸出了第二句，眾人立刻變得鴉雀無聲，我揚起臉，瞪著夜鈺寒，繼續唸了下去：

「一杯殘酒，二兩相思。

三分醉意濃，四縷情絲重，

五六日不見人，七八夜夢牽魂。

九十月望穿秋水，百千年痛入愁腸。

萬般怨恨化作相思淚，恨恨恨，真是算你狠！」

夜鈺寒的眼，頓時半瞇，立刻拿出懷中的書，開始翻看，你看，你看！找得到我把頭給你！

「這是……」對面的人，有的驚異，有的疑惑。

夜鈺寒終於從書冊中揚起臉，笑了，雙手一拍，便是一串掌聲，然後，眾人都拍起了掌。

「雲掌櫃這打油塔詩，可真是妙趣橫生啊。」拓羽對我讚賞有佳，身邊的上官和思宇都用驚奇地目光看著我。

我擺出一個笑容：「小人這是打油梯詩。塔詩起頭為一個字，小人這詩像梯子，所以叫梯詩。」

「好一句恨恨恨，真是算你狠，展現了這女子對男子的恨啊。」夜鈺寒眯眼笑著。

我也繼續笑：「當然，這男人讓這女子想得腸穿肚爛還不算狠嗎？」

「夜某今日算是領教雲掌櫃的文采了，居然以數字做頭，中間又有日夜月年，若說雲掌櫃不會做詩，夜某定然不信。」

那是給你逼的。

「呵呵……只是還不夠押韻呢，雲某定然回去好好讀書，天天向上，以夜大人為榜樣，看到好書就要搶！」我盯著夜鈺寒，他的笑容有點僵。

他在位置上不自在地乾咳兩聲，繼續道：「難怪雲掌櫃能取出【虞美人】這般有意境的店名，莫不是有什麼出處？」

心下一驚，他肯定是看到《虞美人》了，《精選集》裡就只有那首李煜的亡國詞，難怪他要提！難道要我說這是詞牌名？這白癡懂個屁！

思宇微微抓了抓我的手，讓我冷靜，心中一轉，便笑道：「的確有出處。」

「哦？是什麼？」眾人都好奇地看著我，我說道：「是取魚美人的諧音啊。就是一條魚的魚。」

「魚美人？」水嫣然皺起了眉，「那是什麼？」

我繼續解釋：「在《江山。澤國誌》（滄泯國一本記錄奇聞軼事的書，有點類似《山海經》）裡提到過，其上身為美人，下身為魚，歌喉動聽，上岸即可成人，其美貌沉魚落雁，傾國傾城。」若是柳讕麗在，她定然知道。

「原來如此……」拓羽若有所思地看著上官，他該不會懷疑上官是魚美人吧，呵呵，汗。

夜鈺寒顯然沒想到我會用他們國家的書來解釋虞美人，那臉鬱悶的，比美人圖還要好看，他眼睛眯了眯，現在我算了解他了，他只要做這個動作，雖然可以電死萬千少女，但其實是正在動壞腦筋想鬼主意。

我狠狠瞪著他，兵來將擋，水來土掩，我不怕。

忽然，他的目光變得柔和，居然露出一抹微笑，讓我一下子愣住，他又想幹嘛？

他轉身對著拓羽：「皇上，該是午宴了吧，下午還要遊湖呢。」

呀，他放過我了？這麼快？這麼簡單？我的神經一下子放鬆下來，身體還不自主地晃了晃，碰到了身邊的水無恨小朋友，他不知何時，居然趴在案几上睡著了。

其實他也挺可憐的，水嫣然也不照顧他。不過誰叫水嫣然自己也是個孩子呢？

我脫下外褂，蓋在他的身上，開始等著傳說中的午宴。

「非雪，妳跟夜鈺寒……」思宇小聲問著我，此刻歌舞女再次來到中央，音樂聲隨即而起，恰到好處地掩蓋了她的聲音，「你們沒發生什麼吧……」

「哼！王八蛋要試探我，打算收我當他的部下，做小皇帝的心腹。」

「呀！非雪莫非是要從政？」思宇擔憂地看著我。

我笑道：「放心，不會讓他們得逞，我雲非雪是哪那麼好擺佈的？」

「其實從政也沒什麼不好啊。」

「是沒什麼不好，但麻煩。」一想到做官，我就頭大，「而且沒有自由。」

「還有，可能會捲入很多陰謀中……」思宇的神色變得暗淡，「非雪……我真的好怕……怕妳捲入那些可怕的陰謀中。」

我拍了拍她的手：「這不是還沒捲入嗎？在我們的眼中，皇帝是個好皇帝，宰相是個好宰相，天下太平，繁榮昌盛。」

「其實不知道也是一種幸福……」

「是啊，看我們，就可以當沒事人一樣置之度外，吃想吃的，做想做的，多逍遙……」身邊的人動了一動，原來是水無恨小朋友換了一個睡姿。

「那萬一……我是說如果他們成功了呢？」思宇緊緊抓著我的手，眼底是恐慌和擔憂。

「呵呵，那就跑路囉，哈哈哈……」

思宇一張臉，立刻拉長：「我想這世上，再沒有比非雪更沒上進心的人了。」

「嗯！嗯！看來我要開始準備銀子跑路了！」

一道汗，滑過思宇的眉角，轉身，開始吃東西，不再理我。

午宴上來的時候，我喚醒了水無恨，他初醒的那一刻，就像一個嬰兒，而且，他的嘴角，還掛著口水……只有用衣袖給他擦去，他還呵呵直笑。吃飯的時候，也不老實，說非要我餵，真是無比鬱悶。

「非雪哥哥是個好人。」水無恨拉著我的手，甩啊甩，身邊的水嫣然掩面輕笑：「雲掌櫃，看來我哥哥很喜歡你呢。」

「我看得出……」我無奈地垂下了頭，看水無恨那樣子，顯然又把我當作他某樣玩具。

一行人跟在小皇帝身後走著，下午是遊湖，那湖位於皇宮後面，是倉月湖的一部分，圈起來作為御用湖。雖說是圈起來，仍是一眼望不到邊跡。

只見碼頭上，已經停了一艘龍舟，我想，這應該算皇家組織的皇宮一日遊。

面前忽然晃過兩個公子，他們居然伸出腳絆無恨，太過分了！

可是已經來不及了，無恨立刻撲了出去，我的手在他手中，於是我也撲了出去，推在那兩位公子身上。結果「咯噹！」兩位公子翩翩落水，濺起的水花，灑了我和無恨一身。

無恨立刻嗚嗚地哭了起來，直喊疼。然後，岸邊就是一片大亂。太監忙著救人，宮女帶著我和無恨換濕衣服，其餘人先上船。宮女把我們帶到一間屋子，便去拿乾淨的衣服，無恨哭著看著他的右手，我一看，原來擦破了皮，但我身上也沒帕巾，現在發現這個習慣不大好。

「別哭，哥哥給你包起來……」然後我撕了自己的袖袍，這可是上好的雲羅做的，不過這布料……咳咳，是王爺府的。

用清水給他擦淨，然後包起：「不痛了哦……」對於水無恨，就是哄小孩子。

水無恨愣愣地看著我，眼角還掛著淚水，他現在這個樣子，非但沒有損害他美男的形象，更憑添了幾分柔美，真是一副美人落淚圖啊。抬手為他輕拭淚水，一張臉像隻小花貓，我忍不住笑了：

「無恨像是不洗臉的小貓呢，呵呵……」

外面傳來腳步聲，宮女拿著乾淨衣服進來了，還有御醫，可是水無恨小朋友居然發脾氣了，說什麼也不讓御醫重新包紮，最後還是我三哄兩哄，還要答應幫他換衣服，他才肯重新清洗傷口，上藥包紮。

汗，身上涼颼颼，自己還沒換乾衣服，就要伺候這小少爺，他就那麼大喇喇地，就像平時在家裡接受丫環伺候一樣，撐開自己的雙手，站著。

無奈，宮女們在一旁忍不住輕笑。

解開他的衣結，鬆開他的腰帶，腰間的玉佩被我取下，忍不住細細觀瞧。

「這是娘親的。」水無恨在一邊說著：「很漂亮吧。」

「是啊，榮華夫人可真會選呢。」

「不是這個娘親，是無恨的親娘。」水無恨嘛著嘴，從我手中拿過玉佩，「無恨有兩個好娘親……」他把玉佩緊緊貼在胸口，一副不許任何人碰的樣子。

真沒想到水王爺竟然有兩個老婆，既然現在只有一個，那水無恨的親娘一定已經死了，這可憐的孩子。

褪下他的外袍和中衣，然後給他換上乾的中衣和外袍，為他整裝。就在宮女要取走濕衣的時候，無恨小朋友又發脾氣了，說怕她們把他的衣服扔掉，他要帶回家給雙兒洗，估計是指他的貼身侍婢吧。

哎……小孩子就是難伺候。

我也撐開雙手，享受一下宮女伺候的待遇，反正只脫外袍和中衣，所以也不用擔心別人發現什麼，而且我還做了一件特製的背心，襯出一個男人平坦的胸膛，思宇也是如此。

面前的小宮女比我矮，卻有一雙漂亮的眼睛，我忍不住嘆道：「妳的眼睛真漂亮，像天上的星星。」宮女立刻雙頰緋紅，掩面嬌笑，為我整裝也整得特別仔細。

等宮女們走後，無恨噘著嘴看著我：「非雪哥哥也好色，明明喜歡漂亮小姑娘，還說自己喜歡男人。」

「那是當然！」我笑了：「我是男人嘛，只要是漂亮的，我都喜歡。」汗，說得自己像個色狼，「等無恨長大了，也會喜歡漂亮小姑娘。」

「才不會呢，她們都沒我親娘漂亮！無恨的娘最漂亮！」說著，他生氣地抱著濕衣服跑了出去，我趕緊追他。

可是……沒多久……我就沒了他的蹤影。暈死，不知道我腿短跟不上嗎！而且，我發現一個嚴重的問題，我好像迷路了……

眼前是相似的景色，相似的房屋，相似的假山，相似的太監宮女。我曾要求他們帶我回到碼頭，但他們都說有自己的職責，不可隨便離崗，但可以幫我指路。

結果，我就這樣，莫名其妙地走到這座宮殿前。

眼前的宮殿居然是歐式建築，四面環水，有九曲長橋相連。圓形的屋頂，白色的廊柱，琉璃的窗戶，西方十八世紀古典主義建築風格，在這樣中式的皇宮裡實屬別緻。

我忍不住走了進去，門敞開著，裡面很乾淨，似乎有人長期打掃，大理石的地面，拋光的桌子，還有那張圓形的大床，明顯就是古羅馬風。這個屋子的主人是誰？看著精緻的梳妝檯，一定是一個女人的，天哪！我該不會闖入後宮了吧，此地不宜久留，快閃！

就在我準備跑路的時候，我看見床邊的牆上，居然掛著一幅畫，畫上是一個精緻的美人，美人柳眉杏目，小巧玲瓏的秀鼻，櫻桃一般的紅唇，鵝蛋臉，卻不胖，身材勻稱，清麗脫俗。

美人有一種說不出的韻味，似是大家閨秀卻又英姿颯爽，似是活潑卻又沉靜，畫邊還題了一行詩句：「月光不及美人顏，華床卻剩孤獨眠。」

第一句明顯說連月光都不及美人的容顏，後一句好像說華床，應該就是這張圓床，只剩下孤一個人睡，孤？不就是皇帝，哈，難道是拓羽？

「非雪！還不快出來！」是夜鈺寒的聲音，我慌忙收住視線，趕緊逃出這個房間，夜鈺寒這麼急的口氣，這個宮殿肯定不是隨便能進的。

由於跑得急，在門口差點撞上他，他拉著我就跑。

「你膽子也太大了！」夜鈺寒惱怒地說著，不像是開玩笑，「要不是我先發現你，你的腦袋都不知道要砍幾次了！你怎麼跑那兒去了！」

「我迷路了，然後看到那個宮殿，因為好奇就進去了。」

「我就知道，一個小宮女正好看見你出現在那附近，我找了半天也沒找到，就猜你八成是闖進去了。」

「那裡到底什麼地方？」

「總之是禁地，先皇下的旨，誰都不能進去！」

禁地啊……莫非是禁臠？不對不對，說得太色情了，應該是金屋藏嬌比較妥貼。既然是先皇下的旨，那說明不是拓羽的女人，而是那老皇帝的女人。

回到船上的時候，水無恨小朋友已經在船上了，手裡還拿著一根小樹枝晃呀晃，見我來了，笑嘻嘻地朝我蹦來：「非雪哥哥不乖，讓大家等。」

我隨意笑了笑，船身一晃，龍船便離開了岸。

此刻正是晌午剛過，龍船上提供船艙和房間供大家休息，整個下午，龍船就都在這湖上。

我的船艙靠近船尾，和思宇安排在一起，思宇這丫頭上午吃撐了，結果一沾床就睡。而水無恨小朋友的精神又特別旺盛，不給我睡覺的時間，站在船尾跟我玩小兵捉賊。我真沒想到他袖子裡居然藏了這麼多玩具。

一個個木雕的小兵，和一個個木雕的小賊，玩法很簡單，他一排，我一排，他扔一個兵過來，砸到我的賊，我就死個賊，然後我再扔一個賊過去，砸到他兩個兵，他就死兩個兵。

玩了幾局，水無恨小朋友不高興了，雙手抱在胸前，歪著腦袋瞪著我：「非雪哥哥都不讓著我！」

「哦哈哈哈……」我得意地奸笑，「你在家裡都被人讓慣了，就讓我來告訴你什麼叫人外有人，山外有山。」

水無恨小朋友的嘴越噘越高，一臉的不服氣，那樣子似乎他再輸就要哭了。沒辦法，只有哄哄他：「現在非雪哥哥我，要去偷回那本書，你想不想參加啊？」

一道精光立刻滑過水無恨大大的眼睛，興奮地直點頭，他迅速收起玩具跟在我的身後。

他踮起腳尖，小心翼翼地走著，真是可愛，我說道：「現在還沒進去呢，不用這樣。」

「哦……」他咧著嘴笑了。

夜鈺寒的艙房在第二間，也就是拓羽的旁邊，不過說是說旁邊，其實隔得好遠。我偷偷爬到他窗戶的底下，他窗開著，然後我往裡面一望，他正斜躺在竹榻上睡覺。

他單手支撐著自己的俊臉，烏黑的長髮垂落在華服上，寧靜而安詳，真是賞心悅目。

回頭看水無恨，好傢伙，嚇我一跳，水無恨居然用衣襟裹住自己的臉，只露出兩隻眼睛。

我壓低聲音道：「你這是幹嘛？」

「我現在是賊……」

拿他沒辦法，將他的衣襟拉下後我伸手推門，門沒關，我就這麼光明正大地走進了夜鈺寒的房間。回身把水無恨拉了進來，然後關門。

哼哼哼哼，夜鈺寒，你就等著瞧吧！

悄悄走到夜鈺寒的身邊，這混蛋好像把我的書放在身上，於是我探出手，突然，夜鈺寒睜眼了，伸手就抓住了我，笑道：「雲掌櫃想幹嘛？」

「呵呵……」我也笑：「搶你！無恨，快，壓住他！」

夜鈺寒完全沒有想到我還帶著幫手，他剛想起身，我就迅速壓住他的上身，然後叫無恨按住他的腿。「非雪哥哥，非雪哥哥……」水無恨小臉紅紅地看著我，「這樣好像不好……」他看著我，我正按著夜鈺寒的手，身體壓在他的身上。

「都是男人怕什麼？莫非你喜歡男人？」水無恨的頭搖得像波浪鼓，「所以麻煩無恨把他全部壓住。」

「啊？」水無恨小朋友的臉更紅了，「非雪哥哥欺負夜哥哥。」他雖然這麼說，但還是扣住了夜鈺寒的手，夜鈺寒一下子就急了：「雲非雪，你大……唔！」

我毫不客氣地捂住了他的嘴，壞笑道：「誰叫你先搶我的？瞪什麼瞪？是不是無法相信我居然會是這種人？哈哈哈……」我誇張地大笑著：「告訴你，我雲飛雪本就不是什麼好東西！」

「唔……唔……」夜鈺寒臉漲地通紅，惱羞成怒地瞪著我，我不理他，左手捂著他的嘴，右手開始搜他的身。

水無恨小朋友嘻嘻笑著，坐在夜鈺寒的腿上，用屁股壓得他動彈不得，而且只用一隻手，就牢牢扣住了夜鈺寒的兩隻手腕，另一隻手還悠閒地在空中揮來揮去。

我先在夜鈺寒的外袍裡找了一圈，沒有，然後再伸進他的袖子，一個不小心碰到了他手臂的肌膚，結果，夜鈺寒發出了一聲強烈的抗議：「唔！」

「對不起對不起，我不是故意要摸你的。」不過說實話，他的皮膚很光滑。

奇怪，怎麼沒有？

「無恨，你來按住他的嘴，我好好找找。」

於是，水無恨傾下身體捂住了夜鈺寒的嘴，現在這個場景……真是……曖昧。

只見夜鈺寒躺在榻上，水無恨側壓在他的上方，他的腿被水無恨牢牢壓著，他的雙手，被水無恨的右手緊緊扣著，半舉到空中，絲滑的袍袖滑落至手肘，露出誘人的肌膚，而他的唇，自然也被水無恨捂著，水無恨顯然沒有注意到，還笑嘻嘻地看著我有什麼下一步的舉動。

現在兩隻手都空了，我可以好好搜搜了。

我蹲在榻邊，掀起夜鈺寒的外袍，外袍的內部，通常會有內袋，我伸了進去，人差不多要趴在夜鈺寒的身上了。

結果，還是沒有。

我單手撐在夜鈺寒的胸上，想著，此刻夜鈺寒的身體儼然成了我的桌子，劇烈的心跳從下面傳來，我忍不住笑了，他絕對沒料到我居然會這麼做，完全一點都不像平日的儒雅君子。

外面沒有，難道還要更裡面？於是我再伸進他的外衣，手在他腰間摸索，一般都藏那裡，夜鈺寒的身體不自在地在我手下閃避。

「太可惡了！」我怒了，伸出手打在夜鈺寒的肚子上，打得他差點吐血，「你到底藏哪兒去了？」

水無恨發愣地看著我，眼中滑過一絲害怕。

夜鈺寒白了我一眼，不理我。

那肯定是貼身之處了，我雙手按了按他的胸前，果然在中衣裡，我脫！

夜鈺寒顯然被我的舉動驚呆了，我管你，大家都是男人，怕什麼？哦，不對，我是女人……算了，現在顧不了這麼多了。

當我扯開他的衣結，攤開他的中衣時，我就看見了我的書冊，心底鬆了口氣，便抽了出來。

「哈哈哈……終於被我找到了，無恨，放開他。」

「好的。」水無恨一下子從他身上躍了下來，跑到我的身邊，我只是淡淡掃了掃依舊躺在塌上的夜鈺寒，頓時臉有點發燒，此刻的他，好狼狽，狼狽得就像剛被人那個什麼過。這都是我的傑作。

「非雪哥哥，這是什麼書，你這麼在意？」

「這是天宮上的詩詞，不能落到凡人手中，讓我毀了它。」

「不行！」夜鈺寒當即從榻上蹦到我的面前，原本的華服依舊敞開著，露出裡面的淡褐色絲綢裡衣，他伸手又要搶，我立刻藏入衣中，攤開雙手，讓你搶。

他的手頓在半空，眼神落在我的腰間，他是堂堂宰相，是迂腐的書生，絕對不會做出像我那樣越軌的行為。我笑了笑，靠近他，他的手立刻抽回，轉過身，開始繫好自己的衣帶。

「多謝夜宰相！」我雙手抱拳，給他鞠了個躬，再度恢復溫文爾雅的我，「小人這就告退。」

「哼！」他甩袖冷哼，背對著我和水無恨。

五、刺客

「非雪哥哥好壞哦～～」從房間出來的時候，水無恨一直在我身邊說著，我雙手插入袍袖陰險地笑了。夜鈺寒啊夜鈺寒，你怎麼也不會想到我這麼剽悍吧，誰叫你把我惹急了呢。

到了船尾，此刻眾人依舊在安歇，甲板上只有侍衛和船員。我點了火，便將詩集燒毀，這可直接影響著上官在拓羽心目中的形象，只要毀了它，就算以後夜鈺寒拿這事說嘴，也沒證據。

雙手撐在船邊，眼前是一望無際的蒼茫世界，這樣的感覺，像是到了太湖，也是這樣平靜的湖水，這樣一望無際的廣闊天地。

大湖跟大海給人帶來不同的心境，看著大海，你的心胸會變得異常開闊，一切煩惱都會掃除；看著大湖，你的心會變得無比平靜，彷彿這個世界的事再也與你無關。狠狠吸下一口湖水的味道，忍不住輕嘆：「淡水連天，天入水中鏡，到底是，舟在水中游，還是，九天下神舟。哈哈哈，分不清，分不清……」

隨意瞟向四處，此處正好能見到船頭，遙遙望去，卻是兩個身影，是拓羽和上官。

我偷偷跑去，還在一邊轉圈圈的水無恨立刻跟了上來。

躲在一邊，船邊的侍衛們瞪著我，我也瞪著他們，他們清楚，我是小拓同志請來的貴客，一個還要出動夜宰相找的人，也是小拓子身邊那個美女的哥哥，所以，他們選擇當沒看見我。

「皇上叫柔兒有什麼事？」上官恭恭敬敬地站在拓羽的身邊，拓羽左手微微伸出，像是要環住上官的身體，上官輕挪腳步，遠離一分。

拓羽只有收回手，放入袍袖中，優雅的身姿讓人心動。

「上官姑娘怎麼這麼見外？」

「因為是皇上……」上官微微露出怒色，雙眉輕輕蹙起。

「呵呵，是不是因為我騙了妳？」拓羽向上官邁進了一步，上官輕笑：「民女怎敢生皇上的氣，此刻皇上就是皇上，不再是之前的拓公子。」

「上官姊姊生氣了……」水無恨在我耳邊說著，他的雙手趴在我的肩上，真是重，「是因為拓哥哥沒告訴她真實的身分？」

「嗯！」我點頭，繼續看。

拓羽再次伸手，上官再次躲避，但此番，拓羽沒讓上官逃走，迅速拉住她的手臂，就拉入懷中。上官臉色微變，狠狠將拓羽推開，就是一句冷語：「請皇上自重，不是任何女子都喜歡投懷送抱的。」上官揚起臉，不卑不亢地站著。

「真生氣了？」拓羽眼睛微微眯起，這時的男人最野性，也是他忍耐的底線。

上官狠狠瞪著拓羽：「沒錯！朋友不是該坦誠嗎？呵，只怪柔兒自作多情，居然妄想做皇上的朋友……」

上官正說話間，拓羽開始向她步步逼近，上官臉上露出戒備的神色，步步後退，直到退無可退，撞到了身後的船欄上：「你想幹什麼？」

「妳說呢？」拓羽不答反問，嘴角輕勾，欣賞著上官慌亂的神情。

此刻上官就像驚慌的小兔，讓人著迷。

拓羽雙手緩緩放在上官身側的船欄上，將她困在自己的牢中，低沉而充滿魅惑的聲音隨即響起：「妳到底是誰？」

上官的神色微變，笑道：「小女子是上官柔。」

「就這麼簡單？」

「沒錯，就這麼簡單。」

「一個山野來的女子，居然能吟詩頌詞，譜歌彈琴，既有出眾的才華，又有厲害的經商之道。柔兒姑娘，朕倒是很好奇，為何深山裡出來的女人，會如此落落大方，卻又英姿颯爽？」拓羽緩緩抬起右手，輕輕撫過上官的臉龐，在她的唇邊駐留，食指緩緩滑過那飽滿誘人的紅唇。

「呿，挑逗我家上官！」我嗤之以鼻。

水無恨小朋友好奇地問著：「挑逗是什麼？」

「小兒不宜。」

「是不是這樣？」水無恨忽然抬起他的手指，壓在我的唇上。汗毛立刻豎遍全身，小孩子學這些最快，就像我家樓下的兩個小孩，整日玩親親，真是寒死妳。我拍下他的手，提醒道：「這是只能對女孩子做的。」

「是嗎？」水無恨小朋友開始用手指按壓自己的唇，這動作被他這麼一做，完全失去了挑逗的作用，反而更像是看一個嬰兒吃自己的手指。

轉過身繼續看，我很佩服上官的演技，她跟男人也不是第一次了，居然還能憋出臉紅。雖然不是很紅，但也夠了，而且是恰到好處。只見她此刻面若桃花，眼神慌亂，抬手想阻止拓羽的愛撫，卻被他牢牢扣住。拓羽的眼神中滑過一絲情欲，視線落在她誘人的紅唇上，無法移開。

他緩緩俯下身：「朕真是被柔兒妳迷住了呢……」

上官躲過他的唇，他只是輕輕說了一句：「別反抗我……」便輕輕扣住了上官的下巴，緩緩落下他那性感的薄唇。

看著上官在他的唇下淪陷，看著上官在他的身下舒軟，不知上官是怎樣的感覺？

轉身靠在船艙的木板上，陷入沉思，這僅僅是第一步而已。身邊的水無恨小朋友已經捂住了自己的眼睛，細開一條縫看著我，然後放開手好奇地問著：「非雪哥哥怎麼不臉紅。」

我隨意地理了理脖子上的頭髮，道：「看多了，麻木了。」我都老菜皮了，什麼沒見過！再說現在的電視都這樣，就連小孩子看了都麻木，更別說我了。

「非雪哥哥，非雪哥哥……」水無恨拉住我。

「幹嘛？」

「別看了，陪無恨去房裡玩。」他拽著我，我不肯：「再看看……」

就在這時，忽然傳來劇烈的水聲，就像是海豚躍出海面的聲音，而與此同時，我的面前，突然從水裡躍上了幾個黑衣人，他們帶著水簾，出現在半空中。我趕緊轉身看上官那邊，那裡也正有一個黑衣人騰空而起，他猩紅的腰帶飄揚在空中。

他做了一個甩手的動作，傻瓜也知道他要出暗器了。

我驚呼：「小心！」

與此同時，上官居然推開了拓羽，自己擋在他的面前。

我嚇壞了，一時怔愣在原地，無法動彈。

只見我這面的幾個黑衣人，也甩出了暗器，朝拓羽和上官飛去。

完了，完了，成靶子了！

可出人意料的事發生了，拓羽忽然從身後環住了上官，腳尖輕點，就飛向了一邊，只聽見「叮」一聲，是暗器相撞的聲音，然後就是「噹啷」幾聲，幾枚飛鏢落在了甲板上，與此同時，侍衛大喊起來：「護駕！」

刺客！護衛！原來我面前那些，是保護拓羽的，這讓我想起《黃金甲》裡的蜘蛛兵，也是這麼神出鬼沒。

緊接著，又是幾聲水聲，與那刺客一樣穿著的黑衣人，落在了甲板之上，一時間，喊殺四起，血液迸濺，也分不清是他們那紅色的腰帶，還是帶出的血花。

臉上一濕，面前那個侍衛已經被人割喉，腦袋就像沒有全部掰斷的甘蔗，掛在頸邊，讓人作嘔的鮮血濺了我一身，我頓時嚇傻。

那刺客提著刀就朝我砍來，完了，死定了——忽然，他頓住了，眼神晃了晃，只這瞬間的遲疑，他就成了黑衛士的刀下鬼。

「好可怕！」水無恨在我身後大叫起來，拉著我一起蹲下。黑衛士見是我們，便過來護在我們身邊。

看著衣袍上的鮮血，感受著臉上的那一處冰涼，我木訥地抬手，木訥地摸了摸臉，木訥地看著手，然後，眼前一黑，我就栽了下去……

臉上絲絲冰涼，就像那侍衛的血，讓我恐懼，讓我噁心，眼前猛然出現一個人頭，我大叫一聲「啊！」被活活嚇醒。

「非雪，沒事吧。」耳邊傳來思宇的聲音，我晃了晃腦袋，讓不穩的視線聚焦，慌張地看了看雙手，雙手被思宇溫柔地握入手中：「沒事了，擦乾淨了，沒事了……」

「沒事了……好……沒事了……啊！衣服！衣服！」我慌忙扯著袍子，思宇輕輕擁住了我，輕拍我的背：「換了，已經換好了，沒事了，沒事了。」

「沒事了，沒事了……」我趴在思宇的肩頭，心跳無法平息，終於，忍不住，我大哭起來，「思宇……嚇死我了……我要投訴！這算什麼狗屁一日遊，一點人身安全都沒有……哇……破皇宮……」

「我也被嚇死了，夜鈺寒抱妳進艙房的時候，妳滿身都是血，當時他就要給妳換衣服，還好皇上把他叫走了。」

「真的！」我看著房間，在自己家裡，「那真是太幸運了。」我擦了擦眼淚，漸漸從餘悸中恢復過來。

「思宇。最近恐怕要妳陪我睡了。」

「嗯，太好了，又可以吃豆腐了！」思宇再次撲到我身上，東摸摸，西摸摸，真是受不了她。

上官沒有回來，據說受了傷，被留在宮裡，這可真是一個好機會。

晚上，斐崳給我送來了定驚茶，他看著我驚魂未定的樣子，心疼地皺起了他那好看的眉，看得我反而心生不捨，真怕他多皺幾下，會皺出皺紋。

小妖今晚特別安靜，躺在我的被單上，輕輕舔著我的手指，直到我的手不再顫抖。

儘管思宇睡在我的身邊，我能聽見她平穩的呼吸，也能感受到她的體溫，更能感受她的體重——因為她的睡相實在不怎樣，居然一條腿壓在我身上。

可是難以言表的恐懼，依舊讓我無法入眠，我好怕一閉上眼，就看見那半連的腦袋。

恐怖小說和電影，我看過不少，自己也寫過不少，但心裡都明白，那是假的，哪有這次給我的震撼這麼強烈？還是現場版，那人可是灑了我一身血啊！

望著黑漆漆的房頂，我開始發呆。

那時，那個刺客明明可以將我一刀斃命的，他為什麼遲疑？他的眼神為什麼瞟了瞟？除非他看見自己認識的人。而且，那人還阻止了他殺我，雖然我當時嚇傻了，但我眼睛沒瞎，那一剎那的眼神交流，是跟誰？

當時那裡就只有我跟水無恨，自然不是我，那難道……後背泛起一陣涼意，是：

水無恨！

如果是他，那整件事變得相當複雜，他為什麼裝傻？為什麼要刺殺皇上？為什麼卻要救我？水王爺也參與了嗎？

慢著，我作弊，我作詩，我的一切，在他眼前從未掩飾過，甚至跟思宇在筵席上的那番對話，都沒有避諱他。難道他也看上了我？認為我是一顆不錯的棋子？

嗡的一聲，我傻了眼，從這一刻開始，我就捲入一場未知的陰謀。所以，我決定，從明天開始，我再也不出大門，包括當作不認識水無根。

「轟隆！」一道閃電忽然劈過，驚了我一跳，窗外狂風大作，搖曳的樹影就像不散的陰魂。心慌亂地跳著，總覺得今晚這雷很不對勁。「唰——」窗外下起了瓢潑大雨。窗戶被狂風帶著乒乓亂響，我只得起身關窗。

我探出身體，抓住那亂擺的木窗，忽然又是一道閃電，照亮了整個院子，眼前忽然有什麼東西飄過，我的心，登時停止跳動。

忘記了呼吸，只是慢慢地，木訥地，抬眼，然後，我看見在我們家的老榆樹上，掛著一個男人，水順著他神秘的輪廓，往下流淌，然後，我看見隨風飄揚的，正是那條猩紅的腰帶……

斐崳是第一次，那麼執著地留下一樣東西，這樣東西，就是掛在樹上的那個刺客。

「死了沒？」我傻傻地站著。

「差不多……」斐崳淡淡地點了點頭，忽然揚起一抹淺淺的笑，而我卻在那抹笑容裡看到一絲陰險，「所以我要救活他……」

猶如有萬隻螞蟻，爬上了我的後背，我忽然發覺，斐崳就是我們那裡的「科學狂人」。

刺客慘白的臉上，毫無半點血色，氣若遊絲，渾身血跡斑斑，因為雨水的沖刷，淡紅色的血水沿著床榻流下。

但這個刺客，無疑是個好看的刺客，不大不小的瓜子臉，略尖的下巴，緊閉的雙眼，卻有著長長的睫毛，睫毛上沾著水珠，只要稍微的震動，那些水珠便會滴落，挺直的鼻樑下，是緊抿的嘴唇，這個男人輪廓清晰，而且十分地骨感。

只一晃神，斐崳便已將男人的血衣脫下，扔入我的懷中，淡淡地提醒道：「快去燒了吧……」

「啊……是……」我顫抖著抱著血衣，腿開始打顫，眼前的刺客，已經血肉模糊，根本找不到一塊完好的肌膚。

小妖不知從哪裡蹦了出來，嘴裡還叼著一個罐頭。斐崳細細打量著男人身上的傷痕，接著就挽起了袖子。

從懷中取出一副手套，那是一副白色的手套，我知道，斐崳討厭污穢，不過他現在的形象，離「科學怪人」更近了幾分，讓我渾身發麻，還是別看為好。

慌慌張張跑到廚房，將血衣扔進了灶爐燒了。燒了也好，不留下證據，可是他們遲早都會知道，怎麼辦？我應該怎麼辦？

爐灶裡是「劈劈啪啪」火星跳躍的聲音，那件黑色的血衣在柴火中，慢慢融化，包括那條刺眼的猩紅腰帶。

外面的風聲漸漸消失，寂靜的夜裡，只剩下綿綿的春雨，沖刷著一切痕跡。

接下來……該怎麼辦？

刺客在我家的消息，我相信不久之後，雙方的人就會發現，現在這個世界，刺客又會有怎樣的隱性規則？會不會醒來後，把我們全滅了？還是他的頭領發現後，把我們和他一起滅了？又或者拓羽發現後，把我們和他一起提審，然後嚴刑拷打得半死不活？

汗毛豎遍全身，我寧可把我殺了，也不要嚴刑拷打。

有辦法，一定有辦法。一定有不用死人，也能脫離一切陰謀，置身事外的方法……這個方法，究竟是什麼……

一陣春風吹入窗戶，捲過地面，徹底吹滅了灶台裡奄奄一息的火，那是證據的灰燼，從爐灶裡被帶出，輕輕飄起……時間，在寂靜中流逝，夜，變得好漫長……

「咕~~」一聲雞啼，衝破了夜的寂靜，宣告著黎明的來臨。

外面的雨不知何時，已經停止，淡淡的陰雲中，透出了一束皎潔的白光，那道白光洗去人間一切的污穢，帶來生的希望，我想……我已經想到了那個方法……

身體一下子輕鬆下來，感到的，是深深的疲倦，靠在灶臺上，我沉沉睡去……

我一直睡到第二天下午，還沒醒的時候，外面就傳來喧鬧聲，很吵，朦朧中好像聽見錦娘的聲音：「您不能進掌櫃的臥房，還是請到偏廳喝茶，讓我喚醒掌櫃的。」

「不行！這張紙這麼寫，一定很嚴重，我要進去看他！」

這個聲音好熟悉啊，夜鈺寒！我身子一彈就爬了起來，此時房門已被重重推開。

我不怕，為了不必要的麻煩，我連睡覺也穿男裝，嘿嘿。

夜鈺寒穿著他青色的便裝，出現在我的房門前，一臉擔憂，好像死了摯友的表情，身後還帶著一個老頭，老頭背著一個藥箱，難道是來給我看病的？

「掌櫃的，這……」錦娘有點躊躇。

我笑道：「沒事，是夜宰相，錦娘幫我泡壺茶來。」

「哎……」

就在夜鈺寒看見我的時候，他愣住了，看著我出神，我笑道：「怎麼夜大人也跟小人學壞了？喜歡私自闖別人的房間？」

夜鈺寒尷尬地走到我的床邊，將一張紙甩到我的面前，上面寫著八個大字：

本人已死，有事燒紙！

「……」一滴汗，滑落眉梢。我們三人有時不想被彼此打擾的時候，就會在門口貼紙，一般上官會寫上：請勿打擾，美容中。思宇是寫：煩著呢，別來亂。而我就是：本人已死，有事燒紙。

這也是【虞美人】裡的人都知道的規矩，所以錦娘才會阻攔夜鈺寒。應該是思宇不想讓大家打擾我休息，就幫我貼上了。

「這個……呵呵……是不想讓大家打擾我休息……」我乾笑著。夜鈺寒無奈地嘆了口氣，跟身邊的老頭交代了些什麼，那老頭便直直走到我的床邊，道：「請雲掌櫃伸手，好讓微臣把脈。」

我配合地伸出右手，依舊看著此刻不敢看我的夜鈺寒，他那副正經八百的樣子很有趣。

「我想，夜大人不會只有帶人給我看病這麼簡單吧。」

夜鈺寒終於將視線落回我的身上，微微一笑：「沒錯，此行還給雲掌櫃帶了一封信來。」說著，他拿出信遞給我，上面是上官的筆跡。

我立刻埋首拆信，哪知未束的長髮落到臉邊，嚴重影響我看信，於是，我拿過枕邊的束帶，將長髮簡單束起。

左手拿信，上面寫著上官在宮裡養傷，叫我們不用掛念，御醫說，她的傷，最快也要七天才能痊癒。要七天這麼久？我立刻問夜鈺寒：「柔兒傷到哪裡？」

「右手臂。」

「多深，被什麼砍的？」

「刀傷，深……倒是不深。」

我明白了，小皇帝借機把上官留在宮裡，於是我壞笑道：「這點傷也要七天？怎麼皇宮裡的御醫幾時技術那麼差了？」

此刻那老頭卻開口了，眼角還掛著詭異的笑：「是啊，老臣的確年紀大了，把脈也把不出男女呢。」

看著這老頭狡詐的笑，我明白了，大夫能把出性別，我佩服道：「老御醫果然厲害！」

老頭先是一愣，奇怪地看著我，估計在想我怎麼一點都不慌亂。其實這有什麼好慌亂的，就算說出我是女的，對我也沒什麼影響。

我繼續道：「出門在外，女子確實處處不便，就像我家柔兒，貌若天仙，若不是我這個大哥，我們幾人恐怕早就入了青樓，也不會有幸見到這麼多的達官貴人，柔兒更不可能在宮裡養傷了，這是何等的榮幸啊。」

我看著老頭，博取他的同情，我們女子命運多變，大凡不受自己掌控；也提醒他，既然知道上官是被強留宮中，那就說明她遲早都是皇帝的妃子，所以不看僧面看佛面，與人方便，就是與己方便。

老御醫在宮中跌爬滾打幾十年，怎會不知少說多做的道理，他微微一笑，對身邊的夜鈺寒道：

「雲掌櫃已無大礙，老夫再開幾碗定驚茶，讓雲掌櫃能睡個好覺。」

「那就麻煩于御醫了。」

此刻，錦娘已將茶水奉上，老頭見到錦娘，便讓他帶自己去偏廳開方子。我還納悶，開方子這麼簡單的事，在我房裡就可以搞定，幹嘛還要去偏廳，然後想到，夜鈺寒這王八蛋一定有什麼不可告人的事，要告訴我。

果然，等那老頭走後，夜鈺寒就開口了：「你可知那些刺客是誰？」

我搖頭：「不知。」

「他們是……」

「別說！」我打斷他，下床穿衣服，「我警告你啊，當你是朋友才這麼跟你說話的。」

「是真的？雲掌櫃當我是朋友？」夜鈺寒有點激動。

我此刻背對他，也不知他激動成什麼樣子，我一邊繫衣帶一邊說：「千萬別告訴我一些我本來就不知道的事，我知道你想做什麼，我不會參與，不會幫你們找刺客，更不想知道這其中的陰謀，反正——」我面對他，「我就只想做個普普通通的老百姓。」

「可能嗎？」夜鈺寒雙眉蹙起看著我。

我笑道：「只要有心，就能！」

「那好吧……」夜鈺寒嘆了口氣，聲音中帶著失望，「雲掌櫃好好休息，夜某告辭。」

「我送你。」夜宰相嘛，總要送送的。

我把夜鈺寒送出房門，于御醫也開好了方子，我拿著方子一看，驚道：「于御醫，您給我開的也太好了吧。」

于御醫有點驚訝：「怎麼了？」

「于御醫，我沒錢，只要喝點酸棗湯就行了，您這又是冬蟲夏草，又是人參的，太名貴了，吃不起。」

「哦？沒想到雲掌櫃也會開方子？」于御醫感興趣地看著我。

我也沒多想：「認識點藥材，小病能自己看，于御醫，您還是給我重新開一張價廉物美的。」

「就按這張！」夜鈺寒居然忽然說道，還有點生氣，「東西我會讓人送來！」

我聽完，愣愣地看著他，手中的單子被他抽走，他忽然對著我溫柔地微笑：「既然我們是朋友，這點小事，我還是幫得上忙的。」說罷，帶著于御醫緩緩離去。

不一會兒思宇就走了進來，邊走還邊回頭看，匆匆跑到我的身邊：「夜鈺寒怎麼來了？那老頭是誰？」

「妳不知道？」我靠在門邊，愣沒想明白夜鈺寒臨別時的那個微笑。

「嗯，我早上送貨去了，上官怎麼樣？」

「受了點輕傷，被小皇帝留在宮裡七天。」

「七天？這麼久？那不是什麼事都能發生？」

「應該不會，上官沒那麼傻，不會這麼快就把自己給小皇帝，我們還是關心一下後院的那個人才好。」

「也對。」

於是我和思宇匆匆往後院跑去。

一般店裡的人只在店鋪和工廠出入，也只有錦娘和福伯偶爾能進入前院以及我的書房，所以，他們不會去其他的院子。古人還是有很多可取之處，就是自覺。

看著幾乎被紮成木乃伊的帥哥刺客，我問斐崳：「他大概什麼時候醒？」

「晚上……」斐崳淡淡地說著，一邊調試著放在那人身邊的香爐，裡面不知又放了什麼藥。

斐崳的動作很優雅，用一根細細的小銀勺攪拌著香爐，邊上的小妖在那木乃伊上跳來跳去。

「他是個好人……」又是那句話，我道：「小妖喜歡他？」

斐崳停下手中的銀勺，微微點了點頭：「小妖是千年靈狐，能識人的本性。」

「我明白了，意思是說就算他是個殺手，其本性並不壞。」

「沒錯……」斐崳蓋上香爐的蓋子，淡淡的藥香在空中彌漫，他坐在藥台邊，閉眼假寐。

「非雪，我們該怎麼辦？」思宇在一旁擔憂著。

「要讓他光明正大地走在街上。」

「非雪，妳瘋了！那不是等於告訴皇帝我們藏了他？」

「非也，藏起他才更讓人起疑，而且他們刺殺拓羽時，都是蒙面，所以拓羽未必一下子猜到他就是刺客，我擔心的，是派他來的人。」

「那妳還讓他出現在眾人面前。」

「那如果失憶呢？」我看著思宇，她的眼中滑過一絲明瞭，「我們就要讓他光明正大地走在大街上，讓大家都知道我們【虞美人】又多了這樣一個夥計，那麼對方就會有動作，到時他們肯定會來觀察，結果會是一無所獲。正因為他『失憶』，所以我們也不會被他牽連。」

「這主意不錯。」思宇也點著頭，然後壞笑著看著一旁正在休息的斐崳，「看來要麻煩斐崳囉。」

假寐中的斐崳，露出一抹淡淡的微笑。

正如斐崳所說的，那刺客在夜晚醒了。我坐在他的床邊，身後是斐崳和思宇。

他冷冷地瞪著我，眼底是戒備和殺氣。

「你們是誰？」他的眼睛從我掃到了我的身後，在看見斐崳後，露出驚訝的神色，當然，斐崳這樣的美人，誰看見都會驚豔。

不過殺手終究是殺手，他並沒在斐崳的臉上長久駐留，而是移回我身上，很顯然，他明白我是他們的頭。

「進入【虞美人】的唯一準則，就是你不要問我們是誰？我們也不會問你是誰。」我認真地對他說著。

他顯然一驚，繼續看著我說話。

「可問題是，我現在卻知道你是個殺手，而且還要刺殺皇帝！」

他再次警戒起來，渾身的殺氣開始爆發，無奈他現在就像隻待宰的羔羊，任我們擺佈。

「所以，你會連累我們，但我們現在既然救了你，自然不會不管你，就算我們現在把你送交朝廷，我們也要惹上一身麻煩，誰知派你來的人會不會懷疑你告訴了我們什麼，把我們全殺了！」

他的眼中滑過一絲憂慮，看來我的擔憂並不是沒有根據。

「現在就是兩條路。」

那人抬眼看我，緊緊盯著我，似乎在懷疑我打算怎麼利用他。

「一就是我們現在殺了你，然後燒了你，這樣你就從沒出現過。」

「哼！」他冷冷一笑，眼中是對命運的了然，絲毫沒有對死亡的恐懼。

「第二條，就是你失憶，然後跟我們一起過與世無爭的生活。」

「怎麼可能？」他驚呼起來。

我笑道：「所以需要你的配合，我們會讓你失憶，這樣你就不用演戲這麼辛苦，我們會給你一個新的身分，然後讓你過平靜的日子，你可願意？」

「平靜的日子……」他茫然地望著屋頂，深深的渴望出現在他的眼底，轉而，他望向我，眼神變得堅定，「你真能做到？」

「不試試怎麼知道？我們救了你，就已經被你連累，我們也是為了自保。」

「好！」然後，他放下了所有戒備，「有些事我要告訴你，也好讓你有所準備。」

啊？不會吧，我可沒打算聽啊。

「我是紅門的頂級殺手，此次任務是刺殺拓羽，你應該知道殺手的規矩，所以，我並不知道委託人。就像你說的，如果你把我交給官府，和我一切有關的人，紅門都會派人清理。」

一陣惡寒，從腳底冒起，思宇緊緊抓住了我的手臂。

「他們有一套特殊的追蹤方法，根本不用靠藥物來牽制我們，所以，當我到了你們這裡，就算你們把我殺了，埋了，他們也會找到，說不定現在他們就開始搜尋我的蹤跡了。」

「什麼追蹤系統這麼厲害？」思宇驚呼。就是啊，比我們的雷達還要厲害。

「可能是氣味追蹤……」斐崳淡淡地說著：「小妖在千里外就能知道敵人的存在，或許他們也用了這種方法。」

「這個我不大清楚。」刺客搖著頭，「所以，你們從救我那一刻起，就已經被捲入了。」

「明白了……」我沉思著，如果他們追蹤過來，我該準備一套怎樣的說辭，「那……」我有點遲疑，「那水無恨你認不認識？」

「那個傻子小王爺？」他滿臉的疑惑，「我們的刺殺計畫裡沒有他。」

看他的表情不是裝的，難道是我猜錯了？奇怪，那當時那個瞬間遲疑的眼神是怎麼回事？莫非他驚訝於水無恨的美貌？呵……自己好白癡哦，我怎麼會這麼想。說不定水無恨武功超強，把他隔空點穴了呢。不過不管水無恨真傻還是假傻，這個人也不能再接觸了。

「那麼，開始吧。」刺客認真地主動請求，口氣裡卻是一種長期渴望的輕鬆，「如果你們的方法能保住你們的性命，又能讓我從此過上平靜的生活，我歐陽緡今後一定會誓死保護你們！」他定定地看著我們，隨後，他緩緩閉上了眼睛。

原來這個帥哥刺客叫歐陽緡。

斐崳拍了拍我的肩，我和思宇閃到了一邊。

他從懷中抽出五根銀針，銀針上連著幾乎透明的絲線，他輕輕一甩，銀針飛出，落在歐陽緡的頭部。斐崳再次抽手，又再次甩出，袍袖輕舞，宛如跳舞的精靈，黑色的長髮在搖曳的燈光中飄揚，根根銀針在空中劃出優美的弧線。我和思宇看得如癡如迷……

當歐陽緡再次醒來的時候，眼神中滿是迷茫，無力地問道：「我是誰……」

「你是阿牛……」斐崳淡淡地說著，歐陽緡抬起眼瞼，看著斐崳，看了好久，好久……

於是，我們【虞美人】從此以後，就會多了一個打雜送貨的人，他的名字就叫：阿牛。

第二天下午的時候，夜鈺寒居然來了，還搞得神秘兮兮的，拉著我就走。

「夜大人這是做什麼？」我看著門口的馬車，有點發愣，店鋪裡進進出出的夥計和行人，都往這裡瞟，因為夜鈺寒太引人注目了。

「帶你去散心。」夜鈺寒笑著，笑容很真誠。

「啊？」

「你那天受驚了，上官姑娘也一直提起這件事，讓皇上很是頭疼呢。」

算上官這小妮子有良心，於是我便不客氣上了車，撩開車簾，我一愣，居然小拓子也在。

我驚訝地看著小拓子，他正襟危坐，那神情似乎是被逼著出來的。

「這……」我回頭看著夜鈺寒，他笑著將我推進了車子，難怪今天的車比較大。

「小人參見皇上。」車輪滾動，我朝小拓子一拜，我還是第一次和他這麼近距離地接觸。

「免禮。」小拓子臉沉著，看樣子很不滿意陪我散心。那也是，哪有皇帝陪著個小老百姓玩的，難道是上官逼的？她應該不可能會做這種事吧……

我乾脆做個好人：「皇上國事操勞，還是回宮吧，散心什麼的，您別聽柔兒那丫頭胡扯。」

「這次出來不是柔兒的主意。」拓羽淡淡地掃向夜鈺寒，「鈺寒極力向我推薦你，朕只想證實鈺寒的眼光。」

「他胡說的！」我立刻指向夜鈺寒，澄清事實，「皇上如此英明神武，怎就聽信了夜鈺寒這小子……」我趕緊捂嘴，都是急的，居然把本性顯露出來了，偷眼看著拓羽，他臉上露出奇怪的表情，就像那種想笑卻笑不出的表情。

算了，反正也這樣了，我索性道：「皇上您別聽夜大人胡說。」我看著夜鈺寒，他不動聲色地看著我，「他一定跟您誇大事實，亂吹牛。」

拓羽無聊地彎下身體，一手撐在自己的膝蓋上，臉枕在手背看著夜鈺寒：「鈺寒，看來你這次真的要輸給朕囉。」

「微臣不會輸。」兩個人眼對眼笑著，打著啞謎。

鑲金的捲簾在陽光下一閃一閃，雖然外面春色無邊，可這車廂裡，簡直是寒冬臘月，跟這兩個男人坐在一起，就像跟自己的老闆坐在一起般鬱悶，這也算散心？

雖說是春天，窗外景色也很是迷人，可這車子裡，卻氣悶無比。

「哎……」我長嘆一口氣，跟著他們真是要悶死了，真不明白為什麼這麼多人喜歡皇帝，脾氣霸道，又神神秘秘，說一句話要想三遍，累啊。

「雲掌櫃嘆什麼氣？」夜鈺寒問著我。

我看著窗外，隨意問道：「這是要去哪兒？」

「松山。」

「嵩山？」莫非去看和尚？

「那山上生長各種各樣的松樹，因此叫松山。」

「原來如此。」那不是跟黃山差不多，黃山也是以松出名，「海拔多少？」

「海拔？」

「就是高多少。」

「這……」夜鈺寒面露難色，「這個還無法精確測量，大約百餘丈。」

「怎麼？雲掌櫃想自己爬上去？」拓羽淡笑著，這次旅遊應該是夜鈺寒硬拖他來的。

我立刻擺手：「打死我也不會自己上去的。」只不過跟你們在一起太悶了。

抬眼間，正看見一輛牛車停在路邊，我立刻對著外面的馬夫道：「請停一下。」

夜鈺寒和拓羽奇怪地看著我，我笑道：「既然是為雲某散心，那該是順著雲某的意，兩位繼續坐馬車，雲某去玩一會。」

還沒等兩人同意，我就飛下了車，哦，去玩囉，終於擺脫那兩個沉悶的傢伙了。

下了馬車，便是清新的空氣，聲聲清脆的鳥叫迴盪在耳邊，心情一下子舒暢起來。馬車並沒走，拓羽和夜鈺寒都探出了腦袋，估計是好奇我到底要幹什麼，說不定還以為我去上廁所。

小道邊，停著一輛牛車，車上是乾草，一個老翁正在歇息，此刻他已經休息完畢，正要啟程。

「老人家……」我跑了過去，「載我一程。」

老人家手扇涼帽，和顏而笑：「小公子說笑了，您馬車不坐，坐我這牛車？」

「哈哈，牛車悠閒哪，還可以躺哪。」我指著他後面的乾草，很早以前就坐過牛車，那感覺非常棒。

「好吧，既然小公子不嫌棄，老奴就送你一段。」

「多謝！」

老翁輕輕吆喝一聲，大黑牛甩著尾巴，就悠閒地走了起來，拓羽的馬車，便慢慢地跟在我們的身後。

「小公子可真是怪人，馬車又舒服又快，小公子為何要坐我這牛車。」

我躺在乾草堆上，看著緩緩移動的藍天，上面大朵大朵的白雲飄啊飄：「老人家，您可不知這牛車的樂趣，我上次坐牛車，牛走到一半忽然停了下來，你猜牠幹嘛？」

「幹嘛？」老人家也頗感興趣。

「哈哈，牠突然大解，哈哈哈……」

「啊？哈哈哈，的確有這種事情，小公子可真是倒楣啊。」

「倒楣？我不覺得，若不是發生這樣的事，我現在也不會對牛車印象深刻，這件事可給我帶來特殊的樂趣。」

「小公子可真是會找樂子的人。」

「人生短短數十載，不快活一點怎行？」我翻身坐到老翁的身邊，「老人家，教我趕趕這牛車吧。」

老翁瞇眼直樂：「我這老黑可只聽我的話，就算我教你，牠也未必肯聽。」

「我不信，我要試試。」我接過了纖繩和繩鞭，僅管老人家都不怎麼用。

「呵呵，小公子也是個牛脾氣，那你可聽好了，『喔』是走，拉縴繩的左邊，就是左拐，拉縴繩的右邊就是右拐。」

簡單，我有點自鳴得意，想我汽車都會開，這牛車還不會趕？

「喲——」老人叫停了老黑，老黑嚼著嘴巴懶懶地看了我一眼，我大喊了一聲：「喔！」

結果……老黑嚼著嘴，連看都不看我。

淒風從身邊吹過，帶來了夜鈺寒和拓羽的大笑聲，原來這兩個傢伙一直偷聽我和老翁的對話。

「喔！」又是一聲，老黑甩起了尾巴，驅趕著臀部附近的小蟲，優哉游哉地躺了下去，這下可真是雷打都不動了。

「哈哈哈……雲掌櫃，你也就做衣服內行，還是讓老人家趕吧。」馬車停在一邊，拓羽趴在窗口大聲嘲笑著。

「小公子，這老黑就是如此，還是讓老奴來趕吧。」

「不行！」我就不信會搞不定這頭老牛！看見邊上有一根長長的竹竿，計上心來，所以說，多看書還是有好處的。

將繩鞭的一頭捆上一堆乾草，然後另一段繫在竹竿上，眾人都看著我，不知我又想幹嘛？然後，我將乾草甩了出去，懸在老牛的上方，還滑過牠的鼻尖，牠立刻站了起來。

嘿嘿！還不走？

調整好乾草的距離，那老黑立刻跑了起來，雙眼直冒星光。

「小公子好聰明！」老人家驚奇地看著我，我笑道：「這是家鄉的一種土方法，這下連老人家你也可以休息囉。」我仰天倒在身後的乾草堆上，老人家笑著開始抽他的旱煙袋。

「雲掌櫃……」夜鈺寒的聲音從一邊傳來，他們此刻又跟在了牛車的身邊。

「幹嘛？」我懶懶地看他。

夜鈺寒有點不好意思地看著我，躊躇地說道：「你停一下，讓我也上來。」

「好啊。」我取走了竹竿，老黑揚起臉找那堆飛翔著的乾草。

夜鈺寒提著袍子上了牛車，僵硬的舉止讓我看著不爽，我拉住他的後脖領，就往下一帶，夜鈺寒一下子倒在乾草堆上，躺在我的身邊，牛車再次走動。

「夜兄，別這麼彆扭，玩嘛，就要放開一點。」

「啊……是……」

「你看你，你小時候難道沒玩過？放開一點嘛，人就要活得瀟灑。」我拍著他的肩膀，「放鬆放鬆……」

他的肩膀終於漸漸放鬆下來，望著碧藍的天空。

「雲掌櫃，我發現這牛車，的確別有一番風味。」

「呵，你從小就是嬌生慣養，接受的是上流社會的禮儀，有些小老百姓的樂趣，你自然不知，如果是在夜晚，那就更加美妙了。」

「這位小公子說得是啊。」老翁撣了撣他的旱煙袋，「晚上這滿天的星辰啊，真是……你走，它們也跟著走啊……」

這老翁還頗有藝術天分啊，讓我想起了那首老歌的歌詞：月亮走，我也走……

「這才叫散心，你們那車廂裡啊，悶得慌。」

「真有這麼悶嗎！」夜鈺寒問著我，他的聲音此刻就在我的耳邊。

「嗯，相當悶！」我老老實實，正經地看著夜鈺寒，然後，他大笑起來，轉過臉看著坐在車廂裡一臉鬱悶的拓羽。

最後，拓羽也受不住誘惑，跟我們躺在了一起，我敢打賭，他的蜘蛛兵一定不遠。

告別老人家，我和這兩個上等人之間的氣氛終於有所緩解，拓羽還說，今日無君臣。

今日無君臣？嘿嘿，那你們可慘囉……

山路越來越窄，我們三人開始步行。

走在蜿蜒的山路上，兩邊是翠綠的灌木，遠方的山巒在雲層中若隱若現，走到半山腰的時候，有一片桃花林，林中還有一件小小的屋舍。

拓羽似乎想起了什麼，道：「昨日柔兒給我講了個故事。」他此刻不再用朕來稱呼自己。

「什麼故事？」夜鈺寒好奇地問著。

「是一個關於三個大英雄的故事。」

我立刻明白，應該是桃園三結義。

「是桃園三結義。」拓羽開始進入狀態，得意洋洋地講述著那個故事，末了看著我，「柔兒莫不是雲掌櫃教出來的？」

「怎麼可能？」我哪有她聰明，「以前家中還算殷實，便請了先生教柔兒，她自己也愛看書，才知道這些故事。」

「對啊，柔兒可會講故事呢。」拓羽微笑著，看得出，他是真的很欣賞上官。穿越小說女主角吸引人的方法之二：講故事。之一就是吟詩，然後之三就是跳舞。

「不如我們也學他們結義吧。」

「啊？」我跟夜鈺寒都大吃一驚，不過很顯然，拓羽是開玩笑的，他嘴角一揚，就伸出一根手指：「只限今日。」

小拓子真夠狡猾，知道金口難改，怕我們以後賴他這個皇帝做兄弟。

還是那句土到不能再土的對白，什麼同年同月同日生，同年同月同日死，沒想到拓羽也很會玩，還非要用劉關張三人的姓名，結果，我就非常鬱悶地成了張飛，我有那麼難看嗎！至少光看皮膚，我連張飛的私生子都算不上。

三人坐在溪邊的草坪上，享受著春日淡淡但卻舒爽的陽光，山風陣陣吹來，帶來沁人心脾的花香。一棵大大的松樹撐開了一把大傘，為我們遮起了一片陰涼。

「三弟，你怎麼沒帶你的銅錘？」關羽，也就是夜鈺寒和作為劉備的拓羽壞笑著。

「滾！」既然說了今日無君臣，管你們是皇帝還是宰相呢，我心裡相當不爽。

「哈哈哈……」拓羽大笑起來，「我說三弟啊，你最近是不是去美容過了，臉好白啊。」說著還伸手來捏我的臉蛋。

我狠狠拍開他的手，還美容呢，肯定是上官教他的這些新新語言。我指著夜鈺寒：「沒錯，二哥跟我一起去的，不然他怎麼也白了？」

「哈哈哈……是啊，是啊，下次美容一定要叫上大哥我啊。」

「啊！」我忽然看見了溪魚，拉著拓羽，「老大！上！」

拓羽有點發愣。

「你會武功，抓魚不會難倒你的！」

「啊？」拓羽似乎無法相信我居然叫他這個皇帝抓魚。

「大哥，你可是我們的老大啊，老大就是要負責小弟的肚子，快！快！快！」我拖起他就走，「要不叫你的蜘蛛兵也可以。」

「蜘蛛兵？」

「就是那些整天跟在你身邊，神出鬼沒的保鏢。」我望向周圍，詭異的風刮過樹林，沙沙地喊著。

拓羽依舊未動，只是淡淡地看著我：「你怎麼知道？」聲音有點冷。

「當然，你出來他們會不跟著？不然你怎麼可能這麼悠閒，快！我肚子餓了，二哥，你餓了沒？」我問著夜鈺寒，他好像又變成了夜鈺寒，一臉的肅穆。

「沒趣！」我看看忽然變冷的拓羽，再看看一本正經的夜鈺寒，自己挽起了褲腿，脫了鞋襪，「真不明白你們童年怎麼過的，絲毫都不知道人生的樂趣。」我嘟囔著，下了溪，溪水有點涼，一條條看上去很誘人的溪魚在我小腿間嬉戲，癢癢的。

「嘿嘿，你們還得意，看我今天怎麼吃你們。」

溪魚，是笨的，這或許是環境沒有遭到破壞的好處，牠們也沒經驗，我站在那裡一動不動，久了也就以為我是塊石頭。我看準一條大的，就一把撲了下去，抓起的魚濺了我一身水，我當即就甩上了岸。

整個下午，就等於是我一人玩，另外兩個只能當作養眼的東西。

「你們這樣太沒樂趣了，人生在世須盡歡，能有幾天做小老百姓的？放下一身的擔子，享受這樣輕鬆的下午？還不好好珍惜！腦子想多了，會變白癡的。啊，好大！」我撲了過去，忽然水花四濺，一把匕首將那條魚插得死死的。

「哈哈。」我拿起了魚，看著岸上的拓羽，「這就對了嘛。」拓羽笑了，手中忽然又出現了一把飛刀。

我驚奇地走到他的身邊：「你刀藏哪兒呢？明明是華袍，怎麼能藏暗器？」

「這三弟就管不著了，你準備一下，我們吃烤魚。」

「好咧！」拉起夜鈺寒準備柴火和支架，大家一起吃烤魚。

吃完烤魚我還帶著他們消化，就是玩一個打人的遊戲，方法很簡單。先圈出一個圈，然後一個人站在裡面不能動，另一個人拿著棍子，蒙上眼睛，再由第三個人將拿著棍子的人，在原地轉上幾多圈，類似捉迷藏，然後就提著棍子打人。一般都被轉得頭暈目眩，找不到挨打那人的位置。

第一個挨打的是我，打我的是夜鈺寒，我趕緊找一根細的樹枝，放到他手上，他蒙著眼睛被拓羽轉了很多圈，結果……打向了拓羽，我偷笑。

第二個挨打的是夜鈺寒，打他的是我，我找了一根大木棍，看得夜鈺寒差點暈過去。被拓羽轉了幾圈之後，我走到了溪裡……打魚……

第三個挨打的是拓羽，打他的是夜鈺寒，夜鈺寒提著棍子打我，我跑……

第四個挨打的夜鈺寒，打他的是拓羽，我給了拓羽很多根樹枝，轉了他幾圈，他根根樹枝甩中夜鈺寒，我和拓羽笑彎了腰。

第五個挨打的是我，打我的是拓羽，我找了一根棍子，兵來將擋，水來土淹，拓羽轉了三圈，轉過身，依舊打夜鈺寒，於是……我……很卑鄙無恥地痛打落水狗，夜鈺寒被我們打死……

三個人最後累得趴下，躺在樹下休息。

清幽的風搖曳著我們上面的樹枝，陽光若隱若現。拓羽躺在我的右側，夜鈺寒躺在我的左側，樹幹相當粗壯，所以我若只是側過臉，還看不到他們。

平穩的呼吸，寂靜的樹林，彷彿連鳥獸，都進入了睡眠。

星星點點的陽光撒在他們兩人的身上，斑斑駁駁。

夜鈺寒靠在樹幹上，臉側向一邊，雙手自然垂落在地上，長長的睫毛閃爍著七彩的流光，一陣微風捲過，帶起他長長的瀏海，滑過他的唇邊。

拓羽的腦袋低垂，單腿曲起，另一條自然伸直，左手搭在曲起的膝蓋上，面容埋入落下的長髮之中。小拓子的確是個好皇帝，就是疑心重了點。

眼前忽然晃過一個物體，就在拓羽的上方，一條銀絲正在垂落，銀絲的末端是一條隨風搖曳的小青蟲。可憐的青蟲捲曲著身體想往上爬，可最終敵不過地球引力，無力下落。

終於，牠掉到了拓羽的髮髻上，開始漫長的蠕動。

我輕輕起身，撿起一片殘葉，跪在拓羽的身邊，打算將蟲子趕進殘葉。

抬起的手立刻就被拓羽扣住，冷冷的聲音帶著殺氣：「雲掌櫃想做什麼？」

「別動！」我阻止了他抬頭，他的手帶著疑慮放開，我將他髮間的蟲子趕入殘葉，拿到他的面前，他才緩緩抬起頭來。

「你若是抬頭，可就掉到你脖子裡去了。」我看著神色轉柔的他，笑了，然後將青蟲放回樹上，牠將來可是一隻美麗的蝴蝶啊。

拓羽此刻的臉上，已無了戒備，而是微笑：「柔兒說得沒錯啊。」

「柔兒？」上官又說了我什麼？

「柔兒說雲掌櫃是世上最溫柔的男子，還叫我多跟著你學學呢。」

「跟我學？還是算了，不然世上又多出一個懶人。」

「柔兒也是這麼說的。」

上官還說了什麼？

「她說雲掌櫃就是懶了點，不然如果做官，定是一個愛民如子的好官呢。」

我有點驚訝，上官這麼說是什麼意思？莫非是暗示拓羽收我做臣子？我不禁皺起了眉，實在想不通上官這麼做的意義。我沉默著，繼續聽拓羽轉述上官給他吹的耳邊風。

「柔兒常說雲掌櫃你生平沒什麼大志和野心，是一個須要人逼的男人，她有一次說了一句很有趣的話。」

「什麼話？」

「她說我這大哥就是要趕他入窮巷，他才會發揮潛能，狗急跳牆，否則就永遠都只是一個只知玩樂和美人的登徒浪子。」

上官對我的評價很正確啊，小妮子吃飽了沒事研究我幹嘛？這麼空，該好好調查調查小拓子的後宮們都是怎樣的身分背景，或是查查老太后喜歡什麼？我們既沒身分背景又沒勢力，她不找個靠山怎麼行？

慢著，身分背景？難道她是想讓我做她的背景！

「雲掌櫃……雲掌櫃……」拓羽輕輕拍了我一下，我回過了神，上官居然想這麼遠，而我卻還傻呼呼地等著吃白食。

「想什麼想得這麼出神？」拓羽眯眼看著我，似乎很好奇，「很少見到雲掌櫃會有如此認真的表情呢。」

「是嗎？」我收起了表情，換上一副笑容，「在想柔兒的傷勢呢，本來今日皇上應該好好陪在柔兒身邊，結果卻被夜鈺寒拖來陪我這種卑微的小人散心，真是……」

「啊？」

「哈哈哈……是啊。」拓羽笑了起來，「起先我也很不願意呢，不過……謝謝。」

「很久沒這麼開心了，你說得對，能有幾天做普通人，是該好好珍惜這樣輕鬆快樂的時光啊。有時我也很是羨慕你們這些小老百姓，糊裡糊塗過日子可真是好啊。」

無語，這句是誇我們還是在取笑我們。

「噓。」拓羽忽然捂住了我的嘴，「鈺寒醒了，我們逗逗他。」

我點頭。

拓羽放開我，緩緩走到夜鈺寒的身邊，我跟在他的身後，夜鈺寒抬手遮住眼前的陽光，慵懶的表情讓人有種想捏捏他的衝動。

「鈺寒。」拓羽蹲在夜鈺寒的身邊，俊臉湊近夜鈺寒的臉邊，夜鈺寒睜開的眼，正對著拓羽的大臉，他「啊」地一聲就倒在了一邊。

這讓我想起了那天在船上，為什麼受虐的總是夜鈺寒。或許他長得比較欠虐。

「鈺寒……」拓羽柔情似水地爬到夜鈺寒的上方，剛剛睡醒的夜鈺寒還雙眼迷濛，從我這個第三者的角度看，就是拓羽調戲夜鈺寒。

「剛才你睡覺的時候，我好像看見有個東西掉你嘴裡了。」拓羽一本正經地說著，夜鈺寒立刻捂住了嘴。

「好像……是綠色的……而且……還會動哦。」

這下夜鈺寒可徹底清醒了，雙眼瞪大，一下子就從拓羽身下爬出，跑到溪邊乾嘔起來。

「哈哈哈……」我扶著樹笑得眼淚四濺，下巴抽筋。

拓羽優雅地站起身，看著溪邊的夜鈺寒，一臉陰險地笑，還不忘幫我拍背順氣。

「你平時就以逗他為樂趣？」

「差不多吧……」

夜鈺寒真可憐，不過做皇帝是挺無聊的，若是我，也會拿他來逗樂子。

在下山時，再次經過了那片桃林，其實在這裡，有一個岔口，如果往另一條路走，就徹底出了都城界，然後一路往西，再經過幾個屬於蒼泯的城市，就會到國界，過了國界，就進入了緋夏國。

我看著桃樹林中的那間茅舍，有股想買下它的衝動，決定回去讓福伯打聽打聽，這茅舍究竟有無主人。

下山的時候，好像不是從原路返回，馬車路過了一片樹林，樹林邊是一條寬闊的大河。拓羽和夜鈺寒下了車，看著樹林，這片是橡木林，可以提供上好的木材。

「你看這木材該怎麼運？」拓羽好像跟夜鈺寒談起了國事，我站在一邊，走也不是，留也不是，乾脆自己想心事。

如果上官是想讓我為官，做她的後盾，那我的犧牲豈不是很大？難道真要我永遠男裝不嫁人？這怎麼行！回去再想想其他辦法，好讓她在宮中立足。

看著面前奔流不息的大河，應該就是流到沐陽城的青河，不知它的源頭在何方？

「雲掌櫃，你果然和夜某想的一樣！」肩膀忽然被人重重一拍，拍得我傻眼。

夜鈺寒笑著：「就用這河，木材放到河裡，順流而下，便可抵達施工地點。」

？？？

我恍惚記得剛才誰好像問過我一句什麼木材怎麼運來著，當時只顧著想上官，也沒聽清楚。

「雲掌櫃，看來你真是鈺寒的知己啊。」

我依舊發愣，還知己？我只不過隨便看著河發愣而已，當時那情形我的眼睛又沒地方放，總不能傻呼呼地看天吧。

拓羽很是欣賞地看著我，看得我冷汗直冒，原來誤會就是這麼產生的。我剛想說清楚，拓羽就笑著對夜鈺寒說道：「看來這次朕的確輸了。」

「那這酒……」

「回去就給你。」兩人邊說邊笑著走回馬車，當我完全不存在。

這算什麼嘛！

回到沐陽城的時候，我直接回了【虞美人】，不和他們一起喝酒，免得到時又被誤會什麼足智多謀。思宇很是擔心地看著我，怕他們試探我，我將大致的情形和上官的心思跟她講述了一番，她立刻拍案而起：「休想！我們不會成為她手中的棋子！」

「冷靜點，她還沒入宮呢，這事也只是我根據她和拓羽的對話推測出來的，還不一定呢！」

「這倒是，而且我覺得以上官的能耐，說不定不用我們幫忙，也能坐穩後宮。」

「沒錯，穿越時空的那些女主角哪個有後臺的？除非是靈魂穿越時空，進了古人的身體。」我拉她坐回原位，「好戲還沒開演，我們不如順其自然。」

「好，順其自然，然後看好戲……」思宇雙手托腮，咧著嘴笑著，水汪汪的眼睛在燭火下，閃爍著狡猾的光芒。

六、美人心計

不知是斐崳的醫術厲害，還是歐陽緡的復原能力厲害，總之，七天後，他就像沒事人一樣，開始勤勤懇懇地幹活，當然，這也要多虧了夜鈺寒送來的那些名貴藥材。而水王爺府，居然也送來許多好東西，這讓我有點納悶，我對他們應該沒什麼利用價值吧。

努力抹去對水無恨的所有猜疑，就當從沒想過，然後繼續過平靜的生活。而上官從那天後就斷了消息，按日子推斷，她應該早好了，估計是小拓子不讓她回來。也有可能是她不想回來。

又過了一天，門口忽然來了一輛馬車，說是宮裡來的，來人是個太監，反正就是太監樣，五十歲左右，叫曹公公，據說是皇帝身邊的紅人。我看他不順眼，十個太監九個壞。

曹公公趾高氣揚，把我塞進了車，然後開始用他那種猥瑣的眼神看著我，一邊看著我，還一邊對我動手動腳，真是噁心。

他摸著我的手不斷讚嘆：「哎喲～真是滑啊，小模樣也俊，不如跟隨公公我，伺候皇上。」

呿，原來在幫那小皇帝相太監。我抽回手，笑道：「雲某還有弟弟妹妹要照顧，真是感謝公公的美意。」

「對呀～嘿嘿……」讓人起雞皮疙瘩的笑聲，「奴才真是該死，上官姑娘是皇上相中的人，那雲掌櫃就是未來的皇親國戚，怎能讓雲掌櫃做太監呢，哈哈哈……」

他一個人在那邊傻笑著，我在這邊給點面子乾笑。

當我被糊裡糊塗送到一個房間的時候，拓羽正一臉鬱悶地坐在他的龍椅上，身邊是夜鈺寒，原來是御書房。

拓羽見我來了，很是高興，就像看到了救星：「朕問你，柔兒喜歡什麼？」

「啊？」我有點吃驚，叫我來，原來是向我打探上官喜歡什麼，莫非上官不理他？看他那一臉鬱悶，又不好意思紆尊降貴的樣子，就想笑。

想笑就笑，我笑了：「這個……宮中莫非沒有能讓柔兒開心的東西？」

「誰說的！」拓羽眉毛立了起來，「朕的天下，朕的皇宮，怎會沒有能逗柔兒開心的東西，只是……只是柔兒最近不願見朕。」

「呵呵呵……」我輕笑，笑得溫文爾雅，大智若愚，「皇上居然不會哄女孩子開心？」

「荒唐！朕……」拓羽尷尬得咳嗽了兩聲，輕聲嘟囔道：「朕用了很多方法，柔兒就是……所以請雲掌櫃前來，畢竟你是她大哥，瞭解她的喜好。」

「原來這就是皇上召小人來的目的。」我富有深意地看著他，他輕笑。

「看來皇上要用一些新的方法了。」我說道。

「新的？」

「嗯，要讓她出乎意料的方法，要既浪漫又激情。」

拓羽漸漸瞇起了眼睛，躺在了他的大龍椅上：「雲掌櫃好像深知女人心啊。」

「哪裡哪裡，只是這些都是女人喜歡的玩意。」

「我說鈺寒，看來我們要好好跟雲掌櫃學學怎麼哄女人開心啊。」拓羽隨意地說著，一聲不吭的夜鈺寒不自在地輕咳了幾聲。

我上前一步，問道：「請問皇上可對柔兒說過那三個字？」

「哪三個字？」拓羽湊過了腦袋，趴在龍桌上，認真地看著我。

皇帝就是皇帝，只知道霸道地奪取，而不是溫柔地呵護。

我湊上前，對他說道：「就是我愛妳！」

拓羽很是驚訝，重複道：「你愛我？」

黑線畫滿我整張臉：「皇上是在裝不知嗎？」

一道精光滑過拓羽的雙眼，他性感的薄唇微微抿起，若有所思。

「是沒勇氣嗎？」用膝蓋想想都知道這傢伙準沒對身邊的女人說過。

「鈺寒，你曾對女人說過這三個字嗎？」他迴避我的問題轉而問夜鈺寒。

我看著夜鈺寒，他慌亂地躲過我的眼神，埋首道：「臣沒有。」

「哈！」我不可置信地笑了起來，「你們兩個大男人居然都說不出口？哎，難怪柔兒會不理你，你連這三個字都不說，讓她怎麼信任你對她的感情？難道皇上根本只是玩弄我家柔兒，從未想過娶她為妻？」

拓羽神色驟冷：「雲掌櫃，你知不知道單憑你這種口氣跟朕說話，朕就能滅了你全家！」

滅……他也學會了。

「小人惶恐……」我低頭佯裝害怕。

自古以來，皇帝娶老婆，有太多的約束和無奈，又夾雜著不少利害衝突，所以皇帝娶老婆，也不容易。好在這裡的後宮制度比較簡單，只有后妃兩種，所以等級處理也簡單地多，看來是我操之過急了。

「哼，別裝了，朕知道你不怕朕。」拓羽的聲音轉為一種調笑，剛才危急的氣氛一下子變得輕鬆。

我只有無賴地笑道：「在我們家鄉，女子都很注重男子的求婚，認為那是對愛的承諾，一旦承諾，就是專一，我看皇上……是做不到了。」

拓羽淡淡地看了我一眼：「朕是愛她，但朕不能只有一個老婆。」

「這點小人明白，柔兒也明白，自古以來，皇帝的妻子都牽涉著權益，所以，像柔兒這種沒身分背景的，勢必無法在後宮立足，小人是怕她在後宮受欺侮啊，若要讓柔兒在後宮不受人欺負，除非她是妃上妃。」

「皇后！」拓羽驚訝地看著我，我依舊無賴地笑道：「小人隨便說說而已。」

拓羽雙眉微蹙，身邊的夜鈺寒更是驚訝地看著我，一個小小的【虞美人】掌櫃的，居然大言不慚地要自己的妹妹做皇后，簡直異想天開。

「呵呵……」拓羽忽然輕笑起來，「這有何難？那就請雲掌櫃教教朕一些求婚的方法吧。」

我有點吃驚，這麼容易？這麼簡單就答應了？總覺得很不對勁，但又覺察不出陰謀。說不定小拓子也是隨便說說，先把上官搞定，然後選不選她作皇后，再作打算。

於是，我就開始傳授小皇帝泡妞經驗，要讓他對上官的感情更深刻，更牢固，就必須創造屬於他們兩人共同的浪漫回憶。憑我二十年電視劇的經驗，浪漫的求婚我還不會？說出來足夠壓死這兩個男人。

「皇上，這種舞要兩個人跳，是加深感情和增加接觸的舞。」講了一個上午的浪漫，該教教他一些實用的東西。

「哦？是嗎？讓朕看看。」此刻我們已經不在御書房，而是御書房附近的春園裡。拓羽和夜鈺寒坐在亭子裡，石桌上滿是瓜果糕點。

我招過一個宮女，發現自己在這宮裡越來越不客氣。

小宮女低垂著臉，雙頰微紅，不敢看我，我笑道：「不必緊張，只是跳個舞。」於是我輕輕執起她的手放在自己的肩膀，看得拓羽和夜鈺寒瞳孔放大，這是一種多麼曖昧的動作。

然後，我輕輕扶住她的背，然後說道：「要開始囉……」小宮女蹙眉點頭，嬌豔的紅臉，都可掐出血來。帶著小宮女迴旋，帶著她轉圈，雖然被她踩了幾腳，但華爾滋是最容易的舞，一教便會，所以大學裡都有教。

小宮女的舞姿越來越輕盈，越來越純熟，我們兩人在搖曳的柳條下，翩翩起舞。左手鬆開，右手攬住小宮女的柳腰，小宮女緩緩仰下，眼神變得癡迷和留戀，然後，我放開了她，呵呵，小丫頭，我對妳可沒興趣。

「皇上，這便是蝴蝶舞。」改個好聽點名字，讓小皇帝開心開心。

拓羽有點興奮，拉起身邊的宮女，就要跟我學。順便喚過一個宮女配給夜鈺寒，於是，草坪上，拓羽和夜鈺寒，跟著我一起學華爾滋。

拓羽倒是學得很快，但夜鈺寒就難了，他摟著那個宮女好像抱著一個炸彈，戰戰兢兢，不過那個宮女也確實浪了點，居然主動用身體去碰觸夜鈺寒，最後，夜鈺寒便放開那宮女，自己到亭子裡喝悶酒。

哎……傻男人，這舞在我們那裡，不是紳士還不跳呢。

授完舞後，我並沒有出宮，因為上官派人把我叫去了，她是我妹妹，此刻也等於是被拓羽「軟禁」，所以她要找我，拓羽一點意見都沒有。

這是自上次賞湖以來，我第一次見上官，這女人在宮裡居然養得越發美麗。

她一臉憂慮，弄得我也緊張了：「妳……沒給吧……」

上官看了看我，搖了搖頭：「沒……」

嘆了口氣，男人就是如此，還沒得到前，就是寶貝。「既然沒睡過，妳擔憂什麼？那小子已經在打聽妳喜歡什麼，開始倒追了。」

「我不是擔心這個……」上官左右看了看，她屋裡的宮女早在我來的時候就出去了，她小聲道：「我不是處女……」

呀！對呀！枉我們自作聰明，卻忘了這件最關鍵的事，這怎麼辦？

「妳說……老天把我們年紀縮了，那東西會不會也補上了？」我異想天開地說著，然後我看見上官的臉上，畫滿黑線。看來我說得的確有點不符合實際，還要想想辦法。

我拍著上官的肩：「我回去想想，順便讓斐崳看看，說不定我說的是真的呢？如果不是，我會給妳準備血袋，再不行，妳就想辦法在水裡啊，野地裡啊……」

上官臉上的黑線越來越多，沉聲道：「非雪……沒想到妳這麼下流……」

我尷尬地搔了搔頭：「這不是狗急了跳牆嘛。」然後沉下臉，「我現在是為妳想辦法，妳居然還取笑我！」

「好啦好啦，我知道啦。」上官甜美地笑著：「我等妳的辦法。」

這話是放出去了，但要將不是處子變回處子，在現下的科技水平，簡直是天方夜譚。所以還是想想旁門左道吧。

作為三個女人當中年紀最大的一個，我覺得我應該身先士卒，於是我躊躇地站在斐崳的面前，還將歐陽緡趕出了門，歐陽緡現在快成了斐崳的專僕，打掃屋子、整理花圃，還保護斐崳的人身安全，真是鬱悶，發現斐崳也挺霸道的。

斐崳坐在圓桌邊，靜靜地看著我臉上掛著的假笑：「非雪是不是有事相求？」

「這個……那個……」怎麼開口呢？好傻哦，雖然斐崳更像姊姊，可這種事實在難以啟齒，臉上開始發燒，汗也冒了出來，真是鬱悶，我也算厚臉皮了，對著斐崳我居然還是說不出口。

「非雪……」斐崳露出令人癡迷的微笑，「但說無妨。」

「這個……斐崳啊，我知道你們大夫能診出性別，那麼，那個……」我不好意思地看著他，他疑惑地揚起一邊眉毛。

算了，死就死吧，我附到他耳邊：「處子診不診得出？」迅速說完，迅速撤退，偷眼看斐崳，斐崳沉靜的臉上，變得緋紅。

他眉角抽搐，微閉著雙眼，然後，紅暈緩緩退去，他睜開了皎潔的眼睛，淡淡說道：「妳等等……」

天哪！真有辦法？斐崳真是神了。

只見他緩緩走到床邊，輕輕喚了一聲：「小妖，把牠拿出來。」

小妖？對啊，剛剛進來的時候沒看見小妖，我探頭望去，只見斐崳的床下，正探出一個腦袋，卻是小妖。

小妖銀白的腦袋從床下鑽了出來，嘴裡還叼著一隻罐子，然後躍到了斐崳的身上，順著他的長袍，竄到了他的肩膀，安靜地趴著，將罐頭交給了斐崳。

斐崳拿著罐頭坐回桌邊，一邊開罐一邊說道：「我一直沒想好將牠煉作什麼，既然非雪有此需要，我就將牠煉作處子蝨。」

「咿！」我驚呼起來，「什麼玩意？」

「就是蝨子啊……」斐崳淡淡地說著。

「蝨子也能煉？不是只有蠱蟲才行嗎？」

斐崳眨巴了兩下眼睛，忽然將他的俊臉湊近：「非雪知道得很多啊。」隨即，他又拉開和我的距離，「蠱蟲煉起來麻煩，而且這裡也沒什麼好的藥材，這蝨子是我三年前煉的，根據牠吸血的本性，可以煉成查毒的毒蝨，處子蝨是我師傅覺得無聊時發明的，煉著也是為了好玩。」

「好玩？」呵呵，斐崳的師傅原來比斐崳還要奇怪。

「蝨子對血液的味道有特殊記憶，所以處子蝨煉起來很簡單，就是在蝨成之後，餵牠的第一滴血，必須是處子之血，那麼之後，牠若是吸到處子之血，會開心蹦跳，若不是，就會翻身裝死。」

「這麼有趣？不怕牠背叛主人逃跑？」我現在開始對那罐子裡的蝨子感興趣了。

「嗯，因為我所有的蟲，都很聽小妖的話……」他開始打開罐子。

「慢著慢著……斐崳，你說你所有的蟲子，難道……你在我【虞美人】養了很多蟲子？」

斐崳揚起臉，淡淡地笑了：「沒錯……我總要為煉蠱作準備。」

吐血……我這裡成蟲窯了，想起一大堆蟲子在斐崳的床下，我就汗毛直豎。

那只神奇的罐子，在我面前漸漸打開，黑呼呼的什麼都沒有，斐崳拿起我的手，又拿出了一把明晃晃的小刀，我趕緊抽手：「斐崳！那個……我不是……」

斐崳立刻揚起了眉毛，顯然很吃驚。

臉有點燙，「這個……那個……可能不是，也可能是，所以才要麻煩你驗，我自己也不大清楚，呵呵呵……」臉燙得像發燒，我尷尬地衝著斐崳笑。

斐崳無奈地搖頭，伸出手取出了銀針，刺破了自己的手指，呿！太可惡了，割我就用刀，割自己就用針，沒想到斐崳這麼壞！不過，我也得到了一條寶貴的資訊，斐崳原來是個處子……

嘿嘿嘿嘿，處子啊……不行不行，非雪啊非雪，妳怎麼可以這麼色情！我立刻將注意力集中在那黑呼呼的罐子裡。

斐崳的鮮血在食指上漸漸形成一顆晶瑩的血珠，緩緩落入那一片黑暗中……

時間在靜謐中流逝，我緊緊盯著罐子，聚精會神地聽著裡面的聲音。

「吧嗒！」裡面傳來一聲蟲子跳躍的聲音，「吧嗒！」又一聲，我開始覺得不對勁，哪有蝨子跳起來會發出聲音的，又不是一群蝨子。

然後，就是一個黑呼呼的東西，從那個罐子裡突然躍了出來，站在了桌面上，我嚇得跳開桌子：「斐……斐崳，你說這是蝨子？」只見我面前是一隻大如天牛的蝨子。牠現在還正用牠的右前腳梳理著牠的觸鬚。

「是啊……小蝨……」斐崳輕輕撫摸著那隻蝨子，溫柔地笑著。

「還小蝨？我看應該叫牛蝨才對！」牛蝨已經算是世上最大的蝨子，而這東西，足夠稱得上全宇宙最大了。

我再次坐回位置，看著面前這隻牛蝨，伸出自己的胳膊：「試一下吧……」

「好……小蝨，去吧。」

在斐崳的命令下，那牛蝨開開心心地朝我蹦來，然後，就是「啊嗚」一口，整個屋子裡立刻響起了我的慘叫：「啊——痛！痛！痛！」

「對了，忘記跟妳說了，小蝨咬起來會很痛。」斐崳掩面輕笑，我擦著眼淚恨恨地看著他，我看他就是故意的。

「其實，主要是第一口，以後牠慢慢有經驗了，就不會再疼了……」斐崳淡笑著解釋著。

「斐崳！你……你太壞了！」沒想到斐崳這麼陰險，拿我作試驗不說，還拿我開心。

「好了好了……」斐崳溫柔地摸著我的頭，「妳看，小蝨跳得可開心呢。」

跳？我將視線移回桌子，果然，小蝨一上一下跳著，還朝我撲來，嚇得我再次遠離桌子，戒備地看著小蝨：「牠……牠又想幹嘛？」

「估計是非雪的血好喝，牠還想喝。」

「滾！想都別想，這麼痛！」我捏緊自己的袖子，不讓小蝨再有機會，慢著，小蝨開心地跳，那麼就是說明我……

我立刻興奮地跳了起來：「我還是，我居然還是！」我激動地搭在斐崳的肩上，跟小蝨一樣跳著，「哈哈哈，賺到了賺到了，我居然還是！」

不過等我冷靜下來想想，那豈不是還要痛一次？這可真是一件讓人沮喪的事，所以我決定，不再動情！然後，為了讓小蝨咬上官的時候不疼，我叫進了歐陽緡和思宇，結果，小蝨在喝了歐陽緡的血後，立刻暈死過去。

我們三人立刻瞇眼看著歐陽緡，原來這小子已經不是，殺手哪有時間和資格去愛人？肯定是逛窯子。歐陽緡並不知道原因，再加上他又失憶，所以他最後被我們看得落荒而逃。

等到思宇的時候，思宇只說有一點點痛，就像被針紮了一下，而結果也是喜人的，思宇也還是處子，但思宇很不服氣，說她本來就是，更別說現在了，看來思宇果然是個乖孩子。

在帶著小蝨離開的時候，斐崳告訴我，如果和小蝨失散了，就叫我把手指戳破，那樣小蝨就會聞著味回來。我暈，一隻蟲子有什麼大不了的，居然還要我用血引回，這也太虧待我了。

當然，表面上，我還是敷衍斐崳。

沒什麼辦法入宮，只有麻煩夜鈺寒，就說上官下午要我幫她帶一件她最喜歡的衣服入宮。

到了上官住的相思宮，夜鈺寒到御書房找拓羽，我就進入了上官的房間。上官喝退了所有的侍女，然後我們關上房門。

上官緊張地看著小蝨，小蝨剛剛喝過她的血，停在桌面上一動不動，忽然，牠蹦了起來，跳回了罐子，我收起罐子激動地看著上官，然後，她就激動地抱住我跳了起來。

「太好了！太好了！」

「什麼太好了？」低沉的，帶著寒意的聲音突然在我們身後響起，我和上官慌忙分開，看著正走進來的拓羽，他身後跟著夜鈺寒。

上官和我都不敢看拓羽，垂著臉，看著拓羽在桌邊坐下，修長的手指，在桌上有節奏地敲擊著桌子。「嗒，嗒。」

房間裡，是讓人害怕的靜謐，我跟上官居然在他面前擁抱，這還不氣死他。

上官一聲不吭，估計也沒想好對策，我上前一步道：「回皇上，是太好玩了！」

「好玩？」拓羽的語氣依舊寒冷刺骨。

「正是，小人今晚給妹妹帶來一個好玩的玩意，妹妹覺得好玩，才會如此興奮。」

「興奮到擁抱？」

「沒錯！」上官忽然一個箭步上前，桀驁不馴地瞪著拓羽，「跟哥哥抱抱又如何？你不會連這都要管吧！」

一句話，讓拓羽震驚。

隨即，上官憤怒地拉起我的手：「大哥！這地方實在太悶了，柔兒要回去！」欲擒故縱啊，柔順的女人皇帝一定見多了，難得遇上像上官這樣難以馴服的，一定覺得欲罷不能，呵呵，其實男人也很犯賤。

我立刻佯裝瑟縮，還恐慌地望向拓羽：「柔兒別再無理取鬧，妳的傷還沒好，等妳好了，大哥自然會接妳回去。」

「不行！我現在就要回去！」上官對我說著，眼睛卻是瞪著拓羽，拓羽也緊緊瞪著她。再看看夜鈺寒，一臉的尷尬，此刻的氣氛，有點讓人透不過氣。

「啊！皇上，不如讓小人給您看一下那個好玩的玩意吧。」我立刻摸出了罐子。然後將上官按在凳子上。

拓羽依舊看著上官，眼神已經放柔，心不在焉道：「好，讓朕也見識見識。」

我打開罐子，小蝨跳了出來，癡癡地看著我流口水，嘖，整天就想著我的血。

我笑道：「這是處子蟲，可以驗一個人是不是處子。」

「哦？」拓羽揚起了眉毛，上官白了他一眼看著我：「大哥不如多叫幾個人來試試，可真是有趣呢～」

「好啊，夜大人，麻煩你去把小宮女們都叫進來。」

在夜鈺寒去叫小宮女的時候，我開始解釋：「這隻蟲子是我今天回去的時候，碰到一個外鄉人買的，當時也不信，哪知百試百靈，十分好玩，所以才會趕著給柔兒送來，讓她也見識見識。」

就這麼會兒，小宮女們都進來了。

簡單說明了一下小蝨在喝血後的反應，然後就讓小蝨大快朵頤。果然，那些小宮女個個都是純真的處子。

「這小東西怎麼喝誰的血都跳？雲掌櫃說的恐怕不靈吧。」拓羽看著蝨子，笑著。

一旁的上官立刻冷語道：「伺候你的都是處子還不好？我看這裡恐怕就你不是。」

拓羽的眉毛立刻立了起來，臉上出現了怒容，他忽然撩開袖子：「朕就不信牠這麼靈！」

小蝨現在也興奮著呢，看見又一個主動獻手的，立刻就撲了上去。

然後，一大堆眼睛瞪著小蝨，只見小蝨腿一軟，躺在桌上一動不動，而且死得硬邦邦。

「哈哈哈……」上官第一個大笑出聲，笑得拓羽眉毛直抽。

「不準不準，說不定湊巧。」夜鈺寒在一邊打圓場。

上官收起笑容看著夜鈺寒：「那不如夜大人也試試？」

夜鈺寒看了一眼依舊憤怒的拓羽，自覺地撩起了袖子，然後，可憐的小蝨，再一次倒下，光榮殉職。

這下，連我都忍不住笑了。

「哈哈哈……皇上，看來您……不過，這也證明您是個真正的男人！」上官咯咯直笑，完全沒發現拓羽越來越陰沉的臉，「柔兒還在納悶呢，皇上最近從不找人侍寢，是不是不行了呢……哈哈哈……」上官這話說得極其曖昧，充分刺激著身邊那個男人的每一根神經。

突然，拓羽騰地站了起來，一把抓住上官的手：「朕今晚就讓妳看看朕到底行不行！」

事發突然，上官發愣地看著憤怒而充滿霸氣的拓羽，一邊的夜鈺寒立刻一躬身：「臣告退！」

然後拉著我就出了門，跑到了院子。

這就打上了？也太快了吧，上官應該不會在今晚就……不過這也難說，上官這女人有點妖，很會抓住男人的心。

夜鈺寒在我身邊喘著氣，臉漲得緋紅，我看著他，很奇怪：「你臉紅什麼？又不是沒見過。」

「雲掌櫃你……」夜鈺寒被我一句話咽得說不出話來，我晃了晃手中的罐頭，壞笑著：「呵呵……沒想到夜大人你……也挺風流啊……」我撞了他一下，靠在他身邊看著他冒汗。

忽然，我意識到了什麼，立刻放過夜鈺寒，看著手裡的罐子，空的！糟了，剛才夜鈺寒把我拉出來，小蝨還在裡面。

「慘了！」我的頭皮開始發麻，雖然我認為小蝨只是隻蟲子，根本不重要，但斐崳就難說了，一想到他一屋子的蟲子，我眼前就開始浮現自己被他折磨的情景，那我不是要死無全屍？

「非雪！非雪你怎麼了？」夜鈺寒突然拍我的臉，我慌張道：「我把小蝨落在房裡了，怎麼辦？怎麼辦？對了，夜大人你有沒有小刀？」

「刀？」夜鈺寒疑惑地看著我，正巧一隊侍衛走過，我衝上去拽住一個，把他們嚇一跳，但看見我跟夜鈺寒在一起，立刻放鬆了警戒。

在他們不注意的時候，我用他們的刀割破了自己的手指，真是痛啊，但總比成為蟲子的食物好。

「你瘋了，快叫御醫！」夜鈺寒喝斥著那個無辜的侍衛，我立刻阻止：「你們走吧，沒事的。」夜鈺寒還要喝斥他們，被我拉住：「我要讓小蝨自己出來，這是那個外鄉人告訴我的辦法。」「非雪……可是你……」夜鈺寒心疼地看著我的手指，看著他真摯的關切，我有一絲感動，安慰道：「放心，很快的。」

然後，我就這樣任由手指滴血，血順著手指一滴又一滴地滴落在草地上，而我並不是很在意，從小我就是孩子王，性子很野，斷胳膊斷腿經常發生，後來凡是流血一類的小傷，都是自來水沖沖就解決了。有時真懷疑自己是不是女生。

直到後來遇上他，他會因為我對傷口不在意而生氣，然後狠狠訓斥我：「妳怎麼這麼不愛惜自己的身體！」

心中一陣酸楚，原來我還記得他……

手指頭癢癢的，低頭一看，小蝨回來了，還抱著我流血的手指猛啃。

「還不進去！」我衝著小蝨大喝，指著一邊的空罐子。

或許小蝨今天喝了不少人的血，肚子圓鼓鼓的，牠興奮地在罐子邊跳了好久，才肯進去。

「小王八蛋！不聽話，回去扁死你！」我狠狠地對著罐子說著。

「非雪你……」夜鈺寒此刻用一種奇怪的眼神看著我，好像又驚奇又高興，「小蝨沒有裝死，原來你是……」

「是什麼是？」我撞開他，「我是不是關你什麼事？」莫名其妙，要你這麼興奮幹嘛？

「非雪！」夜鈺寒忽然抓住我的胳膊，看見了我還在流血的手指，「還在流血！」

「沒事，過會兒就……你幹什麼！」

我的手，忽然被夜鈺寒握在手中，他看了我一眼，便將我的手指放在他柔軟滾燙的唇邊，輕輕吮吸，然後將髒血吐出，從懷中掏出絹帕為我包紮，他是那麼地認真，那麼地溫柔，頭開始暈眩，自己是否還記得呼吸？

我愣愣地看著他，時間彷彿靜止，空氣彷彿消失，我再一次想起了他，我的未婚夫。他不帥，但卻溫柔，他總是把我保護得很好，直到現在無奈地分離，他過得好嗎？

埋在心底最深處的思念被夜鈺寒喚醒，平日忽視的傷口被漸漸撕開，一股難以言喻的痛讓我幾乎窒息。

「這樣就沒事了。」他看著自己包紮的手指，安心地對著我微笑。

我愣愣地看著他，夜鈺寒，你的好心，卻撕開了我的傷口，原來愛情不是逃避就能忘記的。

「非雪……你怎麼了？」他溫暖的手掌緩緩撫上我的面頰，眼神裡，是讓人心動的溫柔。

我收回思緒，避過他的眼神，躲開他的手掌，抽回手：「沒什麼……我該回去了。」

「對……對不起……」夜鈺寒在我身後忽然尷尬地說著，他或許也意識到剛才的曖昧，「我剛才一時情急，才會……」

「謝謝你的關心。」我忍住眼淚，擠出一絲自己都知道很假的笑容。

「非雪……我只是希望你能愛惜自己的身體。」

「知道了，謝謝。」夜鈺寒啊夜鈺寒，為什麼你要對我說和他一樣的話？上天，難道你一定要逼我去面對這無奈的痛苦嗎？

回到【虞美人】的時候，思宇還沒睡，她似乎有意在等我。

「非雪非雪，情況怎樣？」看見思宇，我莫名地覺得安心，至少我還有思宇，我的親人。

「不錯。」我淡淡地答著，雙手捧著水，清洗自己的面頰，看著盆中的倒影，身邊漸漸浮現出他的蔑笑：妳呀妳，頭髮又這麼亂，到底是不是女孩子。

「呵……」

「非雪……」思宇輕聲喚我：「妳……好像有點不對勁。」

「我？」我用布巾擦乾自己的臉，思宇忽然抓住了我的手，焦急道：「妳怎麼受傷了？」

「呵，還不是小蝨。」

「妳弄丟牠了啊，哎，妳老是這麼粗心。等等，這帕巾好像不是妳的。」思宇開始壞笑起來，「老實交代，是誰？」

「夜鈺寒。」我懶懶地躺在床上，看著思宇。

思宇對著我一陣擠眉弄眼，卻沒得到我任何地回應，她的神情轉為擔憂：「妳這個樣子，難道是想起妳未婚夫了？」

「是啊……」

「非雪，他到底是個什麼樣的人？為何值得妳如此記掛？難道很帥？」思宇躺在我的身邊，看著我。

「呵呵……不帥，而且很矮呢，不過他卻有一身讓人羨慕的好皮膚。」我好嫉妒他，總是曬不黑，然後他就會刺激我一下：其實我真的願意把這身皮膚換給妳……

「那他……一定是個好男人……」思宇篤定地說著。

「或許吧……」我開始挖掘回憶，越是逃避越是痛苦，倒不如去面對，然後深深地懷念，「前三年，他不懂事，後四年我開始教他怎麼做一個好男人。」

「教？」思宇不可置信地看著我。

「嗯，是他要求的，因為他從小嬌生慣養，也不會關心別人，愛護別人，理解別人，明顯的大少爺性格，他突然的改變要感謝我最好的姊妹。」

「為什麼？」

「因為她讓他意亂情迷啊。」我咧嘴笑著，一開始知道的時候很心痛，可一年，兩年，三年過去，這件事卻成了我們茶餘飯後的笑談。他總是說：「那時我真是幼稚，為什麼會做出這種傷害大家的事？」

「天哪！非雪，妳怎麼還可以這麼冷靜？」思宇瞪大了眼睛，彷彿我是個怪物。

我無所謂地看看她：「這很正常啊，動心是難免的，關鍵就看自己的意志力夠不夠，這也算一次考驗吧，當時我跟他分開念大學，而我的小姊妹就跟他一個學校，他生病的時候是她照顧他，所以他一時迷茫，當我回來的時候，他就全說了，看他主動坦白就原諒他囉。還好我們這個年代還比較保守，所以什麼都沒發生，他也只是愧疚而已。所以，他要求我教他怎麼做一個好男人。」

「天哪！他居然主動說出來，如果是別的男人，肯定不會說的，這不是自己找死。」思宇覺得有點不可思議，「妳當時不生氣嗎？」

「當然生氣，他在我心裡的地位一下子從男朋友下滑到朋友，因為如果把他當朋友，妳對他的恨就不會太強烈。」

「怎麼可能？愛就是愛了，怎麼能當普通朋友一樣對待呢？」

「當時才交往兩年，自己都分不清到底是不是愛，再加上又發生這種事，所以妳讓我還怎麼愛得起來？當時對男人失望透頂，就算有新的男生表白，我也不想接受，談戀愛，太累了。所以我決定先教他怎麼做好男人，怎麼關心、呵護自己的愛人，哄愛人開心。」

「天哪！那不是很累？」

「所以囉……本來是打算教會他，然後甩了他，報復他一下。結果，到後來就越捨不得，自己培養出來的好男人怎能便宜別的女人，嘿嘿嘿。」哎，除了長相，基本符合好男人標準。

「那……你們第一次……」思宇面紅耳赤，真是一個小八卦。

「訂婚那晚。」

「我不信！」思宇揚起了一根眉毛，「你們七年間沒發生過什麼？」

「嗯，他說怕看到我哭，不忍心傷害我。還有就是我們屬於傳統人家的子女，我和他都挺保守，沒有同居，一直以來都是各自住在各自的家裡，再加上我們又都是彼此的初戀，所以很看重。」

「哇……絕品啦……」

「是說我？還是他？」

「都是！哼，不像我交的那個男朋友，三天就要拉我的手，五天就要親我，七天就要……哼！還好我閃得快，真是垃圾。真是奇怪，為什麼非雪只談了一次戀愛，就好像很瞭解愛情的樣子？」

「傻丫頭，愛情的經驗跟妳談了幾次不一定成正比。愛情跟打仗一樣，攻城容易守城難，有的愛情如同曇花一現，有的卻能天長地久，這其中不無各種兵法，豈是一兩句能說清楚？別想了，真是越想越捨不得啊。」我感嘆著，時間果然是治癒傷口的良藥。

「這麼好的一個男人，難怪非雪想回去。」

「回不去啦，所以只有放在心裡好好思念，和他這麼長久的感情，到最後變成了淡淡的親情，相互理解，相互幫助，相互扶持。即使我將來愛上另一個男人，我也無法忘記他，他永遠都在我的心裡。」

「難怪非雪對斐崳這麼好看的男人都不動心。」

「斐崳？我哪敢啊？萬一他惱火了，用什麼亂七八糟的蟲子對付我，我豈不死無全屍，還是算了算了。」我縮成一團。

「哈哈哈……」思宇開心地笑了起來，「也有非雪妳怕的人。」

「當然……」我輕鬆地笑著，看著思宇燦爛的笑容，我想說謝謝妳，思宇，讓我把這些都說了出來，記得當初掉到這個世界的時候，只會在深夜偷偷哭泣，舔舐自己的傷口，將它們埋入心底，冰封起來，忽略它們，遺忘它們。

現在才知道，懷念它們其實是件幸福的事，記得以前他說過：如果他不在了，叫我一定要開開心心地繼續生活下去，然後找一個更好的男人，過上幸福的米蟲生活。

回憶的片段猶如飛雪，飄揚在眼前，你放心吧，我一定會給自己找個好男人，開開心心地繼續生活下去，你也要一樣哦，我們約好了……

七、不速之客

【虞美人】的經營依舊順利，但用上官的話說，我就是安於現狀，我沒有將【虞美人】打造成全國知名品牌的野心，我只是靜靜地，安分地守著它，和它一起成長。

將對上官的求婚策劃交給思宇，讓她幫我轉交夜鈺寒。雖然手上的刀傷已經痊癒，但心底卻還是會忍不住想起他的溫柔。有時會胡思亂想，但一想到他喜歡的是上官，就會提醒自己不能自作多情，更不能把他當作未婚夫的替代品，這對誰都不公平，乾脆還是眼不見為淨。

還有三天，就是立夏，應該要準備夏季的服飾。而這幾天，水王爺府也很奇怪，總是邀請我去府上玩，來送信的人說是小王爺想我。

我臉上帶著笑，但心底卻發寒，估計是水無恨已經知道歐陽緡在【虞美人】，再次確定水無恨跟這個殺手之間肯定有聯繫，而且可能還是高層人員，不然歐陽緡不會不認識他，相反，他卻認識歐陽緡和那個要殺我的殺手。

對於王府的邀請，我以工作繁忙為由，謝絕了他們，少接觸，少惹麻煩。

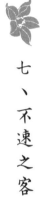

而先前畫的夏季男裝樣稿也在今天做出樣裝，便決定畫一張海報做一下宣傳，如此，自然而然就想到了斐崳，他可是個絕世美人啊。

現在還是春天的尾巴，不熱不涼，十分舒爽。院中的梨花樹正盛開著白色的大朵梨花。兩旁的紅杏綠柳們，更是展現著它們的張揚，讓人眼睛一亮。

地上，我鋪上了一條綠色的地毯，主要是因為沒草坪，就勉強頂著，讓環境更鮮亮一點。

斐崳緩緩走出更衣室，臉上帶著疑惑：「男人也穿披帛？」他穿著一條白底梨花的長袍，梨花用黑金線勾繡，沉靜而儒雅，一條淡藍的披帛，長長地拖在身後，與衣襬一起掃花拂葉。

「嗯。」我擺上畫板，調著顏料，「漫畫裡穿披帛的男人多得是。」

「漫畫？」斐崳緩緩站在梨樹下。

「呃……一個國家。」當我抬眼時，斐崳已經站在梨花樹下，一陣東風吹過，掀起他白色的衣襬和淡藍的披帛，白色的花瓣，環繞在他的身邊，如雪一般沉靜的人，帶著出塵脫世的美，讓我窒息。只是這清冷的美人邊，缺了什麼，總覺得讓人有種孤獨的哀傷。

「要做什麼動作嗎？」斐崳站在梨樹下有點不自在，修長的雙手抓著披帛，呵呵，男人穿披帛一開始是無法接受。

「啊！」一聲尖叫打破了這唯美的畫面，一看，原來是思宇。看見思宇我想起這畫缺了什麼。

「思宇，別流口水了，去把阿牛叫來。」

「啊……哦……」思宇帶著癡迷的表情跑了出去。

我看著斐崳，總覺得不對，他此刻依舊用布巾裹著他的長髮，這樣就與我展現柔美的服飾不協調。我走到他的身邊，朝他招招手：「蹲一下。」

「好……」斐崳彎下了腰，美人就是美人，連彎腰都這麼優雅。

我取下他的布巾，放下他如瀑布一般的長髮，順了順，好柔順啊，我都愛不釋手了。

再讓他站起時，他已經長髮及腰，我摘出兩束放在他的身前，哇……這才像話嘛，我此刻頗為自己手下的造型得意。將斐崳其餘的長髮用絲帶束在尾端，如此一番打扮，活脫脫一個漫畫美男。

「非雪，我把阿牛帶來了，哇……」不用回頭也知道思宇的表情。

忽然，斐崳淡然的表情上滑過一絲尷尬，垂下眼瞼，視線落在一邊。

奇怪，斐崳在尷尬什麼，而當我回頭的時候，我明白他尷尬的原因了。思宇直勾勾盯著他，斐崳早就習慣，可現在，歐陽緡也直勾勾地盯著他，深沉的眼神裡，出現了一些不明的情愫。哈哈，歐陽緡，你也被斐崳的造型迷住了吧。不過，歐陽緡終究是殺手出身，即使現在失憶，有些卻是本能，很快，他恢復如常，乾咳兩聲，刻意將視線從斐崳身上移開，對我說道：「掌櫃的，你叫我來幹嘛？」

「配戲。」我笑了，跑到他身邊，推著他。

「配什麼戲？」

「【虞美人】男子服飾宣傳海報啊，看斐崳已經準備好了，你也去換換衣服。」

「啊？」歐陽緡那張性感的嘴唇一下子張大得可以塞下一個雞蛋。我才不管他願不願意，反正他現在是我的人，還不任我擺佈？

將他推入更衣室，把展現男子瀟灑陽剛的服裝挑了出來，內衣……不要了，陽剛嘛，就坦胸好了，我一件件往床上扔著，看得歐陽緡一愣一愣。

「這些是你要穿的，先穿這內襟，然後外衫，最後再是這袍子，頭髮放下，扣上這個小冠。」

「那內衣呢？」

「千萬別穿，影響美觀，男人露一點算什麼，快啊，別讓我們多等，斐崳可是很忙的。」

「慢著，你讓我和斐先生一起？」我居然發現一抹淡淡的紅暈浮上歐陽緡的面頰，哈，不會被我誤打誤撞吧，於是我索性壞笑起來：「當然，這樣才配嘛，快哦！」

正準備脫衣服的歐陽緡，頓時變得有點僵硬，眉角還不停地抽搐。

等歐陽緡躲躲閃閃從屋裡走出來的時候，我們三人都大吃一驚，俊朗的歐陽緡站在陽光下，英姿颯爽，性感非凡，一個大翻領，露出歐陽緡性感結實的胸膛。外袍拖地，帶起一卷先前落在地上的白色花瓣，更是剛中帶柔。

「怎樣？」我撞了撞身邊的思宇，她給我拋了一個媚眼，輕聲道：「絕配！」偷眼一瞧斐崳，他也正盯著歐陽緡發愣。

一臉鬱悶的歐陽緡，出來就嚷：「接下去怎樣？」

「阿牛，你就站在斐崳後面好了。」本來想讓歐陽緡抱著斐崳的，但想想這樣可能有點過分，萬一兩個人都怒了，我就畫不成宣傳圖了。

歐陽緡垂著眼，儘量不看斐崳，斐崳也微微撇過臉，不看歐陽緡。

「喂，你們兩個都不笑，我怎麼畫啊。斐崳你坐在地上，你把歐陽緡的衣服都擋住了，我看不到他的身體。」

斐崳終於露出一抹微笑，估計在笑我色，他輕輕坐下，自然而然地拾起自己即將觸地的長髮。此時我發現，歐陽緡僵硬的表情出現了一絲暖色，眼神漸漸放柔，注視著身下的斐崳。

斐崳依舊自顧自整理著自己的袍衫，讓黑色的長髮鋪在袍衫之上，在確保沒有一絲落地後，他才滿意地淡笑著：「好了，畫吧。」

「啊……哦……」我沉醉于斐崳優雅的舉止裡，腦中已經浮現他與歐陽緡深情注視的畫面，梨花樹下……梨花？不好，不吉利，還是桃花或是櫻花好了，然後是綠色的草坪，深情注視的愛人，春風捲過粉色的細雨，如此地動人心魄。如果他們……不行不行，我怎麼變得這麼變態啊！

調整好心態，開始落筆。

歐陽緡雙手環抱著靠在樹下，靜靜地看著身下的斐崳，看著他如墨的長髮。或許，他們兩人都沒發現彼此在不經意間流露的表情，當兩人看到我的畫時，歐陽緡的臉一下子成了豬肝，怒道：「掌櫃的，你怎麼可以把我的眼神畫得那麼……那麼……」

「含情脈脈？」我笑著，看著惱羞成怒的歐陽緡。

歐陽緡慌張地看著斐崳，斐崳微抿的嘴唇顯示著他的慍怒，他只是淡淡地轉身，歐陽緡拉住他的袍袖：「斐先生，這是掌櫃的亂畫的，我沒那個意思。」

「我知道。」又是一句淡然的回答：「我要換衣服了，阿牛你別抓著非雪新做的衣服。」

「哦……」歐陽緡趕緊鬆手，哪知斐崳才邁開腳步，他整個人就往前撲去，長髮將他驚慌的臉輕輕埋起，然而，他沒有摔倒，因為他被歐陽緡從身後穩穩抱住，關切的話語同時吹過斐崳的耳邊：「斐先生沒事吧。」

我的心跳有點加速，這場景，好美，好幸福，再看思宇，她更是目瞪口呆。

只見斐崳用手拍開摟在腰間的手，冷冷說道：「阿牛你踩住我的衣服了！」

歐陽緡立刻鬆手，挪開自己的腳步，尷尬地再次說道：「對不起……」

斐崳提著自己的衣襬，轉身緩緩離去，歐陽緡看著我，眼中有一絲怒火。他悶哼一聲，進屋換了衣服，然後穿著他的勞動服，再次狠狠瞪了我一眼，朝院門走去。

我笑看著歐陽緡離去，沒想到卻同時看見有兩個人走了進來，其中一個還蹦啊蹦，邊蹦還邊喊：「非雪哥哥，你在哪兒？」然後一聲「哎呀！」他和生氣的歐陽緡正好撞在了一起。

歐陽緡只是淡淡瞟了他一眼，然後說了一句：「對不起！」便憤憤離去。

頭皮開始發麻，上官說得對，妳不去找麻煩，但不代表麻煩不會來找妳，有些事終究躲不過。

看著水無恨傻傻地望著撞他的歐陽緡，一副要哭出來的樣子，他其實是在確認吧。

「小王爺駕到，小人有失遠迎，真是該死該死！」我迎了出去，他的身邊是那個水生。

水無恨被我的喊聲拉回了視線，一臉的不滿意：「我說非雪哥哥怎麼不來找無恨玩，原來家裡藏了個好看的哥哥！」

「哈哈哈……那哥哥好看嗎？」我假意問著水無恨，他噘起了嘴：「沒我好看！」

思宇在裡面忍不住輕笑，我還沒將水無恨的事告訴她。她笑道：「思宇也覺得小王爺比較好看呢。」

「真的？」水無恨雙眼發亮，跑進畫畫的院子，東瞧瞧西望望。

水生向我恭敬地行禮：「雲掌櫃，小王爺就麻煩您照顧了，小人先回府了。」

「慢著！你就把他留給我了？」

「嗯，小王爺說要玩到晚上，還要看過你們的音樂會再走。雲掌櫃請放心，王爺已經安排了侍衛在附近保護小王爺，不會有事的。」

便衣啊，我忍不住望向周圍，看來已經陷入嚴密監視中。

水生離開後，我就看見水無恨從更衣室裡跑出來，身上還掛著披帛，在院子裡甩啊甩。一旁的思宇無奈地直搖頭嘆氣，她用無比同情的眼光看著我：「非雪，妳就好好照顧他吧，我去看看作坊的進度。」這下，連思宇都走了，院子裡，只剩下我和這個可能不是傻瓜的傻瓜：水無恨。

「非雪哥哥好色。」水無恨跑到我的畫板前，看著畫板上的兩個英俊男子。

「嗯！嗯！所以我才捨不得離開【虞美人】。」我順水推舟，承認自己好色。

水無恨蹙著彎彎的眉：「無恨也很好看啊，為什麼非雪哥哥不來看無恨？」

「無恨是好看，可無恨是小王爺啊，不像這兩個，任由我處置呢，哈哈哈哈……」

「任由非雪哥哥處置？」

「嗯！」我神秘地眨了眨眼睛，拉下他的脖領，靠近他的耳邊，「告訴你一個秘密哦，他們都是我撿來的呢。」然後我放開他，看著他臉上古怪的表情。忽然，他雙眉一豎，就指著那畫：「無恨也要畫這樣的！」

「好，好，畫這樣的。」

然後他開心地跑到樹邊，我開始換上新的畫紙，就在我正準備落筆的時候，他又喊了：「非雪哥哥怎麼不坐在這裡？」他指著他的身下，我傻眼，我坐下誰畫？

還沒開口，水無恨就硬是把我拖到樹下，然後將我按在地上。

於是，院子裡，兩個人，一個傻傻地坐著，一個傻傻地站著，看著那空無一人的畫板。

兩隻黃鸝落在畫板上，清脆地叫著，寂靜的院子裡，迴盪著牠們美妙的歌聲。但我卻覺得牠們是在喊：傻瓜——傻瓜——

「這樣不對！」水無恨一聲大吼嚇跑了兩隻黃鸝。

「哎……是不對……」我嘆著氣，垂著頭，真要被他玩死了！

「這樣不好玩！」水無恨生氣地坐了下來，瞪著我，我懶懶地靠在梨樹上，看著飄來飄去的白雲：「這樣也不錯，可以看看天空。」

「天空？」水無恨學著我躺在樹下，看著蔚藍的天空。

「非雪哥哥好無聊哦，喜歡看天空，天空有什麼好玩的，跟無恨玩官兵捉強盜吧。」水無恨樂幽幽地開始掏他的玩具。

我打了一個呵欠，清風宜人，陽光又不是很猛烈，自然還是躺著睡覺好，不過這麼高的境界，不是他能理解的。

「風清雲動，泉水叮咚……」

「泉水？哪裡？」

「閉上眼想像。」我單手輕輕覆在他的眼上，他聽話地閉上雙眼。

「彩蝶紛飛，鳥聲幽幽……芳草碧水間，走來一白衣少女，少女腳下銀鈴兒叮鈴作響……少女掬水拂面，水聲叮咚……叮咚……叮咚……」

只見他的呼吸漸漸變得平穩，居然真的睡著了。那再好不過，免得我操心。閉上眼，享受著這份午後的寧靜，【虞美人】，就是寧靜的港灣，亂世中的祥和天地，忘卻紛爭，忘卻煩惱，只有快樂地生活，無憂無慮地生活。

只是這份平靜，還能堅持多久……

朦朧間，我到了一片梨花的海洋，處處都是梨花，淡淡的梨花香，遊走在我的鼻尖，大朵大朵的梨花，飄蕩在空中，形成一大朵一大朵的白雲。忽然腳下踩空，我整個身體往前撲去，撲倒在一片梨花之上，白色的花瓣在我身邊飄揚。

趴在梨花團上，好舒服，軟軟的，又很溫暖，就像抱著一個大大的枕頭。好懷念席夢思啊，一定要想辦法做個席夢思。

「非雪……非雪……」一聲聲溫柔的輕喚喚醒了我的美夢，我睜開迷濛的眼睛，好像看見了夜鈺寒：「你……怎麼來了……」

「醒醒，有事跟你說呢。」

頭還是暈暈的，好不容易聚焦視線，卻發現自己在夜鈺寒的懷中：「你……」

他立刻捂住了我的嘴，眼神瞟向一邊，原來水無恨還睡著。

他不慌不忙地扶起我，帶我走到一邊，輕聲道：「皇上準備明晚行動。」

「明晚？可以，我去叫思宇他們準備準備。」

「那……要我做什麼嗎？」夜鈺寒有點尷尬地看著我。

我笑道：「不用，夜大人明晚也學著點，說不定以後追女孩子用得上。」

「非雪我……」

「啊！我的小人偶呢！」一聲大喊打斷了夜鈺寒的話，原來水無恨醒了，他正慌亂地找著口中的人偶。

人偶？沒看見他帶人偶來啊。

「非雪哥哥……咦？夜哥哥也在？」

「見過小王爺。」

水無恨看也不看夜鈺寒，拉起我就回到樹下：「非雪哥哥，無恨剛剛明明抱著一個人偶的，怎麼不見了，幫無恨找找。」

「哦……」我裝模作樣地找著，估計是這小子做白日夢。

夜鈺寒悄悄拉了我一下衣袖，輕聲道：「我來的時候，看見你睡在他身上，他說的該不會是……」

汗毛立刻豎遍全身，難怪睡得特別舒服，汗，一陣又一陣，不知不覺占了水無恨的便宜。

我轉身跑進更衣室裡，找了一大堆棉花和廢棄的布料，然後捲了一捲，用針線隨便固定了一下，做成一個糖果枕頭。

出來的時候，水無恨已經拖著夜鈺寒一起找了，我跑到水無恨的面前，拿出糖果枕頭：「無恨的人偶沒了，非雪哥哥送你一個大糖果。」

水無恨可愛的眼睛瞬即瞪大，滿心歡喜地抱住了糖果枕頭，但隨即一副愁眉苦臉的樣：「好像還是人偶好玩。」

沉下臉，不理他，這小子說不定早就醒了，還不知誰占誰的便宜呢。我冷冷說道：「那就還我！我給你夜哥哥！」

「不要！」水無恨將糖果抱得緊緊的。

真是拿他沒辦法。
只是沒想到，稍後連夜鈺寒也賴在【虞美人】不走了，這下他可慘了，成了我和水無恨的模特兒。也不知水無恨怎麼想的，吵鬧著要讓我教他畫美人圖，於是，夜鈺寒就坐著喝茶，我和水無恨畫他。
水無恨的畫技遠遠在我之上，但風格完全與我不同，是水墨畫，或者應該說我的畫法與這個世界完全不同。水無恨筆下的夜鈺寒像個男人，我筆下的夜鈺寒自然就……反正不是很MAN。
然後，思宇也回來了，她是畫Q版的高手，她刷刷刷幾筆，Q版的夜鈺寒就出現在畫紙上。
這立刻激起了我的玩心，我將筆鋒一轉，開始惡搞夜鈺寒。
將夜鈺寒的腦袋配上了肌肉男的身子。
「不對不對，應該這樣。」思宇拿起她的畫筆，給夜鈺寒來了個紅內褲外穿。
「超人啊……」
思宇在一邊忍俊不禁，儘量憋住笑容，而一旁的水無恨雖然不知道這紅內褲外穿的幽默，但也傻傻地跟著我們笑。
「嗯，那應該畫個母星。」我沾上了土黃色，然後一圈，又一圈，再一圈，登登登登，超大號阿拉蕾的最愛：便便。
「哈哈哈……SHIT啊，哈哈哈……」思宇終於忍不住噴笑出來，唾沫星子撒在那副畫上。
超人夜鈺寒，最後飛到了一堆屎裡……
「哈哈哈……」我也大笑起來，眼淚迸濺，「這可不是一般的SHIT，而是一堆BIG～BIG的SHIT。哈哈哈……」

水無恨在一邊傻傻地看著我們笑，還指著那陀便便星球：「這是什麼？怎麼好像……好像馬馬拉出來的東西？」

便便是畫成一圈一圈的，其實人還不一定能拉出這種形狀，不過大型的牲畜，例如牛和馬的糞，通常是這個樣子。

我們的大笑自然引起了夜鈺寒的注意，他站起身，疑惑地朝我們走來，我們趕緊收起了畫，藏在懷中。

「非雪，你把我畫成什麼樣子？」夜鈺寒滿臉狐疑地看著我們的畫板，畫板上是正經的三副圖，除了思宇那幅有點怪。

「我要看你藏起來的。」夜鈺寒伸手問我要，我當然不給，還裝糊塗：「沒啊，都在這兒了，不信你可以問問他們。」我指著水無恨和思宇，他們立刻配合著點頭。

夜鈺寒俯下身，仔細地看著我，眉毛挑了又挑。

「掌櫃的！」就在這時，歐陽緡忽然跑了進來，夜鈺寒終於放過了我。

「什麼事？」歐陽緡似乎還挺急，跑得滿頭大汗。

身邊的夜鈺寒看著歐陽緡，臉上是奇怪的表情，似乎有點驚訝，又有點自卑。

歐陽緡拿出帳冊：「斐先生叫我送來的，他說用完了，問你還有沒有新的。」

我哭笑不得，還以為什麼大事呢：「阿牛，這只是小事……」

「小事？可他明明……」歐陽緡傻傻地看著我，忽然他一副恍然大悟的樣子，「呀！準是斐先生還在生氣，故意消遣我。」歐陽緡俊逸的眉毛立刻皺在了一起，轉身就走。雖然不知斐崳是怎麼把這樣的小事化大的，但根據我對斐喻越來越深的瞭解，知道這個人，惹不得。

水無恨在一邊依舊傻傻地看著歐陽緡，直到他的離開，然後就是不滿：「非雪哥哥最色了，身邊的男人一個比一個好看。」

「沒錯，要不無恨你……也來非雪哥哥家，過無憂無慮的生活？」我很是認真地看著他，他卻撇過了臉：「才！不！要！」

哎，罷了罷了，他的生活又豈是我能改變的？

水無恨和夜鈺寒這一賴，就賴到了晚上，想想既然人多，就吃燒烤吧。

思宇最喜歡的就是燒烤，在燒與烤之間，能體會無窮樂趣。

將院子清理乾淨，當中擺上炭爐，周圍鋪上可以坐人的地毯，思宇就開始串材料，歐陽緡開始生火，水無恨看著他，還給他搗亂。

「哥哥，哥哥，這個要不要？」水無恨拿出一塊木頭。

歐陽緡擺了擺手：「這個要用炭，炭烤出來的才香。」

「嗯，嗯！」

「思宇，妳那邊怎樣了？」我拿著酒壺，走到思宇身邊。

思宇一邊串著，一邊眼睛冒星：「快了快了，我都等不及了呢。」

「非雪，那我做什麼？」夜鈺寒看著我們忙碌的身影，主動請纓。我指了指給歐陽緡搗亂的水無恨：「看住他，別讓他搗亂。」

「啊？」

我沒有給夜鈺寒任何反對的機會，便去取碗筷。這兩個大少爺平時都是吃成品，讓他們幫忙，反而越幫越忙。

一陣陣炭火不停地竄著，我站在燒烤的爐子邊，大喊著：「今天，有兩個口號！」

「口號？」夜鈺寒疑惑地問著。

「一個，就是不乾不淨，吃了沒病！所以，如果夜大人和小王爺覺得髒，就請回吧。」你們好走了，影響我們食欲。

「好哦！不乾不淨，吃了沒病！」水無恨立刻舉著碗筷喊著，比我們還激動。

嘆口氣，繼續：「第二個，就是小心火災，大家在烤的時候，一定要像我這樣。」我捲起了袍袖紮緊，「免得到時袍袖落到炭火裡，就成燒豬啦。」

「好——成燒豬——」又是水無恨小朋友……

月朗星稀，大家圍在烤爐邊，炭火劈劈啪啪地爆著。

「阿牛，叫斐先生吃飯。」食物的香味已經充滿了整個院子。

「斐先生說他到了關鍵時刻，要看著他的爐子。」歐陽緡啃著雞翅膀，滿嘴的油。

他的爐子？一陣陰風刮過我的脖子，不知他又在煉什麼東西。

「這斐嵛又是何人？」夜鈺寒一邊翻著土豆，一邊問我，想想他剛剛學會燒烤的時候，還手忙腳亂，現在已經能烤出像樣的東西了。

「是另一個漂亮的哥哥。」水無恨一口咬住我手中的肉排，含糊地說著：「比阿牛哥哥還要漂亮的男人。」

「還要……漂亮？」夜鈺寒驚訝地看著我，我得意地笑，然後他搖頭輕嘆：「那是男人嗎？」

「當然是！」歐陽緡顯然有點生氣，傻傻的樣子很可愛。真好奇他做殺手時不知是怎樣的性格，反正在我們的調教下，他就是傻傻的，而且很聽話，尤其是斐崳的話。

「嘿嘿，拓羽和柳讕楓不是也挺漂亮？他們難道是女人？」我沒輕沒重地說著，聽得夜鈺寒直冒汗：「非雪……不可直呼皇上的名諱。」

「老迂腐。」思宇嗤之以鼻。

夜鈺寒有點不服氣：「我哪兒迂腐了？」

「是啊是啊，夜大人也相當風流呢。」我開始壞笑，「思宇，妳不知道，上次用小蝨驗處子的時候，唔……唔……」嘴突然被夜鈺寒捂住，他在一邊皺著眉：「非雪你怎麼也跟女人一樣愛抖人的隱私。」

「哈哈哈……」思宇甩著雞腿笑得前翻後仰，就算我不說，她也猜得到。

而水無恨更是好奇地瞪大眼睛：「什麼小蝨，什麼小蝨？」

我掰開夜鈺寒的手，笑道：「小孩子別管。」反正你也肯定不是，還湊什麼熱鬧。

看著一臉鬱悶的夜鈺寒，我轉移話題：「柔兒最近在宮裡可好。」

發現夜鈺寒的神色有異，他不自在地咳了一下：「她……很好，皇上哄得她很開心。」

「沒其他的事發生？」我看著夜鈺寒臉上慢慢出現的紅暈，心下便猜到上官跟他肯定也發生了什麼。

「沒有，上官姑娘很好，非雪放心吧……」

「哦？」我緊緊盯著他越來越侷促的臉，這個夜鈺寒一遇到男女之事就會慌亂，「你的樣子不像是沒事，說！到底發生了什麼？」

「呃……這個……」夜鈺寒尷尬地看著我，「那天我路過御花園，聽見上官姑娘彈奏的琴聲很是哀怨。」

「哀怨？」思宇也湊了上來，和我一起認真聽著。

「在下就上前問上官姑娘是否想家……」夜鈺寒的臉越來越紅。

「她怎麼說？」這死女人怎麼可能會想我們？

「她說……她雖然獲得皇上的垂青，但怕容顏一旦老去，便會被冷落，若是能與一個關愛她，只娶她一人的男子，在一起就好了……」夜鈺寒說完，嘆了口氣，臉上的紅潮漸漸退去，「所以我想上官姑娘所指的那個男子，可能是非雪你……」

「啊？」我和思宇同時驚呼起來，我們自然清楚上官口中暗示的那個男子決不可能是我，那會是誰？

我看著思宇，思宇皺著眉頭看著我，她立刻問道：「當時就你和上官？」

夜鈺寒聽思宇問這麼直接，眼神再次閃爍起來：「是的。」

思宇長長地「哦」了一聲，臉上露出一抹壞笑，看著我，似乎有話對我說。水無恨一下子蹦到我和思宇的面前，無聊道：「別說那個姊姊的事了，無恨好無聊。」

「無聊啊……」我看著思宇，思宇眼珠也不停地轉著，提議道：「那我們玩猜字遊戲吧。」

思宇的提議立刻被大家採納，夜鈺寒見識過我和思宇的默契，對這個猜字遊戲也很感興趣，我們分成兩組，我和水無恨，思宇和夜鈺寒，由歐陽緡作裁判，輸的一組罰酒。

幾輪下來，我們打成平手，不過我比較慘，因為我們這組輸的時候，是我喝酒。

夜鈺寒眼神迷離地拉著我的袍袖，滔滔不絕，真沒想到他的酒量這麼差：「非雪……非雪……我對上官姑娘，真的沒非分之想……那天在亭子裡……她把我當作了你……她靠在我的身上……我沒有……真的沒有……」

我和思宇有些吃驚，難怪剛才他說這個事情的時候會如此害羞。

我扶著他，他已經醉得不省人事。水無恨在一邊戳著夜鈺寒的臉蛋：「夜哥哥酒量好差喲，嘿嘿……」

「別幸災樂禍了。」我瞪了一眼水無恨，明明不是傻子，卻還要我幫他喝酒，真是陰險。

水無恨被我這麼一責備，噘著嘴不再說話。

送到門口的時候，水無恨的馬車已經停在門口，將夜鈺寒交給來接水無恨的水生，讓他幫著送回去。

總算送走了這兩個祖宗，我和思宇大舒一口氣，看著漸漸遠去的馬車，思宇問道：「上官說那些話是什麼意思？她難道愛上了夜鈺寒，在給暗示？」

「有可能。」我沉思，「雖然上官是想做皇后，做人上人，但歸根究底，她還是一個女人，只要是女人，終究逃不過愛情。」

「那她會怎麼選擇？」

「呵……如果把拓羽比作事業，把夜鈺寒比作愛情，妳猜她會怎麼選擇？」我看著思宇漸漸清晰的眼神，她的臉上露出一抹惋惜，輕嘆道：「為何魚與熊掌不能兼得？哎……」思宇長嘆一口氣，忽然看著我笑，「夜鈺寒也笨，居然以為上官說的是妳。」

「是啊……呵呵……再聰明的夜宰相，居然也會會錯意，真是笨哪。」

「是嗎？不過就算上官喜歡夜鈺寒，夜鈺寒也不可能喜歡她。」

「為什麼？」思宇這個結論讓我有點疑惑，根據之前的觀察，我知道上官對夜鈺寒是有吸引力的。

「因為夜鈺寒……」思宇忽然拖起了長音，賣起了關子，一臉淫蕩地笑：「因為他喜歡妳啊，哈哈哈……」

心跳漏了一拍，臉有點紅，這個思宇，淨瞎說，不過……

「這叫當局者迷，非雪，妳難道沒感覺出來嗎？如果他不喜歡妳，為何要拚命解釋他跟上官的關係？」

不是不明白，只是不想，現在，還不是時候……

「非雪，其實治療愛情最好的方法就是趕快開始另一場愛情……」

「啊，對了，思宇。」我打斷了思宇，她顯然在撮合我與夜鈺寒，「下次柳讕楓來的時候，妳幫我問問他是怎麼把他的頭髮染成深紅色，真是好看啊。」

然後，我看見思宇的臉，開始下沉，恨恨地說道：「那個變態，還是妳自己去問吧，哼！」說完，思宇氣呼呼地轉身就走。

呵呵，思宇，謝謝妳的好意，哎，可惜我還沒這個想法啊。抬頭看了看掩入雲層的明月，水無恨的試探算是結束了，接下去，又會是什麼呢？小小的【虞美人】看來要越來越熱鬧囉。

而上官的心思，真是越來越難揣摩了。

這天一早，夜鈺寒就來到【虞美人】，先是很緊張地問我昨晚有沒有失態，那神情好像怕做了什麼對不起我的事情。

直到思宇證明他醉得睡死過去，他才放心地笑著，然後帶著我和思宇準備今晚的道具。

皎潔的明月，粼粼的波光，畫舫精緻而秀美。我站在龍舟之上，和夜鈺寒一起垂手而立。

上官今晚一身月色的長裙，瀑布般的長髮只梳了一個小髻，裝束很是簡潔。

她的身邊是拓羽，拓羽輕輕執起上官的手，帶她小心上船，上官精緻的臉龐露出一抹甜美的笑。

看著拓羽紳士的樣子，我在想到底是那次在河邊嬉戲的是他，還是此刻溫柔的是他？哎，皇帝從小就被逼著戴各種各樣的面具，就和我們都市人一樣，這何嘗不是一種悲哀。

或許上官之前並沒發現站在船邊的我和夜鈺寒，所以當她看見我們的時候，眼中滑過一絲驚訝，隨即看了一眼身邊的拓羽，拓羽眉角含笑：「朕想著柔兒幾日未見大哥，便讓雲掌櫃前來，柔兒可高興？」

「高興，當然高興。」柔兒笑著走到我的身前，「哥哥能來，真是太好了。」疑惑浮現在她的臉上。我笑道：「柔兒，今夜的妳，真美。」

上官被我誇得掩面嬌笑，拓羽再次牽起上官的手，向我和夜鈺寒使了一個眼色，便帶著上官進了船艙。

上官回頭疑惑地望著我，我露出一個讓她安心的微笑。

龍舟緩緩離開岸邊，明月高空掛起，宛如一隻銀盤，倒映在湖中，拉出一個長長的剪影。

月光撒在湖面上，波光粼粼。

拓羽帶著上官坐在船頭，那裡已經準備了茶水，我和夜鈺寒就站在船側，這裡既能看見拓羽的手勢，又不會打擾他們。

「夜大人和大哥不坐這裡嗎？」上官問著拓羽，拓羽笑道：「妳說他們會坐這裡嗎？」

上官白了拓羽一眼：「討厭～」

侍女從船艙中取出古箏，放到上官的面前。

拓羽雙手環過上官的纖腰，俊秀的下巴枕在上官的頸窩：「為朕彈那曲《蝴蝶泉邊》好嗎？」

上官羞怯地點了點頭，優美流暢的琴聲，便在她的指尖流出，迴盪在倉月湖的上空。

「上官姑娘真是一個特別的姑娘，難怪皇上會如此著迷。」夜鈺寒靠在船桅上，眼神中帶著欣賞。我立刻取笑道：「何止皇上，夜大人不也是？」

夜鈺寒的眼中滑過一絲尷尬，輕咳兩聲看著我：「非雪，你誤會了，我對上官姑娘，只是欣賞，更何況我知道那些詩……」夜鈺寒嘴角一勾，揚起一抹壞笑。

我立刻躲過夜鈺寒的眼神，轉身趴在船桅之上，人家抓了妳的小辮子，妳還能怎樣？

「怎麼？不說了？」夜鈺寒也轉身和我一樣趴在船桅上，側臉看著我。

「說不過你……」

一絲絲清涼的風，撫過我的面頰，曾經夜遊太湖，也是這樣的感覺，靜靜的湖，圓圓的月，身邊是一群好友，戀人在月下擁吻，而今，哎……忽然感到一絲淒涼。

「明月幾時有？把酒問青天，不知天上宮闕，今夕是何年……」夜鈺寒在我身邊忽然吟起了蘇軾的《水調歌頭》，我驚訝地看著他，他俯首望著水中明月，「我欲乘風歸去，又恐瓊樓玉宇，高處不勝寒。起舞弄清影，何似在人間！轉朱閣，低綺戶，照無眠。不應有恨，何事長向別時圓！人有悲歡離合，月有陰晴圓缺，此事古難全。但願人長久，千里共嬋娟。」他緩緩轉過臉，微笑著，「非雪一定沒想到我是過目不忘吧……」

我吃驚地看著他，他居然過目不忘。

「其實會不會作詩，並不重要。我想即使皇上知道上官姑娘不會作詩，也不會介意。真正吸引皇上的，是上官姑娘的聰慧，她有一次與夜某的長談，讓夜某至今難以忘懷。」

「哦？是什麼？」原來上官跟夜鈺寒的接觸還不少。

「國家之所以為國家，是因為既有國又有家，到底是有國才有家，還是有家才有國，是無法說清楚，道明白的。所以，國與家，其實是不可或缺的兩個互存體，君主離不開百姓，百姓亦離不開君主。這讓夜某想到寧姑娘曾經說過的那句話，就是水能載舟，亦能覆舟。由此可見，非雪的兩個妹妹都是聰慧過人，天下無雙，不知非雪對治國是否也有自己的見解呢？」

他深深地看著我，我只是眨了眨眼睛：「治國之策倒是沒有，哄女人開心的方法就有一大堆，夜大人，不如改日讓小人教教你，你會受益多多哦。」

「是嗎……」夜鈺寒淡淡地笑了，「那我想請教雲掌櫃一個問題。」

「請說。」

「當初夜某第一次見到上官姑娘的時候，便被上官姑娘脫俗的美麗而吸引。」

看，就說上官魅力大。

「而上官姑娘的才情和大智更是讓夜某欽佩，萌生傾慕之心……」夜鈺寒的眼神變得柔和，轉身一靠，左手慵懶地搭在我身後的船桅上，「但我卻沒想到自己會被另一個人深深吸引。」

「哦？莫非那人比柔兒更美麗？」

「非也。」夜鈺寒看著我幽幽地笑了，「他沒有上官姑娘脫俗的美麗，但卻比上官姑娘更為特別，夜某也一直把他當朋友相待，但相處多次後，夜某發現自己對這位朋友產生了一種奇怪的思念，尤其在看到上官姑娘的時候，夜某的眼中卻是他的身影，夜某想請教雲掌櫃，夜某這是怎麼了？」

他認真地凝視著我，眼神中是一份熾熱，心跳開始加速，不敢正視他的眼睛，正巧拓羽揮起了手，發出了信號，我趕緊說道：「要開始了。」

「哦……」淡淡的聲音他的口中傳來，我看著他，他的眼中卻是一分失落。

跑到船尾，我放出了信號，煙花在空中炸開，照亮了整個湖面，緊接著，由思宇負責的煙花隊，就在遠處放起了煙花，明亮的煙花在炸開的時候，化作星雨消失在空中。

音樂聲漸漸響起，拓羽伸手邀請上官共舞，一臉驚訝的上官呆滯地被拓羽帶入懷中。

「皇上……」上官徹底迷失在拓羽充滿魅惑的眼神中。

「喜歡嗎？」拓羽將上官的手放在自己的脖頸，這是貼面舞。

「嗯……」上官靠在拓羽的胸前，輕聲回應。

這樣的條件能達到這樣的效果，已屬不易，若不是現在的導火線不防水，我說不定還要在湖面上點出「我愛妳」三個大字。

「跳舞嗎？非雪？」

我沒想到夜鈺寒居然會邀請我跳舞，我有點尷尬，看著他真誠的眼神，將手放入他的手中。

夜鈺寒輕輕地笑了，手放在我的背後，適當保持著一定的距離，姿勢相當標準，彼此的距離不近也不遠。

船頭是拓羽和上官翩翩起舞，船側的陰暗裡，是我跟夜鈺寒共舞，夜鈺寒跳得很好，我都不用將注意力放在他身上，所以我時時關注著船頭。

「非雪很在意上官姑娘？」

「當然，最漂亮的妹妹就要被皇上帶走了，再不多看幾眼，就沒得看了。」

「原來如此，非雪果然愛美人。」

「愛美之心，人皆有之，夜大人難道不愛？」

「這……」

此刻，拓羽緩緩停下了舞步，緊緊摟住上官，莫非要在月下激情擁吻？太棒了！好戲不看白不看！

忽然後背的手滑到我的腰部，夜鈺寒抓住我的手迅速捏緊，腰部的手一緊，他腳下一個迴旋，便將我壓在船艙的木板之上，笑道：「非禮勿視，非雪不知嗎？」

我愣愣地看著他，側臉一看，什麼都看不見，只有空中大朵大朵的煙花。

「呵……可惜啊……」我嘆息了一聲，「好吧，不看就不看。」我想抽回在夜鈺寒手中的手，卻發現反而被他捏得越緊。

他的身體緩緩壓了下來，煙花中，我看見他若隱若現的俊臉和深情的眼神。

面前的空氣變得稀薄，身體的接觸讓我心跳加速，我愣愣地看著他，看著他俯下臉，將溫熱的氣噴在我唇邊，他摟緊了我的身體，額頭抵在我的眉間：「非雪……」

我慌亂地撇過臉，他的額頭從我的眉間滑落，然後，就是他幽幽的笑聲。

「夜大人……我都說不看了，請你放開我。」

「非雪你到底喜歡男人還是女人？」夜鈺寒沙啞的聲音纏繞在我的耳邊，帶著他特有的炙熱熨燙著我的耳朵，磁性的聲音帶著蠱惑，讓我心跳為之加速。

「非雪……」夜鈺寒的手背輕輕滑過我的頸項，引起我一陣戰慄，我頓時怔愣住：「夜鈺寒，你這是在做什麼！」我質問他，迎視他熾熱的視線，他的臉再次靠近，我用我唯一自由的手想推開他。再這樣下去，我非窒息不可。

「非雪，你難道還不明白我的心意？」他緊緊扣住了我推他的手，我驚慌地看著他正在靠近的臉，迫使我正視他的眼神，「是不明白，還是在故意躲避？」

「既然夜大人知道，就不該為難在下。」我不再逃避，瞪著他，他的眼神一暗，勾起了一絲苦澀，原來拒絕別人，自己也會心痛。

心跳漸漸平穩，臉上的燒隨之退去，我平靜地看著夜鈺寒，他依舊深情地注視我，彷彿要把我刻入他的心底。

「非雪！」忽然船下傳來思宇的輕喚，「我們來接你們啦！快出來！」

夜鈺寒的眼中滑過一絲掙扎，忽然他的手滑落我的頸項，將我攔腰抱起，我反射性地勾住他的脖子，然後，他抱著我一起躍下龍舟。

在他躍下的那一剎那，我無意中接觸到了上官的眼神，她正巧靠在船邊，看到了我們。她驚訝地注視著我們，直到拓羽走到她的身邊，她才收回那吃驚的視線。

「非雪……非雪……」忽然聽到夜鈺寒的輕喚，我才回過神：「啊，什麼？」

「下來……」夜鈺寒無奈地苦笑，我這才發現自己居然還勾著他的脖子，蜷在他的懷裡。狼狽地放開他，臉上開始發燒：「對不起，對不起。」

「哈哈哈……我看是捨不得下來吧。」思宇不放過任何取笑我的機會，我忙道：「我看上官看走神了。」

「上官？妳看她幹嘛？」思宇知道我不是那種隨便會走神的人。

我擺了擺手：「回去再說。」然後坐在船邊，讓自己的心慢慢恢復平靜。

思宇笑著看著船頭：「進行得可順利？」

「嗯……」我坐在夜鈺寒的身邊，他的表情一如往常，看不出任何想法。

「咦？非雪好像不開心？」

「有點……」我望著水中的明月，想起剛才的事，就忍不住臉紅，原來厚臉皮與談戀愛的次數成正比，早知道應該多談幾次，練就銅牆鐵壁。

「那回去讓斐崳給妳做碗甜羹，妳就開心了。」

提到斐崳，我立刻開心起來：「是啊，那傢伙的甜羹可真好吃。」

「一點也沒錯。」思宇已經開始流口水，「斐崳對妳最好，我要他做他都不肯，看來今天有指望了。」

「哈哈哈，誰叫妳老是欺負他的小妖？」

「哪有？是小妖老是跟我搗亂，哼！」

「非雪。」夜鈺寒終於開口了，「你跟這個斐崳……」他看著我，似乎已經猜到了答案，神情有點黯淡。

思宇笑了起來：「是好朋友呢。」

我心一沉，被思宇出賣了，本來夜鈺寒一定以為我跟斐崳是一對。而思宇還在對面興高采烈地說著：「就像非雪和夜大人你一樣，都是好朋友，對吧，非雪？」思宇還朝我眨著她俏皮的眼睛。

結論就是，思宇這壞丫頭在給夜鈺寒提示，他有的是機會。夜鈺寒依然不動聲色，只是靜靜地看著我，我瞪著思宇，臭丫頭別亂點鴛鴦譜，這樣會死人的！懂不懂什麼叫好心辦壞事？我現在沒這個心思啊，主要是沒心思啊。

「非雪和夜大人怎麼都不說話？」思宇似乎感覺到不對勁，「難道思宇說錯話了？」

「沒……」

「沒有。」

我和夜鈺寒異口同聲，我將臉撇向一邊，看著起伏的湖水，然後聽見夜鈺寒微微的嘆氣。

其實小夜同志也不錯，要長相有長相，要事業有事業，人品又不錯，只是有點愚忠，其餘都很好，可我對他，沒感覺。主要是自己的傷還沒恢復，或許我跟他，需要的只是時間……

就在那晚之後，上官被正式冊封為柔妃，而我們【虞美人】因為出了一個妃子，生意陡增，當然，這其中巴結的含量較高。

上官剛被封為妃子，自然和小皇帝如膠似漆，都沒功夫想我和思宇，現在我們若是想見她，還要她來召見，所以，我們從那晚後，就再沒見過上官。而那晚之後，夜鈺寒也再沒來【虞美人】，他是個聰明男人，知道我不喜歡他，自然不會死纏爛打。

這天，我正調戲著新收的一個繡姐，她很漂亮，我站在她的桌邊，然後就開始做打油詩：

「圓圓臉蛋真可愛，纖纖十指似蔥白。

若是讓我摸一摸，這趟人間沒白來。」

「雲掌櫃～～～」錦娘微微惱怒的聲音從我身後傳來，「麻煩您別影響我們繡姐的心情，這直接關係著成衣的品質。」

什麼意思？說我是蒼蠅還是蚊子？

「呵呵呵……」繡姐們嬌笑連連，她們是知道我的人品的，所以現在一個個都有恃無恐，「錦娘，就讓掌櫃的在這兒，他就像說書先生，還幫我們打發無聊呢。」

「哈，妳們這群小妞，敢情見我好欺負是吧。」我挽起袖子作勢要扁她們，然後我看見她們一起站了起來，有一個還倒入我的懷裡：「我們知道掌櫃的最疼惜美人，你捨得打我們？」

這是吃定我了，我也毫不客氣地捏著懷中美人的臉蛋：「妳們啊，就會欺負我。」

「下賤！」一聲冷冷地謾罵忽然從嘻笑聲中傳來，正是新來的那個繡姐。

然後，繡姐們在沉默一會後，突然爆笑起來。

錦娘還拖著我離開作坊：「雲掌櫃，麻煩你就別再添亂了，最近很忙。」錦娘語重心長地教育我，我只有點頭稱是。就在錦娘對我進行教育時，歐陽緡跑了進來：「掌櫃的，您的請柬。」

請柬？我立刻從歐陽緡手中接過，他繼續說道：「接您的馬車已經在外面等候了，說是請您趕緊整裝出發。」

這麼急？誰啊。

我打開請柬一看，手頓時僵住，邀請我的人，卻是水酇水王爺。

這可奇了……

八、梨花月

在臨走之前，我告訴了思宇，思宇對於這次邀請也很擔心，甚至還叫來了斐崳，給我一起做參謀。而我也是忐忑不安，這次邀請，絕不是什麼去白吃白喝，肯定有對阿牛的試探。

坐在馬車上，想著思宇和斐崳的話，思宇對於此次邀請的看法是，水王爺想從我口中套出歐陽緡的情況，從而套出我跟夜鈺寒及小皇帝的關係。而斐崳的看法是水王爺很有可能想拉攏我，因為上官已經被封為妃子，我的身分也已不同往日，我的立場很有可能會影響他的計畫，總之要我小心為上。

歸根究底，這次的飯，難吃。

淡淡的夏意讓水王爺府越發姹紫嫣紅，但我卻無心欣賞，鼻尖滑過淡淡的檀香，抬眼間，家丁已將我帶入書房。此刻，書房內，正有兩人下棋。

左邊的，是一位中年男子，花白的頭髮，卻有一張紅光滿面的臉，幾縷黑色的鬍鬚飄然在胸前，這是我第一次見到傳說中的水王爺，沒想到居然是如此地帥氣，年輕時，一定也是個美男子。而坐在他對面的，正是水無恨。他雙手托腮，依舊純真可愛。

「王爺，雲掌櫃來了。」

「賜座看茶。」渾厚有力的聲音從水王爺嘴中傳來，他抬手落子，鏗鏘有力。

水無恨見我來了，眼睛發亮：「非雪來了！」便要下榻，卻被水王爺喝住：「坐下，沒規矩！」

水無恨只有噘著嘴，老老實實地繼續坐在原位。

「聽說雲掌櫃的妹妹被冊封為柔妃，真是可喜可賀啊。」水王爺依舊看著棋盤，隨意地跟我說著。我只有道：「承蒙皇恩，讓舍妹能入宮侍奉皇上。」

「雲掌櫃可會下棋？」

啊？這話題轉得也太快了吧。我走到棋盤邊，是圍棋，呵呵，我認識它，它不認識我。

「不會。」

「哦？聽聞雲掌櫃機智過人，卻不會下棋？」水王爺終於抬眼瞄了我一眼。我搖頭，老實道：

「小人不會下棋，至於機智也是外人謠傳，小人只會做衣服。」

「呵呵……是啊，雲掌櫃做的衣服可真好看哪，那日梨花月的七姊也曾提起想讓雲掌櫃為那裡的姑娘做衣服，怕雲掌櫃不肯呢。」水王爺笑著，朝我眨了眨眼，「那裡的姑娘可都是我的心頭肉呢。」我被水王爺突然的轉變弄懵了，方才還是那麼威嚴的他，此刻卻一下子變成一個好色的老頭。

「爹爹色！」水無恨在一邊鄙夷地看著他的老爹。「咳咳！」水王爺乾咳兩聲，「小孩子懂什麼，雲掌櫃明白就行了。」我只有乾笑。「雲掌櫃，那裡的小倌也不錯哦。」我只能繼續乾笑。

「今晚就麻煩雲掌櫃為那裡的姑娘做衣服了，你也知道，她們煩得很哪。」

「小人明白。」這老王爺到底擺什麼譜，怎麼看不懂？

「呵呵，老夫怕以後雲掌櫃飛黃騰達，就請不動雲掌櫃囉。」

「哪裡，小人只是個做衣裳的裁縫而已。」

「哦？不過我看皇上很是器重雲掌櫃，怕是要封官了吧，到時老夫為雲掌櫃慶祝啊。」

繞了那麼一大圈，終於說重點了。

「老夫還聽說雲掌櫃的家裡頭，住著不少奇人，不如哪天帶來給老夫瞧上一瞧，讓老夫也長長見識。」

「哪是什麼奇人，都是跟小人一樣，是愚人。」

「愚人？我看是隱士吧。」

我一驚，看著水王爺，水王爺低眉拿起茶杯：「雲掌櫃不會下棋太可惜了……」他抿了一口，又開始跟我講棋，「這方圍之間，蘊藏著無數玄機和智慧啊，不如讓老夫來教雲掌櫃吧，我這兒子就是不肯用心學。」

水王爺雖然帶著責備的語氣，但眼中卻是寵溺。水無恨臉一板，給他老爹臉色看。

空氣有點悶熱，總覺得有一種無形的壓力，讓我透不過氣。書房裡靜謐得可怕，只傳來水王爺和水無恨落子的聲音。

「雲掌櫃真的不會下棋？」水王爺突然又問了我一遍。

我重重地嘆氣：「真的不會。」這些人怎麼就這麼高估我？其實他們不信是可以理解的，琴棋書畫是文人基本的學科，就像我們的語文數學。所以如果他們認為我機智過人，那他們就一定認為我會下棋，而且還應該是個高手。

我不是高人，但一大堆誤會讓我變成了他們心目中的「高人」，真是鬱悶啊。

「我看是雲掌櫃過謙吧……」水王爺幽幽地笑了，手中的棋子始終沒有落在棋盤上，「雲掌櫃你看我這子該落在哪裡？」

暈死，我又不會，我怎麼知道放哪裡？萬一我跟那個虛竹（《天龍八部》裡的一個小和尚）一樣，懵對了，豈不變成大智若愚？我開始抓耳撓腮，滿頭冒汗：「這個……那個……小人真的不知，這圍棋圍棋，圍起來就是了，呵呵……」我傻傻地笑著，水王爺拈了拈他的飄然鬚，瞇眼笑著，然後將手中的子落在某處。

「不下了！」水無恨忽然抹了一盤的棋子，下了榻，「非雪哥哥我們去玩去。」啊？又玩？小王爺啊小王爺，你就放過我吧。

水王爺衝著我搖頭嘆息：「孩子就是孩子，整日只想著玩。雲掌櫃你可多擔待點。」讓我擔待？我還想讓您擔待呢。這老狐狸，看著就那麼老謀深算。

我還沒說話，就被水無恨拉出了房間，但我的心，卻越發緊張，身邊這位，才是防不甚防。好在路上我遇到了水嫣然，她見我來了，硬是拖著我為她畫圖，我被他們兩人拽來拽去，差點分屍。然後我哄著水無恨，說反正我也要吃完晚飯再走，就先讓我為嫣然畫畫，水無恨這才放過我，然後自己去玩了。

水嫣然的美不同於上官，她帶著一種水的靈氣，清澈的眼睛裡，沒有任何的爾虞我詐，開心就笑，傷心就哭，害羞的時候，更會水波流轉，雙頰泛紅。

天不知怎的，陰了下來，淅淅瀝瀝地下起了細雨，水嫣然靠在亭邊，看著那雨落在湖中，帶出一圈又一圈的波紋。

「哎……怎麼下雨了？」水嫣然望著滿天的陰雲，似乎有些掃興。「下雨有下雨的樂趣，郡主不必介懷。」我淡淡地笑著，心裡卻不好受。我雲非雪，只想過輕鬆快樂的生活，而如今，卻也要和這天空一樣，陰暗地讓人透不過氣。

「可就是覺得很傷心呢……」

「呵……嫣然郡主無憂無慮，傷心什麼？」帶著濃濃的水色，畫出朦朧美人，玉臂憑欄，一雙水眸秋波盈盈，圖為【憑欄觀雨】。

「哎……」水嫣然忽然莫名嘆了口氣：「要入宮了……」我手中的筆突然有些拿不穩，水嫣然要入宮？對啊，錦娘說過，水家的女兒，向來都要入宮，難道是因為上官，他們急了？

「入宮不是很好？郡主這傷心又是從何而來？」水嫣然緩緩站起身，走到我的身旁，看著我筆下的美人圖：「嫣然不想入宮，不想跟柔兒爭拓哥哥。」「這……難道郡主已有心上人？」水嫣然的臉，瞬即變得通紅，嬌羞地看著遠方。「莫非是夜大人？」我試探地輕聲問她。她雙眼驀地瞪大，看著我，隨即秀眉緊擰，揉搓著自己的衣角。

「那……妳叫我來，其實不是為了畫畫，而是讓我想辦法讓妳別入宮？」水嫣然將視線落在我的臉上，很是驚訝，她躊躇著說道：「既然雲掌櫃能讓柔兒入宮，所以嫣然想……嫣然想……」我心底大驚，下意識捉住水嫣然的手臂：「妳怎麼知道我能讓上官入宮？」

我的舉動顯然嚇壞了面前的小郡主，她雙頰漲紅，眼神中滑過一絲恐懼：「是……昨晚……我路過爹爹書房的時候，聽見他這麼說的。」

老狐狸！這下絕對麻煩！

我緩緩放開水嫣然：「對不起，小人衝動了……」

「那……雲掌櫃能幫嫣然嗎？」水嫣然淚眼婆娑，讓我看著心疼。

如果讓嫣然進宮，就跟守活寡沒什麼分別，她又怎是上官的對手？而且，如果水王爺事跡敗漏，可憐的嫣然也必定會遭受牽連。哎，嫣然啊嫣然，妳為什麼會是水王爺的女兒！

「雲掌櫃……」水嫣然向前邁了一步，卻因為焦急而被自己絆到，整個人向我撲來。

我慌忙接住她的身體，她撲入我的懷中，她驚訝地看著我，此番卻沒有了羞怯，而我也發現了問題所在，我的臉立刻紅了起來。水嫣然的雙手，正按在我的胸前。雖然小背心可以稱出一個平胸，但如果觸摸的話，卻是非常明顯。水嫣然驚訝地看著我，小嘴越張越大，就在她要出聲的時候，我情急之下捂住了她的唇，湊到她的耳邊：「秘密啊……」我放開了自己一直以來刻意壓低的聲音，「我會幫妳想辦法。」

「咳！咳！」重重的咳嗽從亭外傳來，我立刻放開了水嫣然，她驚慌地站到一邊。

只見雨幕中，正站著水酇和水無恨，兩個丫鬟替他們撐著傘。四個人，四雙眼睛，看見我和水嫣然相擁在亭中，水嫣然的眼角，還掛著淚痕，這下真是跳進倉月湖都洗不清了。水王爺此刻的臉比那天氣還要陰沉。

我立刻道：「小人告辭！」沒辦法解釋，我溜還不行嗎？

「嗯！」很顯然，水王爺也沒打算留我吃飯了，至少對我來說，這是一件喜事。

回到【虞美人】的時候，斐崳、歐陽緡和思宇都站在內堂裡，似乎特地等我回來，我長吁一口氣，他們也放下了心。「只是我怕水王爺以為我喜歡水嫣然，會對我不利。」我將經過詳詳細細跟他們說了一遍，他們可都是我的軍師。

「怕什麼？大家都知道妳喜歡男人，還跟夜鈺寒有曖昧關係。」思宇邊說邊蹺著她的二郎腿，一邊的斐嵛也點著頭：「非雪，沒事的，水嫣然應該會否認。」

「嗯……可是你們不覺得他叫我幫【梨花月】的姑娘做衣服很奇怪嗎？」

「的確很奇怪。」斐嵛一臉憂慮，看著身邊的思宇，斐嵛身後站著的歐陽緡一臉迷茫，似乎還不知道我們在說什麼，哎，全是這傢伙惹出來的事，還真羨慕他，可以失憶。

「這樣吧，非雪，過會兒妳到我這裡拿點藥。」

「拿藥？為什麼？」

斐嵛輕輕搖頭：「妳還不明白嗎？那種煙花之地，酒菜裡都有催情的成分，我怕妳吃虧。」

「對哦！」思宇拍案而起，好像要做出什麼重要的推測，「小說裡不是常說妓院是情報組織嗎？【梨花月】說不定就是！」

思宇篤定的眼神提醒了我，沒錯，不然為何水王爺非要我去【梨花月】？估計想讓那裡的姑娘把我灌得暈呼呼然後套話吧。還好思宇聰明。

「謝謝妳，思宇，我明白了，晚上我會小心的。」

「小心？妳一個人怎麼小心？」思宇有點激動地抓著我的肩膀，雙眼冒光。我立刻明白了這小丫頭的意圖。這臭丫頭哪是擔心我的安慰，分明是要自己去玩，我挑起了單邊眉毛：「怎麼？晚上妳也要跟我去嫖妓？」「嫖妓！」這下傻傻的歐陽緡到是有了一點的反應，斐嵛的臉上立刻滑過一絲不滿，冷冷道：「怎麼？你也想去？」

「當然不！」歐陽緡似乎有點焦急，「我只是覺得掌櫃的和寧少爺從來不去這種地方，有點擔心。剛才你們提到什麼【梨花月】我就覺得很熟悉，而且有種不好的感覺……」歐陽緡老實地說著，

這個傻子一直不知道我跟思宇是女的，明明我們在家的談吐相當明顯。忽然他雙眉微皺，捂著自己的太陽穴：「疼，好疼……」斐崳立刻站起身，一指按在他的太陽穴上，認真地為歐陽緡按壓。歐陽緡皺起的眉結漸漸散開，癡癡地望著斐崳。我和思宇看得汗毛一陣，如果歐陽緡再這麼看下去，斐崳又要好幾天不理他了。

「啪！」一聲，斐崳居然拍了一下歐陽緡的臉，這一拍不重不輕，但也足夠拍醒癡迷的歐陽緡，斐崳淡淡的表情卻是讓人害怕的威嚴：「不許盯著我！」「是……」歐陽緡老老實實地低下了頭，可憐的歐陽緡，每日對著一個美人，卻不能想入非非，而斐崳洗澡大多又要他準備熱水，然後，他就只能等在門口，等著幫斐崳清理洗澡水。

光這麼想想，我和思宇就很同情歐陽緡，美人就在屋裡洗澡，聽得見嘩嘩的水聲，卻看不到，這有多挑逗。

「非雪，思宇……」斐崳轉向我們，露出他大哥般的笑容，可我和思宇都覺得好恐怖，「跟我去拿藥。」

「好！」思宇一下子興奮起來，還一臉淫笑，「嫖妓啊嫖妓，哈哈哈……」

「哼……」我搖頭輕笑，這丫頭，就愛這些。

傍晚時分，【梨花月】便派人送上拜帖，邀請我晚上去為她們的「新品」做一件華衣。不知那「新

品」是男是女。

夜晚的花街香氣襲人，我去的【梨花月】是頂級的紅樓，這也是從繡娘八卦那裡打探來的，畢竟在出發前不多做些準備是不行的。而且，我還得到一條有價值的消息，就是傳說這【梨花月】由朝廷的某某大官撐腰，所以可謂是官妓，專門伺候達官貴人。

和思宇來到【梨花月】的門下，思宇驚嘆這【梨花月】的與眾不同，沒有妖豔的妓女在門口招攬，卻是素服的龜公，這些龜公像是家丁般不卑不亢地站在門口，見我們來了，只問是否有帖。

要門票是吧。我取出拜帖，他們一看便知道我是雲非雪，其中一個立刻給我帶路：「雲掌櫃請。」

「非雪，這地方不像是青樓啊。」思宇看著四周的假山灌木，我與她有同感。

「呵呵，兩位定然是第一次來吧。」為我們引路的小廝恭敬地說著：「我們這裡跟普通的青樓是完全不同的，而且她們也根本無法與我們相提並論。」

「明白了。」我和思宇笑著，不就是娛樂城和洗頭坊的區別嗎？高級點，就叫小姐，差的就叫野雞。

「到了。」小廝將我們帶進一個院子，院子裡共有兩間廂房，再過去，就又是一個院子，也有兩間廂房，原來這裡是院落設計。「二位請在裡面等候，我去通知七姊。」說罷，便離開了廂房。

看著面前的廂房，典雅精緻，一桌誘人的美食擺放在紅木的圓桌之上，淡淡的香味彌漫在廂房中，引誘人的食欲。「好香啊，不知會不會有催情的作用呢？」思宇好奇地吸著香爐裡的香味。我不客氣地吃起桌上的佳餚：「不管有沒有，都對我們沒用了。」「就是，哈哈哈，還好我空著肚子來呢。」

思宇立刻大吃起來，這個思宇，叫她吃晚飯她就是不吃，說要到【梨花月】吃好料的。哎……真是貪吃鬼。

我拿起一個水果，在屋裡走著。這個廂房分外屋和裡屋，之間有珠簾相隔，裡面是一張大床，錦繡綢被，微微透明的繡花幔帳，這倒是必備的。裡屋的邊上還有窗臺，窗外又是另一個院子，假山細水，更為精緻，而且只有一間廂房，估計是VIP包廂。漸漸地傳來一陣琴聲，這琴聲……不正是【蝴蝶泉邊】嗎？

「蝴蝶泉邊？」思宇也留意到了那琴聲，「呵呵，我們的音樂變成流行了呢，不知那彈琴的女子怎樣？」「我去看看。」能待在這【梨花月】的，定然是美人，色心頓起，就翻窗直接進入那個院子，回頭招思宇，她還在吃，含糊地說道：「我過會兒再來。先填飽肚子。」

既然如此，那我就先衝鋒了，其實在很多地方，我跟思宇是相像的，例如好奇心。我還真挺好奇，這裡的姑娘究竟會怎樣迷人。

廂房的門並沒關，估計沒想到會有我這麼無禮的人，如果被發現，大不了就說走錯了囉。

我悄悄走上前，這個角度正巧只看見美人，看不見客人，這一看，我的腿就再也無法動彈。美人生得動人心魂，清新的容貌，彷彿畫上去的精緻五官，一席白色的紗裙，淡綠色的抹胸稱出頸下一片雪白的肌膚。纖柔的腰身在薄紗中若隱若現，淡紫的青煙在她的琴邊繚繞。

「好美……」我忍不住輕聲感嘆，驚動了屋裡的美人，她在看見我的時候，琴聲嘎然而止。

「大膽！水月軒你也敢亂闖！」美人柳眉倒豎，有點凶，「來人！」美人居然大喊起來，我趕緊進屋向主人賠罪：「對不起，小人……夜鈺寒！」我驚訝地看著現在單手支在圓桌上，眼神有點迷離的夜鈺寒，他的臉上，帶著淡淡的醉意，「你怎麼在這兒！」夜鈺寒似乎過了很久才聚焦自己的視線，看清是我，立刻驚喜道：「非雪你怎麼在這兒？」

「我？我來做衣服啊，只是沒想到你……」夜鈺寒忽然拉住了我的胳膊：「既然遇到了，就陪我喝杯薄酒，非雪不會拒絕吧。」

「不會是不會，不過……」

「太好了！」夜鈺寒打斷了我，便將我按在凳子上，隨後坐在我的身邊，給我倒酒。我看著神色有點奇怪的夜鈺寒，再看看神情不滿的美人，我這不是打擾別人嗎！

我立刻站起：「夜大人，小人還是不打擾你的雅興了。」

「非雪！」夜鈺寒再次將我拉回凳子，「叫我鈺寒。」夜鈺寒認真地看著我，可我總覺得他的眼神有點混濁。我望向美人，美人已經垂目開始彈另一首曲子。

「夜……鈺寒，你好像醉了，還是讓美人伺候你休息吧……」

「非雪你什麼意思？」夜鈺寒忽然扣住了我的肩，傾身逼近我的臉，「你是不是以為我是來這裡做那種事的？」

「這個……」不然你來這裡幹嘛？算了，還是給他點面子，假笑著：「琴聲幽幽，佳餚美酒，美人在懷，其樂無窮，這良辰美景，非雪還是不便打擾了。」我站起身就要溜。

手臂忽然被扣住，屁股還沒離座，就被一股巨大的拉力，拉入夜鈺寒的懷中，我當即傻眼。

「呵呵……現在就是美人在懷了……」夜鈺寒笑著，眼神開始迷離，我驚愕地看著他，他今天的舉止怎麼會如此離譜？他抬手撫上我的面頰，只感覺我的臉在他滾燙的掌下，慢慢燃燒：「夜鈺寒，你醉了！我是男人，不是你喚的美人！」

「我知道……」他輕輕一甩手，那白衣美人立刻閃身而去。

我掙扎著想起來，卻被夜鈺寒死死環住，當那美人走到門前的時候，我立刻大喊：「妳給他吃了什麼？」美人只是露出一抹苦笑：「原來夜大人喜歡的是男子，雪兒福薄，無緣伺候大人了。」一行清淚滑過她的臉頰，說不出的淒苦，美人抱著琴奪門而去。

我有點發懵，她叫什麼？雪兒？

淡淡的桂花味夾雜著酒的清香彌漫在屋子裡，我愣愣地看著緩緩靠近的夜鈺寒，他到底知不知道自己被人下了藥？

「非雪……」夜鈺寒捧著我的面頰，將我細細觀瞧，他的眼中是痛苦的掙扎，「為什麼你是男子？為什麼我會對你產生那樣的感情？我該怎麼辦，我該怎麼辦？」他將我擁入懷中，下巴枕在我的頸窩，我聽到他的吸氣聲，「你好香……」渾身開始變得僵硬，危險的警鐘在耳邊敲響：「鈺寒！清醒點！」我開始推他，無奈他的力氣遠大過我，反而成了無用的掙扎。

「非雪……我真的很喜歡你……」他的熱氣噴在我的頸項，渾身的汗毛當即豎起，身體猶如一團火，從裡燒到了外，又羞又急。「夜鈺寒！」我用出了所有的力量，終於將他推開自己的身體，「清醒點！夜鈺寒！」

「我很清醒……非雪……」夜鈺寒輕輕扣住了我的手臂，癡癡地看著我的雙手，忽然，他抬起了我的手，他想幹嘛？我有點害怕，害怕地忘記了呼吸。他俯下了唇，火熱的唇，細細地落在了我的手上，瞬間，我的大腦變成一片空白。為什麼？為什麼會變成這樣……

我還活著嗎？心跳、呼吸，都不復存在，整個人恍若跌入一個寂靜的深谷，那裡，是熾熱的熔岩。當他的唇覆上來的時候，我只聽見了一句話：「非雪……我愛你……」

茫然地看著天花板，他的吻帶著他的掙扎和欲望，他在痛苦，痛苦自己為什麼會愛上一個男人，而且，還是一個不喜歡他的男人。我的雙手被他牢牢扣在手中，我只知道自己回神的時候，他已經開始解我的衣結。我氣得渾身顫抖！「你敢動我，我絕不會原諒你！」我大喊著，或許是我的喊聲引起了他的注意，他停下了動作，失神地看著我，灼熱的氣息噴在我的臉邊，他的手放在我的衣結上，臉再次埋入我頸窩：「我寧可你恨我……」他的唇落在我的頸項，「也不要你無視我，非雪……我要你……」他忽然抱起了我，我失聲大叫：「思宇……嗚……」

夜鈺寒霸道地吻住了我的唇，將他的熱度傳染到了我的唇上：「不許想別人……」他在我的唇裡含糊地說著。身體一沾床，他就壓了下來，扯開我的衣襟，就吻在了我肩胛上，渾身一陣戰慄，怒火開始爆發！忽然，他身子一沉，徹底壓在了我的身上，我喘著氣，看著床邊拿著花瓶的思宇，感動地落淚：「思宇，妳可來了……」

「哈哈哈……」思宇先是一陣大笑，「妳怎麼差點給別人嫖了？」

「哎……別提了……」心裡氣得想哭。將夜鈺寒推開，我拉好了自己的衣襟，身上的熱度記錄著夜鈺寒的激情，他居然愛上了我。而我對那句「我愛你」卻依舊無法免疫。我是怎麼了？難道一句「我愛你」就打動了我的心？可是他愛我愛得真是好痛苦，是無法接受自己愛上一個男人嗎？所以他才會如此地掙扎，到這裡找雪兒？

「沒事吧……」思宇關切地看著我，輕輕擁住我還在顫抖的身體，「嚇壞了吧……」

「嗯……」

「上次……柳讕楓也把我嚇壞了呢……還好有非雪妳救了我，所以我一定不會讓男人欺侮非雪的。」

「嗯……」我有點茫然地點了點頭，視線不自主地落在了夜鈺寒的身上，思宇沒砸疼他吧。我怎麼這麼賤，明明是他有錯在先，我居然還關心他！想到此處，我就恨不得好好賞他兩個耳光，讓他好好清醒清醒！

外面傳來急切的腳步聲，幾個人進入了這個房間。為首的好像是個女人，她一進屋就看到了狼狽的我和床上的夜鈺寒：「喲！這是怎麼了？」她驚訝地來到我的身邊，臉上帶著愧疚，「這……哎，讓雲掌櫃受驚了，雪兒這丫頭真是的。」

「你們這兒怎麼做生意的！下這麼猛的春藥！」思宇護在我的身前，我趕緊繫好自己的衣帶。

「這……這……哎，其實一點也不厲害，該是夜大人酒勁上來，然後又看見了自己……」那女人輕聲說著：「喜歡的人，才會亂性的。」

「妳說什麼！」思宇立刻吼了起來，「妳敢再說一遍，別亂嚼舌根！」

「哎！瞧我這張嘴，怎麼就老是得罪客人！來人，快把這裡收拾收拾，請兩位公子回屋坐著，我七姊好好招待二位，陪個不是，給二位壓驚。」

「哼！」思宇護著我離開房間，我回頭看著那些龜公將夜鈺寒擺好身體，蓋上了被子，希望他一覺醒來，能忘記一切。

七姊所謂的壓驚，居然是給我叫個姑娘，她把我帶進了我們原先院子的另一個廂房，等她離開後，我坐在桌邊，大口大口喘著氣，心跳一直無法平靜，腦子裡，全是一個名字，就是夜鈺寒。

他以前是那麼地溫文爾雅，一舉一動都透露著上等人的優雅氣質，而剛才的他，卻是如此霸道和熾熱，那句話依舊迴盪在我的耳邊。

「我寧可你恨我，也不要你無視我……」

到底哪個才是真正的他？這酒，果然能展現人的本性，將來一定不能和他一起喝酒。

臉上的熱度依舊沒有退去，只有靠喘氣來緩解心中的窒悶。

夜鈺寒的臉不停地在我面前晃著，他的眼睛，他的眉毛，他的唇……別晃了，求你，別晃了！我抱住自己的腦袋，心亂不堪，為什麼會發生這樣的事！

難道這就是傳說中的不在沉默中爆發，就在沉默中憋死？是因為他掙扎得太久了嗎？

糟了，他有沒有發現我是女的？我慌亂地摸著自己的胸部。片段不停地在腦中閃現，好像沒摸是的，他只顧著解我的衣結，然後思宇就來了。

天哪……好鬱悶啊……還是跟他說清楚得好，讓他也好儘快從自己心魔中解脫出來。

門被緩緩被敲開，七姊微笑著走進門，身後是一個小姑娘。我趕緊正襟危坐，可臉上的紅暈怎騙得了經驗豐富的老鴇？

「雲掌櫃，這是新人，名為芷若，可是個清倌，特找來為雲掌櫃壓驚的。」七姊甜美地嬌笑著，聲音不溫不火，「還不過去。」她身後的小姑娘埋首走入的我的房間，七姊便帶上了門，還不忘囑咐那個芷若，要好好伺候我。

好好伺候我……哼，恐怕是好好刺探我吧。看著埋首的小姑娘，夜鈺寒的身影漸漸從大腦中消失，心漸漸平穩下來。小姑娘的腰很纖弱，我忍不住皺眉，好一個瘦弱的孩子。心緩緩平靜下來，一絲憐惜油然而生。不過也奇怪，這七姊怎麼給我挑了個洗衣板？按常理，也該是像雪兒一樣前凸後翹的美人。

「妳叫芷若？」不知為何，我一聽這個名字就有點反感，讓我想起《倚天屠龍記》裡的周芷若，一個讓人又恨又同情的女人。「正是，大爺。」聲音有點細，有點怪，但卻很好聽。就像我的聲音，在男子中算細的，但卻也很好聽，好在這個變態的世界，聲音細的男人不在少數，所以我只是稍稍壓低，就沒人懷疑我是女人。

「抬起頭來。」我記得嫖客大多這麼說。小姑娘今日一身淡綠的長裙，外面罩著透明的白色罩紗，罩紗上是片片翠綠的竹葉，總覺得這款式不適合小女孩穿。她緩緩抬起頭了，一張秀美的臉，從她那泛著紫光的黑髮中慢慢浮現，我大吃一驚，好漂亮的小姑娘，絕美的容顏卻帶著帶著淡淡的邪氣，傾城傾國的笑容挑逗著所有的感官，她是那種無論男人還是女人看了都會犯罪的美人。

我似乎找到一個可以跟斐崳比拚的小美人了。不過可惜，小小年紀卻淪為女伶。

「爺，讓芷若為你斟酒。」她緩緩走到我的身邊，只比我矮半個頭。我頓時愣住，這哪是什麼新人？這麼熟練？看來九成九是七姊派來「審問」我的！枉這個丫頭有此絕世容顏，卻是如此下賤，同情心頓時去了一半，改為厭惡。

「爺，喝酒。」芷若纖纖手指捧著酒杯，就往我嘴裡送，而我真想狠狠拍她的腦袋，為什麼妳這麼小要作賤自己！

我撇過臉，不理她。

「那芷若唱曲給您聽？」

「不用。」

「那芷若跳舞給您看？」

「不用！」

「爺～」這個小丫頭忽然靠了過來，我立刻將她推開，小小年紀就學會勾引男人，無恥。

「爺？莫非芷若不夠美？」小姑娘淡眉微蹙，楚楚可憐。

「很美。」我冷冷地答她。

「莫非芷若伺候得不夠好？」

「很好？」

「那爺為何生氣？」她的聲音中帶著顫音，哭吧哭吧，哭死妳算了。

房間裡，是讓人煩躁的沉默，還不快問，問完我好走人。

終於，我忍不住了，起身就走。

「爺！」那小姑娘居然叫住我，我回頭看她，頓時僵硬地無法邁開腳步。

只見她正解著自己的衣帶，輕咬下唇，低垂眼眸。她緩緩轉過身，背對著我，將華袍褪下，裡面的襦裙褪至半身，露出雪白誘人的雙肩。莫名的怒火填滿胸膛，如果她是我雲非雪的女兒，我早就一棍子打死她了。我急急走到她的身後，我要打醒她。

「爺……」她的聲音忽然變了，「我知道爺為何不喜歡芷若。」

「為什麼？」我忍住怒火，冷聲問著。

「因為爺以為芷若是女生，其實……」

「其實是什麼？」

「芷若是男子呢。」他忽然轉身，露出一抹甜笑，一個男孩子瘦削的身體立刻呈現在我的面前，而我的手掌，也在那一刻落下。「啪！」我毫不客氣地在他粉嫩的臉上落下五個紅掌印。這是客氣的，不然我肯定脫了鞋揍他！

「為什麼！」我看著發愣的他，「為什麼要這麼作賤自己？如果你是我的妹妹或是弟弟，我肯定要氣死了！那些姊姊哥哥們都是被逼的，他們沒辦法，既然你還是個清倌，還有選擇的餘地，為何不反抗？反而…反而那麼順從他們！呵！我真是不敢相信，雞做不成就做鴨，難道你爹娘生了你這麼一張美麗的臉蛋，就是為了伺候臭男人！你到底是怎麼想的！你是個男人啊，怎麼可以被男人……唉！想起來就噁心！你為什麼要選擇這條路，你是手有問題還是腳有問題？還是你的腦子有問題！」我抬手就戳著他的腦袋，「你才多大？十三？十四？有手有腳不會餓死，但自己作賤自己，就是找死！」我怒不可遏，當即甩袖離去，忽然，手腕被他扣住，小子力氣還挺大。

「你居然敢打我！」我沒聽錯吧，他還會生氣？我回頭看他，他的眼中居然充滿了殺氣。

他忽然舉起身後的手，整個身體就壓了上來，眼前寒光一閃，我的腰撞在一旁的桌子上，生生地疼，脖子上一片冰涼，他的手中，居然是一把明晃晃的匕首。

「你居然敢打我！你知道我是誰嗎？」此刻的他完全沒了方才的柔弱，而是攝人的霸氣，壓在我的身上，我完全無法動彈。

「你會武功？」

「哼，你以為我剛才真要伺候你嗎？我只是想試探你會不會武功！」

「他們叫你來，就是為了試探我會不會武功？」

「他們？哪個他們？」這個少年揚了揚他的眉毛，臉上的表情比我還要疑惑，忽然，他輕笑起來，用匕首拍著我的臉，「我明白了，你說的是梨花月的人，放心，他們叫我來，只是為了試探你到底喜歡女人還是男人。」漂亮的少年用揣測的目光掃視著我：「你到底什麼來頭，讓梨花月的人這麼在意？」「這你管不著。」我撇過臉，避過他的視線，不知為何，我覺得這少年似乎有著一雙成人的眼睛。

「哼！既然如此，我們就是暫時的朋友。」他從我身上離開，穿好自己的衣袍。

「什麼意思？」

「我是不小心被他們……咳咳……抓來的，所以我要離開這裡。」

原來他要逃跑，他剛才的殷勤就是為了試探我會不會武功，然後拿出把刀子脅迫我。夠聰明啊，知道出入這裡的非富則貴。

「如果你不想辦法帶我出去，我現在就殺了你！」他再次拋著手中的匕首，陰陰地笑著。

我淡淡地看著他：「既然你會武功，為什麼不自己想辦法出去。」

「我！」他似乎有點急，然後沉下了臉，「很不巧，我被人封了穴，無法使用內力，若是等衝破再出去，恐怕……」他漂亮的眉毛皺在了一起。

我立刻大笑起來：「哈哈哈，你怕保不住清白啊，哈哈哈……誰叫你沒事長那麼漂亮。」

少年的臉立刻拉長：「我警告你，如果你對我有非分之想，我也會殺了你！」

「哼，別臭美了，就算我雲非雪喜歡男人，對你這種小雞仔也沒興趣。」

「你！」少年被我氣得臉微微發紅，更是俏麗可人。

我看著他，想了想，這個該死的【梨花月】，害我差點被夜鈺寒圈圈叉叉，這口氣我一定要出，既然這少年是他們的新品兼培養對象，一不做二不休，我搶了他，讓他們也鬱悶鬱悶！

少年冷冷地看著我，那驕傲的模樣，好像我是他僕人。

「你等著，我出去跟他們說，到時你隨機應變。」

「慢著！」他用匕首攔住了我，「我怎麼知道你出去了還會不會回來？」

「哼，小屁孩，我說救你就一定救你！」我拍著他的腦袋，他依舊梳著女孩子的髮型。他再次用警告的眼神瞪著我，似乎不許我碰他。

打開門，我便大聲喊：「叫你們七姊來！」

院外有專門候著的龜公，他們立刻代為通報。我把少年的腦袋按回房間，然後帶好門，站在院子裡等著七姊。沒多久，七姊便帶著她商業的微笑趕了過來，我拉長了臉，不看她。

「呀！」她先是一聲高呼，「莫非芷若不合雲掌櫃的心意？」

「合，當然合。」我冷笑著，看著七姊，「報個價吧。」

「報價？」七姊的眼中滑過一絲寸芒，隨即她怨聲載道：「雲掌櫃，您就別為難我了，讓芷若這個清倌為雲掌櫃壓驚已是破例了，聽聞雲掌櫃風流不羈，應該知道我們這地方的規矩，一般清倌都是要競價的。」

「多少錢。」我懶得聽她廢話。

「哎喲～雲掌櫃，您也看見芷若有多美了，我們實在是……」

「如果不想把事情鬧大，我勸妳趕快報價！」我大聲嚇住了七姊的話，她頓時驚地目瞪口呆。

「你們！你們可真好啊！」我指著七姊，怒不可遏，「先前我已經在你們這裡受了驚，現在可好，你們居然讓我的親弟弟來伺候我！你們這家【梨花月】到底還想不想開了！」我的一聲大吼，震懵了七姊，她無法消化我的話：「什麼？弟弟？芷若？」我繼續怒道：「真不知道是高興還是該發火！我居然會在這裡找到自己失散多年的小弟，你們！你們！哼！趕快報價！不然明天我讓夜鈺寒來要人！」反正也被你們看見了，你們該清楚我在夜鈺寒心目中的地位。「這……」七姊當即愣住了，她心虛地看著我，當然啦，這小子本來就是他們拐來的。

「若再不行，明日我會告訴我的妹妹，也就是柔妃娘娘，告訴她我們的小弟居然在【梨花月】招呼男人，我想她定然會痛斷肝腸！」我推開了房門，裡面傳來一聲痛呼，進去的時候，那小子正坐在地上。白癡，一定是趴在門邊偷聽，結果被我推門時撞倒了。

「起來！」我怒喝，拉住他的胳膊。

「哥哥……」嘿，這小子可真會隨機應變，他抱著我的腿大哭著：「我不能去見姊姊，我沒臉見你們，嗚……」

「你也知道！」我和這小子開始演戲，「哥哥說過什麼！如果失散了就算死也不能做……這種！而你！你實在太讓哥哥失望了！」

「哥哥……」那小子抱著我的腰開始猛哭，哭得可謂是驚天地泣鬼神。

「哭！你就知道哭！你去死吧，我們雲家沒你這種做小倌的子孫！」我狠狠將他踹開，顯示著一個大哥的憤怒！大步走到門口，我對這七姊喝道：「明日我就會讓人帶他走，作為雲家的人，就算死，也不能死在這種地方！」

「雲掌櫃！」七姊拉住了我的袍袖，神情慌張地看著我，「我們真沒想到他是您的弟弟，其實……他真沒被人碰過，我們……我們當時看他昏倒在路邊，慘兮兮的，也挺漂亮，才帶他回來的我七姊發誓，這件事決不會讓【梨花月】以外的人知道，真的，雲掌櫃放心！」

「家門不幸啊！哎……」我重重嘆著氣，跺著腳，瞪著屋子裡的少年，「還不走！回家你就等著挨家法吧！」「是……大哥……」少年啜泣著，灰溜溜地跟在我的身後。

「雲掌櫃……」七姊憐惜地看著那美少年，「小公子的美天下無雙，雖說教訓他是雲掌櫃您的家事，但還請手下留情啊……」呿！居然還憐香惜玉了，人長得漂亮就是吃香。

「知道了，既然七姊為他求情，我會從兩百棍減少到一百棍的。」

「什麼……要打一百棍啊……」七姊痛惜地直皺眉，「可憐了這孩子，這麼好的皮膚要留下疤了。」

「也好！免得勾引人！」我冷聲說著，說得七姊的臉頓時變得慘白。

遠遠地走來兩個人影，一高一矮，腳步還挺急，當我看清那個高個子後，心跳立刻加速，不久之前發生的事再次浮上心頭。深吸了一口氣，將不該有的情緒拋到腦後。

「這是怎麼回事？」夜鈺寒捂著腦袋厲聲問著。

我立刻上前一步：「小人找到了失散多年的弟弟。」我看了思宇一眼，思宇立刻不多言語。

我回身招過那少年：「還不見過你三哥！」我甩手指向思宇，那少年立刻心領神會，哭著撲向思宇：「三哥……我好想你……」

思宇也不慌不忙，漸漸擠出兩滴眼淚：「小弟啊，你怎麼會在這裡，快跟哥哥回家。」

「嗯……」少年猛點頭，思宇立刻帶著他就走，免得露出破綻。

夜鈺寒看著那美少年，再看看我，然後對著七姊沉聲道：「你們居然會把雲掌櫃的弟弟拐入【梨花月】！你們應該知道雲掌櫃是什麼身分，你們找死是嗎？」

「小人們知錯了。」

「算了，鈺寒！」我發現夜鈺寒的臉上居然滑過一絲驚喜，「這件事我不想搞大，畢竟不是什麼光彩的事，而且妓院拐人已是不成文的事，只是湊巧罷了。現在想想還好拐來了【梨花月】，萬一拐到其他……」我裝作悲痛地無法說下去，「七姊，記得妳答應我的事，千萬別說出去！」

「一定！一定！」

我拉起夜鈺寒的袖子：「鈺寒，我們走吧……」

「好。」夜鈺寒反手卻抓住了我的手，捏在他的掌心，挑起了我已經平復下去的熱度。

上了車，思宇跟少年已經坐在了裡面，然後我和夜鈺寒坐在一邊，大家對面對坐著，少年看看我，再看看夜鈺寒，嘴角一揚，奇怪地笑著。外面馬夫馬鞭一揚，馬車緩緩開動。

「笑什麼笑！」我怒了：「已經出來了，你可以滾了！」少年愣了愣，卻笑了：「怎麼大哥哥不該照顧我這個失散多年的弟弟嗎？」

「臭小子！」我抬手就要打他，卻被夜鈺寒捉住，「非雪……小孩子不懂事，而且他也是被逼的。」「鈺寒，你不知道這件事，別攪和！」我想掙脫他的手，他卻開心地笑：「非雪，你終於不再叫我夜大人了，是不是說明我已經是你心目中的朋友了？」一陣輕笑從思宇那邊傳來，看著夜鈺寒深情的眼神，我頓時臉紅起來，掙扎道：「你放開我再說。」

「喂！別在我面前調情，既然彼此喜歡，剛才為什麼還要打量他？」

我登時瞪大眼睛看著依舊壞笑的少年，邊上的思宇也慌亂地捂住他的嘴巴，少年拍打著思宇的手，發出：「唔！唔！」的聲音。「是你……打量我的？」夜鈺寒摸著後脖頸，似乎在努力回憶，突然，他雙眼睜大，似乎想起了什麼，緊緊扣住我的身體，「非雪，我有沒有做什麼傷害你的事情？」我的心，狂亂地跳了起來，我撇過臉：「沒有！」

「沒有？那為什麼你不敢看我？」他伸手就要掰過我的臉，我已滿腔怒火，他還要跟我添亂。

「我說沒有就是沒有！」我拍開他的手，「都把你打暈了，還會發生什麼？這臭小子，我非揍他一頓不可！」我揮拳就要揍那少年，卻被夜鈺寒攔腰抱住：「非雪別衝動，別衝動，我不問了，我不問了……」

「鈺寒！」我大聲對他說著，「這簡直就是讓思宇和那少年看笑話，「那地方以後別去了，他們給你下了藥，你明不明白，還有這個小子，是他們派來試探我的。」

「他？試探你？」夜鈺寒似乎覺察出事情的不對勁，開始陷入沉思，手卻沒有鬆開，我依舊被他環抱在身邊。

「梨花月的幕後人是水王爺！」

「水王爺？」夜鈺寒驚訝地看著我，「你怎麼知道？」

這下糟了，氣得把實話說出來了，我一時不知所措，僵硬地看著面前眼神漸漸深邃的夜鈺寒。

九、隨風

讓人窒息的靜謐中傳來一聲不屑的輕笑，是那少年發出的。思宇擔憂地看了看我，垂下了臉。我嘆了口氣：「總之你以後別去就是了。」然後我看著那少年，他依舊用看好戲的眼神看著我們，「你可以走了，我們互不拖欠！」

「他不是你弟弟？」

「當然！」那少年搶在了我的前頭，「我這麼帥，怎麼會有一個這麼……普通的哥哥。」瞧他那表情，似乎說普通還是給我留了面子。混蛋，我一定要揍他，我一下子就撲了上去，掐住那少年的脖子，思宇和夜鈺寒立刻將我和少年分開，車子在道路上不正常地晃動著。

「小王八蛋！我不該救你，讓你被那裡的男人搓圓捏扁，玩死你算了！」

「臭小子，今天被你看光光已經便宜你了。你等著，待我恢復功力，定要把你眼珠子挖出來！」

「看光光？」思宇和夜鈺寒驚訝地看著我，我立刻解釋：「你們別誤會，我什麼都沒看，是他自己脫的。」

「你們……」思宇和夜鈺寒都用揣測的眼神看著我，瞬間，夜鈺寒將我拉回位置，追問道：「你們到底發生了什麼？」

「沒有！」

「有！」少年立刻大喝一聲，然後一下子撲到我的身上，又開始嬌笑連連，「爺，人家已經是你的人了，你以後可要好好照顧人家哦！」

我打你個#%¥……%＊這小子太壞了，不知道怎麼生出來的！

「哈哈哈……哈哈哈……」思宇開始爆笑起來，捶打著車座，「非雪……我倒是很想知道他怎麼成為你的人……哈哈哈……」

我將身上的八爪魚推開，就狠狠瞪著一臉委屈的他：「你有種！哼！」要不是有夜鈺寒在，我準整死他。車廂裡的氣氛混亂不堪，就像一堆亂麻，怎麼理也理不清。

車緩緩停下，已到了夜鈺寒的府上，我送他下車，他注視著我：「真的沒發生什麼？非雪！」他的語氣變得認真，「雖然你是個男子，我也會負責！」心中忽然掉落了一顆石子，蕩起了一圈又一圈的漣漪，久久無法平靜，我呆滯地看著認真的他，他微笑著看著我：「我想開了，即使你是男子又如何？我……」

「我知道。」我打斷了他，不敢再看他的眼神，深吸了一口氣，「鈺寒，我……只是需要時間，之前……我的愛人……我們因為特殊的原因……分開了……所以我……」

「非雪……原來你……」他的手落在我的雙臂，傳遞著他的溫柔，「對不起……」

「沒事了，已經過去了，所以我需要時間恢復，希望你明白……」

「我知道了……」他緩緩抬了抬手，似乎想撫摸我的面頰，但停頓了一會，依舊放下。

「謝謝，還有……」我放開了聲音，「我是女人，所以鈺寒以後不用再困擾了。」

「什麼？」夜鈺寒的語氣中充滿驚喜，我抬頭看他，他反而不好意思看我。

「保密哦！」一下子說出來，心情輕鬆了許多，夜鈺寒，或許會是一個好男朋友，不過，還是先從朋友做起吧。

直到我走的時候，夜鈺寒還站在門口傻笑，我不知自己心裡是怎麼想的，好亂，理不出頭緒，至少我不該再欺騙一個愛我的男人，看著他痛苦，看著他迷茫，我做不到。說清楚，講明白，至於之後的事，就順其自然吧。

回頭看見那少年居然還沒消失，憤怒再次襲上心頭。

「你真的沒錢？」思宇和這個少年倒是挺合拍。

「嗯！被那老頭沒收了！」少年好像一肚子火。

「也是他點你的穴？」

「沒錯！哼！」

「那你來我們【虞美人】吧，斐崳會幫你解穴的。」

「真的？」少年很是驚訝。

「不行！」我立刻駁回思宇的意見。

「非雪～他還只是個孩子。」思宇同情地看著那少年，少年還一副楚楚可憐的樣子窩在思宇身邊，好一隻披著羊皮的狼。

「思宇，這小子有多壞妳根本就不知道，他！」

「我不管！」思宇居然瞪大了眼，表情變得認真，「他很漂亮，我要妳畫他的美人圖！」

「妳……妳原來是為了這個……」我頓時無語，好色的思宇。

「而且他也只是個孩子，我們【虞美人】連刺客都有，多個孩子又怎樣？隨風，你留下，有我罩著你，她不敢拿你怎樣！」

原來這少年叫隨風。

思宇拍著胸脯，那隨風一臉的陰笑，我的頭開始隱隱作痛。

回到【虞美人】的時候，已是深夜，思宇催促著我帶隨風去見斐崳，我說可以等到明天，但思宇說天黑好辦事。

呵，第一次是歐陽緡，現在，卻是這個隨風。

隨風跟在我的身後，跩跩的樣子像是他才是這裡的老闆。

「你這裡是做什麼的？」隨風沉聲問著

「衣服。」

「只是做衣服那麼簡單？你跟夜鈺寒又是什麼關係？」

呀，這小子盤查我啊，我停下腳步看著他：「進入【虞美人】的守則只有一條，就是我們不過問你的來歷，你也不要過問這裡所有人的來歷，否則，請離開。」

隨風有點驚訝地看著我，但隨即笑了：「有意思。」

我繼續帶著他前行，到斐崳屋子的時候，淡淡的藥香從屋子裡飄來，屋子裡亮著燈，兩個人影在裡面詭異地晃動，還傳來曖昧的對話。

「好了沒？」這個好聽的聲音是斐崳的，他似乎有點不耐煩。

「不能太急躁，要溫柔點。」是歐陽緡。

「啊！」一聲輕呼。

「對不起，弄痛你了。」

「還說溫柔……」

「你催的……」

一陣陰風「咻！」地一聲，飄過我和隨風的面前，捲走一片殘葉，我和隨風的臉上畫滿黑線。

「哎……斐崳，開開門……」隨風用無比驚訝的眼神瞪著我，還撇過臉不看屋子裡。

「是非雪，還不開門？」斐崳冷聲命令著。

「是……」嘎地一聲，歐陽緡出現在我的面前：「掌櫃的，你來啦。」

「你們……剛才在幹嘛？」雖然明白不是那種事情，但這個對話，實在……

「哦，我在給斐先生梳髮。」

原來如此，斐崳倒是舒服。身後傳來隨風的長吁聲，真是奇怪，他到底是不是小孩啊，怎麼也會這麼敏感？

「我帶了個人來，麻煩斐崳看看。」我將隨風帶進了門，斐崳正坐在桌邊，長長的黑髮，垂落在身後，歐陽緡進屋後，便拿起一條綢帶，將斐崳的長髮簡單地束起。

好羨慕歐陽緡啊，可以天天觸摸這絲綢般的長髮。看著他柔和的表情，就知道他肯定也很幸福呢。

就在隨風看見斐崳的那一刹那，他的眼睛，就再未從斐崳的臉上移開。

「我把這孩子交給你們了。」

「好的。」斐崳淡笑著看著隨風，似乎是美人之間的惺惺相惜。

老天，快把這個隨風帶走吧……我開始在心中祈禱。

我留下了斐崳，斐崳留下了歐陽緡，而現在思宇又留下了隨風，這個家真是越來越熱鬧了。昨晚又將身分說出，夜鈺寒會如何，他會來找我嗎？我又該如何面對他？窗戶紙一旦捅破，相見變得尷尬。我陷入一種想見又不想見的尷尬。

第二天上午，思宇闖進我的書房，大喊著：「非雪，怎樣？」而我此刻正單手支在臉邊，翻看著帳本，銷售額大大地增加，最奇怪的是，很多人都先付了錢，後拿衣服，資金回籠超過了100％。該考慮考慮是不是要轉移資金，投資些別生意。還做生意？那不是永久性套牢？不行不行，我可是雲非雪，是嚮往自由生活的白雲，怎麼可以陷在這堆糞土裡（視黃金如糞土，所以我一直把它們當糞土看，提醒自己不要為了金錢而迷失本性）。

「非雪……」思宇又叫了我一聲，我頭也沒抬，隨意附和著，「嗯……」

「雲非雪！」「啪！」思宇一掌拍在我的帳本上，我不得不抬頭看她，「什麼事，思宇？」

「是啊，妳怎麼知道？」我托著腮看著有點生氣的思宇。思宇的眉角直抽，似乎對我相當不滿意：「是不是上官入宮妳太無聊了！」

「當然！」思宇一把拿起帳本，「雲非雪居然會看帳本！這太陽是不是打西邊出來了！」

「東邊……」

「老菜皮，妳居然敢反駁我？」

「我說妳這個小丫頭，事實就是如此，太陽今天明明從東邊出來的，妳去看看，我難得看看帳本怎麼了，生意總要關心關心的。」這思宇就愛跟我折騰。

「我不管！」她又來了，「妳給我畫美人圖去！」她一手甩向門口，我懶懶地望去，立刻眼前一亮。門口正站著隨風，他此刻靠在門框上，雙手環胸，一條腿微微曲起，踮著腳尖抵在門上，酷酷地看著院子，一身深青色的長衫，腰帶扣緊衣物，長髮斜梳在耳邊，額前是隨意的瀏海。微風吹過，輕輕帶起他的劉海，他的嘴角露出一抹輕笑，估計在笑我和思宇。

「怎樣？」思宇的表情似乎有點自豪。

「妳設計的？」

「沒錯！」

果然是她，難怪這麼得意，她笑得眼睛瞇成了一條線：「沒想到我也有形象設計的天分啊，哈哈哈……」她在我書桌前得意地大笑著：「知道妳無聊，所以給妳找點事做做。」

「畫美人圖是吧。」

「嗯！」

我懶懶地站起身，很久沒畫了。

思宇把我推到畫桌邊：「快快快，隨風說不定哪天就走了，趕緊留下他的樣貌，以後也好養眼嘛。」我鋪好紙提起畫筆，既然他這個角度不錯，就這麼畫他。

思宇雙手撐在畫桌上，還給我指指點點：「景色改成竹林，對，隨風就靠在竹子邊，還要有竹葉飛揚，哇塞，少年劍客獨闖江湖……」

被她這麼一說，我忍不住笑了，因為我想起了另一副場景，就是《十面埋伏》裡，宋丹丹甩出暗器的那一段，實在太幽默了，呵呵……

「沒想到你還會畫畫。」不知何時隨風也進了屋子，站在我的畫桌邊，此刻畫紙上已完成了他的輪廓，和周圍的竹林。

一時難以從宋丹丹幽默中回神，無法畫出隨風酷酷的神情。

「非雪！嚴肅點！妳一個人傻笑什麼？」思宇不滿地看著我，我立刻止住笑容，收斂心神，筆尖輕走，便畫出隨風的酷態，眼中是對世事的嘲諷。

「對了，就是這感覺。」思宇拿著畫，對吃驚的隨風說著：「你將來肯定是個大帥哥。」

隨風揚了揚眉，又是一抹輕笑，此刻他的笑容倒有點像大哥哥寵妹妹的笑容。完全就是一個小大人。

「非雪！」思宇抓住我的手腕，手中的筆一震，粉紅的顏料滴落在下面的白紙上，「不如妳把隨風長大的樣子也畫下來，我們畢竟看不到他大人的樣子了。」

「這個……」我打量著隨風，他只是淡淡地看著我，「有點難度，可能會不像耶~」

「試試看嘛。」思宇睜著她水汪汪地大眼睛，充滿期盼地看著我，雙手抱心放在下巴之下，我總是無法免疫她這種超可愛的表情。

「好吧……我試試……」我捏了捏她可愛的臉蛋。

隨風微抿嘴唇，面無表情地看著我，眼中滑過一絲譏笑，我端詳著他，揣測著他成人的模樣，我開始勾勒，隨風環著雙手靠在桌邊，視線隨著我的毛筆遊走。

嗯，隨風現在的臉還偏圓，以後應該會拉長吧，是好看的橢圓略尖，然後是完美弧度的下巴，眼睛應該更成熟，我仔細看著他，他此刻被我看得有點不好意思，微微撇過了臉。

原來是狹長的丹鳳，眉毛應該不會變，還是這樣，頂多更加霸氣一點，因為我總感覺他有一種與生俱來的霸氣，就像那天他要剐了我的樣子。那麼鼻子應該是挺的，嘴唇呢？既然是霸氣，就應該壞壞的，就緊抿的嘴唇，再來一絲不屑的笑，他經常這麼笑。

頭髮嘛，自然是柔順的長髮，脖頸，行了，先這樣。我看看，頓時，手中的畫筆，頓在了半空，我居然畫出了一個自己喜歡的類型，怎麼會？臉開始發燒，我沉迷在畫中美男的深情眼神中，那柔情似水的眼神就像是夢裡的他。

「哇……不錯啊……」思宇的驚呼拉回了我的思緒，「咦？非雪臉紅咧～～」思宇跑到我的身邊，戳著我的臉蛋，我連連躲避：「別鬧，思宇。」

「畫到現在的美人圖，讓非雪臉紅的還是第一個呢。」她點著畫上的美男，笑道：「隨風，你長大了準是非雪喜歡的類型。」

「哪有！」我有點生氣，「這只是隨便畫畫的，又不像。」我正準備收起圖紙，打算扔了，卻發現隨風看著那圖發愣，心下鬆了口氣，他似乎沒聽到我和思宇的對話，不然太尷尬了，居然對著一個孩子說這種話。

「怎麼可能？」隨風緊緊盯著畫上的人，輕聲驚呼。

「怎麼了？隨風？」思宇伸手在隨風的面前揮了揮。隨風回過了神，然後忽然扣住我的手臂，指著畫：「雲非雪！你怎麼畫出來的？」

「看著你畫的。」他怎麼了？我準備取回畫紙，就要扔掉，卻被他阻止：「你幹嘛？」

「扔了啊，只是隨便畫的，而且也沒畫完。」

「那你畫完他。」隨風雙眼閃爍，霸道地對我下著命令。

「又沒原型怎麼畫？」

「我告訴你！」

「啊？」

「你畫的就是我……」隨風的眼神閃爍了一下，隨即道：「我哥……」

「太好了！」我笑了起來，笑得無比燦爛，隨風的手一縮，冷冷地看著我：「你想都別想，他不喜歡男人。」

「呵呵，你誤會了，我是想說，終於可以把你送走了，所以激動。」小屁孩當我花癡啊，我只是喜歡這種長相的男人，要是他跟小屁孩一樣的性格，我可吃不消。隨風揚了揚眉角，就是一抹壞笑：「你！休！想！」然後戳著畫紙，命令道：「畫完他！」我鬱悶，要不是他有思宇罩著，我早把他踹出【虞美人】了！

我提筆，開始問他：「他的身高。」

「跟歐陽緡差不多……」

「皮膚……」

「和我差不多……」

原來是健康的白色，微微帶著古銅。至於景色嘛，既然已經有一滴粉紅在紙上，就把它渲染開，我第一次用詭異的魔幻背景做稱景，反正就覺得他應該是一種很神秘的感覺。

「太完美了！非雪，妳所有的美人圖就這張最好看！」思宇已經搶走畫仔細觀瞧了，我被思宇誇得也有點揚揚得意，小尾巴翹到了天上。

隨風久久地凝視著畫，眼睛漸漸瞇起，臉上的表情千變萬化，先是驚訝，再是懷念，隨後又變成欣喜，最後歸於平淡，嘴角漸漸揚起，就是一聲感嘆：「果然還是我……大哥最帥……」暈，這小子該不會喜歡他大哥吧。呿，還說不喜歡男人，確切地說，是不喜歡我這種類型的「男人」。

「思宇，妳要的畫已經畫好，妳把妳的首飾拿來，還有一些妳必備的東西。」

「幹嘛？」

我神秘地笑了笑：「我找到一個很好的基地，或許我們以後就會搬到那裡。」沒錯，經過福伯的打聽，證實我上次看到的茅舍沒人居住，這兩天已經派人將那裡修葺，以後出門就看桃花，摘桃子，真是人生一件美事。

思宇眼珠轉了轉，便放下美人圖收拾包袱。她很信任我，從來不會問我為什麼，但只要是我交代她的事，她總會做好。這應該就是我和她之間的默契。

隨風算是賴在我家不走了，他總是神出鬼沒，不知去向，然後會突然出現在妳的面前，露出一抹神秘的微笑。我相當看不慣這個隨風，或許是代溝？總之對他一副似乎什麼都逃不過他的眼睛的神氣樣，我就是不滿。不過反感歸反感，我還是挺擔心他的，一個十五六歲的孩子漂流在外，多半是離家出走，所以我覺得還是盡快聯繫他的家人，把他接回去比較妥當。在【虞美人】裡，他跟思宇挺合得來，畢竟是同齡。和斐崳、歐陽緡的關係也不錯，因為他們是同性。而夜鈺寒這三天也沒來找我，為什麼？難道真的在給我時間？也好，我就趁這段時間好好調整一下心態，是該重新開始的時候好好談場戀愛了。

就在這天，上官終於想起了我們，不過她只邀請了思宇，在給我的信上她解釋了為何只叫思宇，因為宮內男眷不能隨便進出，所以她只有先出賣了思宇的身分，因為思宇這丫頭實在不太會偽裝自己，至於其他具體情況她會讓思宇轉達。看見上官在宮中平安無事，就放心了，只要她沒事，那我就沒事，嘿嘿，看來這個皇宮也沒當初想像得複雜。

本想找斐崳和歐陽緡玩，順便逗逗小妖，結果到了後院，他們不在，估計又到附近山上採藥去了。有點無聊，乾脆……關門，玩電腦。

哈哈，好久沒玩了，難得偷得半日閑，得趕快，不然思宇回來看見了又要跟我搶。

把電腦裡《仙劍奇俠傳4》的記錄全部刪除，再次從頭開始。《仙劍》在效果上自然是一代勝過一代，不過這情節嘛……其實RPG遊戲大多如此，所以我一直鍾愛《暗黑》，一個操作簡便，一個就是裡面的寶物品種多樣化，無論妳打幾遍《暗黑》，都無法將裝備湊齊，除非網路版。

「這是什麼？」一聲細微的，如同陰風般的聲音吹過我的耳邊，我當時正打到關鍵時刻，也沒多想，便隨口答道：「電腦。」而當我打完小ＢＯＳＳ，存檔的時候，我感覺到了不對勁，抬頭看門，門依舊關著，窗也關著，那剛才的聲音……

因為門窗都關著，書房裡略顯昏暗，當中毫無生人的呼吸聲，一絲詭異的風吹了進來，揚起了案上的《鬼怪傳說》，書頁嘩啦啦地翻了幾頁後停了下來，上面是一個青面獠牙的鬼怪。

整個人一個激靈，汗毛根根豎起，心跳開始加速，沒那麼邪門吧，我還從沒見過這玩意呢！剛才的聲音好像是從身後傳來的吧……

我僵硬地轉過身，一個，黑色的，身影，正挨在我的椅子邊。

「電腦？不是很大的嗎？」這聲音……往上一看，暈，原來是隨風。他此刻揚著眉毛，狐疑地盯著我書桌上的筆記本。我暗自鬆了口氣，怒道：「你怎麼進來的！」隨風聽見了我的話，才將視線落到我的身上，然後露出他一如既往的輕笑：「哼，是你自己太專注了。」

「那你就不能敲門嗎？真是沒規矩！」

「沒規矩？」隨風漂亮的眼睛眯在了一起，「某人大白天偷偷摸摸關門關窗，我自然要看看他在幹什麼？」

「現在你看到了，可以滾了！」我對著他下逐客令，對於筆電，我從沒打算刻意隱瞞。

隨風聳了聳肩，準備離開，我忽然想起了他的話，就是那句：「電腦？不是很大的嗎？」心中一緊，難道他見過電腦？

我迅速拉住正要離開的他，正好拽在他的腰袋上，他立刻用戒備的眼神看著我，好像我想非禮他似的。

「瞪什麼瞪，你見過電腦？」我放開了他，免得他真以為我要非禮他而動手扁我，畢竟這傢伙會武功。

隨風嘴角微揚：「怎麼？想知道？」

「嗯！」我很認真地點了點頭。

他緩緩俯下身，對著我的臉道：「你求我啊。」

「……」你個◎◎￥＃＃％％￥的，我在心裡將他狠狠罵了一遍後，換上笑臉：「你該不是也是穿越時空來的吧。」

「穿越時空？」隨風疑惑地看著我，然後問我：「穿越時空是什麼？」

哈哈！機會來了。我揚起狡猾地笑：「想知道？你求我啊。」

隨風的臉立刻拉長，鬱悶的神情好像被甩了N次。

「哼！我不感興趣！」他哼了一聲，轉身就要離去。

可我真的很想知道他怎麼會知道電腦。這個回合算是我敗了，於是我提出了條件：「我教你玩電腦，你告訴我實情。」

他抬起的腳落回了地上，轉過身，頗有興趣地看著我：「我在……」他略微遲疑了一下，「在一本書裡見過。」

「那本書在哪裡？」

「在家裡。」

我有點吃驚，這還是第一次聽到他提起家裡的情況。

「能給我嗎？」我厚著臉皮問他。

「不能！」

「為什麼？」

「因為是鎮……家之寶，不能隨便給人！」

「哎……那我能拓印嗎？」再次燃起希望，這本書一定是穿越時空人寫的。

「這……」隨風皺起了雙眉，似乎考慮了許久，然後認真地看著我，「只要你不洩漏出去，我想我會考慮。」

太好了！第一次發覺這個隨風也不太壞。看來之前的相處，多半是代溝問題。

「我要玩這個！」我還沒從喜悅中平靜下來，隨風就開始對我下起了命令。

他搬了個凳子坐到我的身邊，我開始從最基礎地開關機和點擊功能表教起。至於那種應用軟體，自從到了這個世界，自己都不再用，他就更不用學了，所以主要教他玩遊戲，他就像所有少年一樣，立刻沉迷在裡面，還是最簡單的「踩地雷」。

隨風在一邊玩得很沉醉，他的神情和其他孩子不太一樣，不是癡迷而是認真，他的左手隨意地放在唇邊，時而凝眉思索，時而點頭輕笑，我不禁懷疑，他真的只是個孩子？還是他的心智過於早熟？真是奇怪的少年。我坐在一邊開始看書，這裡的小說也挺好看，武俠言情豐富多彩，描寫更是細膩入微。就在我和隨風都沉靜在自己的世界中的時候，門突然被推開，整個書房立刻變得明亮，敢這樣闖我書房的，除了思宇還會有誰？

「非雪非……雪……」思宇的聲音漸漸轉弱，疑惑地看著筆電前的隨風，然後才看到坐在一邊的我，「非雪，這是怎麼回事？」

我隨口答道：「隨風家裡有本關於電腦的書，我教他玩筆電，他答應讓我拓印一本。」我合上書本，看著思宇。

「真的？」

「嗯！」隨風看著電腦點了點頭。

思宇的眼睛瞇了又瞇，眉毛揚了又揚：「沒想到隨風家裡會有這個。對了，非雪，上官要我們幫忙。」

「幫忙？」

「嗯。」思宇一屁股坐在椅子上，拿起我一本書開始搧風：「非雪，我覺得我看錯上官了，其實她挺好的。」

「嗯，我也覺得是我們自己想太多了。」

身邊的隨風站起了身，取走了我的筆電。

「隨風你幹什麼？」

隨風看著我和思宇笑了笑：「我想我還是暫時出去得好。」說罷，他便輕輕離去，輕得沒有任何腳步聲，難怪當時沒發現他進來，他一定輕功了得。

「別給別人看見！」我提醒了一聲。

「嗯！」隨風只是揮了揮手，身形一閃，便消失無蹤。

我愣愣地看著剛才還站有隨風，而片刻間就空空蕩蕩的院子，讚嘆道：「思宇，我想妳也撿了個寶回來。」

「呵呵，先別說這些了，原來我們真的誤會上官了。」

「誤會？」

「嗯，還記得上次我們懷疑上官喜歡夜鈺寒嗎？」

夜鈺寒，聽到這個名字讓我心跳漏了一拍。

「原來上官是在幫妳試探他，看他受不受得了女色的誘惑。」

「哦……原來如此。」上官真的不錯，居然犧牲自己。

「上官說，她早就看出夜鈺寒對妳有意思，但妳是她最好的朋友，她不希望妳喜歡一個好色的男人，她自己是無所謂，但她卻希望我們能得到真摯的愛情，所以才會有涼亭試探。」

心中的愧疚又多了幾分，上官在為我們設想，在為我們犧牲。

「上官還說了，她當時也有讓妳為官的打算，但想著那樣太自私了，所以就讓我們自己決定。還建議妳最好別入朝為官，免得捲入紛爭中。她說現在她不僅受到拓羽的寵愛，就連老太后也十分喜歡她，而且後宮只有五個妃子，除了一個瑞妃比較麻煩，其餘都是些膽小愚笨的女人，不足為懼。」

太好了，這麼一個簡單的後宮，可是那些穿越時空女羨慕不來的啊。

「哦，對了，她建議妳最好就做妳的男人，如果夜鈺寒真心喜歡妳，是不會介意妳的性別的，因為她怕妳養了這麼多男人，惹來閒話。」

「呵呵……」想起我這一屋子帥哥美男我又樂上心頭，這種喝茶看美男，賞心悅目的逍遙日子豈止一個爽字了得。

思宇說了一大堆話，拿起桌上的茶壺就咕咚咕咚喝了起來，末了還發出一個爽字：「如果能有空調就好了，嘿嘿……」

「思宇，妳好像把正事忘了吧。」

「哎呀！」思宇吐了吐舌頭，「對不起，嘻嘻，上官要我們幫她學兩支舞蹈。」

「兩支舞？」

「嗯，聽說好像有五國會什麼的，她要用來表演。」

「五國會？又是什麼東東？」

「就是五個國家的聚會。」隨風突然出現在門口，拎著筆電進了門，將筆電放在桌上就慵懶地坐到一邊，「你不覺得最近外面越來越熱鬧了麼？」

經過隨風這一提醒，我想了起來，的確，最近人潮多了好多，還有不少穿著異國服飾的人。

思宇笑道：「沒想到隨風對五國會還挺瞭解，我聽了上官的敘述，還糊塗著呢。」

「五國會其實是五個國家共同定下的盟約聚會，每五年舉辦一次，在各個國家輪流舉行，有維持各國和平，共同繁榮的作用。」隨風開始仔細講述，「你們運氣不錯，這次正好在蒼泯，聚會的日子一般在六月初六，取萬事大順，吉祥如意之意。過幾天，各國負責表演的人就會陸續來到沐陽，之後，各國國主也會來。你們的柔妃娘娘之所以要準備節目，這也是一種規矩，舉辦五國會的東主，如果由自己的妻子殿前獻藝，也是對各位國主的尊重，順便也可以炫耀一下自己妻子的美麗，所以各國國主在娶妻時，對相貌也很看重。」聽完隨風的話，我抿嘴點頭，原來是五國會，難道夜鈺寒不來找我，是因為要籌備五國會？他一定很忙吧。再看一邊的思宇，她卻是一臉的驚慌，雙眼瞪大，小嘴微張。

「思宇，中暑啦。」

「不是啊非雪，他要來了，他肯定會來的！」思宇驚慌地站了起來，搓著手，在我面前晃來晃去，晃地我頭暈，「怎麼辦？我該怎麼辦？對了！跑路吧。」說著，就跑向了門，可還沒跨出門檻，她又跑了回來，緊緊抱住了我，「非雪，我愛妳，在離開之前，啵兒一個！」

「滾！」我毫不客氣地踹開了她，「他來了有那麼可怕嗎？」

「那怎麼辦？」思宇瞪著死魚眼看我。我差點背過氣去，坐在一邊的隨風倒是關心道：「思宇，你在怕誰？」思宇咬著下唇，臉慢慢紅了起來。

我調笑道：「柳讕楓，他看上我們家思宇，要娶回去。」

「柳讕楓？呵，那的確麻煩，思宇，別怕，凡事有我在。」隨風認真的語氣透露著一種男人的魅力，思宇雙眼淚汪汪地看著隨風：「真的？」

隨風微笑著點了點頭：「他打不過我。」

「哇！太感謝了，隨風！」思宇撲在隨風身上，把隨風抱得死死的，抱得隨風直皺眉。我在一旁笑著，思宇這回不用怕了。忽然，思宇放開了隨風，用疑惑的表情看看隨風，再看看我：「奇怪，今天你們怎麼沒吵架？」她的話讓我和隨風同時愣住。

「我回來的時候你們一個打遊戲，一個看書，第一次這麼和諧，難道今天的太陽從西邊出來的？」

「東邊！」

「東邊！」

我和隨風異口同聲，愣了一下。

一同嘆了口氣，再愣了一下，共同起身，我走向書桌，他出了門。

思宇看著我們的舉動，臉上的疑惑更加加深，我將筆電打開，對望著門口發愣的思宇道：「別發傻了，說說上官為何叫我們替她學舞，她在宮裡不能學嗎？」思宇回過神，想了想道：「是這樣的，上官其實自己已經想好兩支舞蹈，就是《霸王別姬》裡虞姬跳的那段劍舞，和《十面埋伏》裡小妹跳得那段紅袖鼓舞。但她在跟負責教她的舞娘交流的時候，發生了溝通障礙。因為大殿表演很少帶兵器上臺，而且劍舞如果不將武術融入其中，就缺少了英氣，所以宮裡的舞娘一般都不會，而鼓舞她們只跳過在一面大鼓上用腳踩的，再加上上官也記不起那些具體的動作，所以一時講不清。」

是啊，我們看電影看過就算了，誰還去記裡面某段舞蹈的動作，又不是專業跳舞的。

「所以，」思宇繼續說著：「上官讓我們在七天內先把那些動作學會，然後進宮跳給舞娘看，讓她們在腦子裡有點概念，便可重新設計編排，跳出別緻的舞蹈。」

「嗯，明白了。」既然如此，我們的任務就是記住動作為首要，不追求美觀，所以在時間上還是充裕的。

那麼這兩段舞的主題就是劍舞和紅袖鼓舞，怎麼看怎麼都是劍舞簡單，而我和思宇一人學一段，所以我和思宇在選舞上發生了爭執，最後，透過猜拳決出勝負。

倒楣的是，我輸了，看著思宇放聲大笑我就鬱悶，冷冷地戳了她一句：「賤人學劍舞！」

「老菜皮妳說什麼！」思宇立刻揪住了我的耳朵。

真的，思宇什麼都好，就這個習慣不好，我當即求饒：「姑奶奶，我錯了，我什麼都沒說！」現在這情形就像我是她相公，在外面偷腥被她發現了。

哎，怎是一個慘字了得！

經過我和思宇的精心策劃，分別找了兩個師傅，一個就是斐崳，一個就是隨風。

斐崳那套甩針的手法，非常適合用到這段紅袖鼓舞中，而隨風的劍法，更是一流，說到做到，第二天，我就和思宇跟這兩個師父一人一個院子，開始練舞。

「非雪，這樣不對！」斐崳扶住我的腰肢，直皺眉，「哎，妳的腰怎麼這麼硬，再下去點，再下去點。」

「不行了！」我後翻著，手永遠都碰不到地面，我想，這個後翻的動作是完不成了，到時就讓思宇給舞娘解說，這裡其實是一個後翻動作。

「哎……那起來吧……」斐崳一副恨鐵不成鋼的表情。

「斐崳……」我艱難地喚他：「我起不來……」

斐崳本來已經鬆開的眉毛再次擰在了一起，扶住我的背，幫我直起了身體。

痛啊……痛得我眼淚都快掉出來了……我扶著自己的腰，好半天沒緩過勁，難怪穿越時空的都喜歡靈魂穿越時空，進入一個柔軟的身體，想怎麼跳就怎麼跳。好在我其他動作都過得去，例如燕式平衡，劈叉（當然是八字形的——！），抬腿（當然是欠高度——！）的，反正類似的動作，都做到六分相似大家看得懂就行了。

「妳呀……這樣的身子還跳什麼舞。」斐崳一邊幫我鬆脛骨，一邊在我身邊說著。

「痛痛痛痛，這裡也痛，哎呀……」

「活該，毫無基礎，做那些動作自然會痛。明天就會好的。」

「啊！我只要做到七八成像就行了。」忽然發覺我們那世界的街舞簡單多了，不過我學的也只是最簡單的那種。

「瞧妳這身板硬的。」斐崳的手指一下子按在我的腰上，我痛得大叫：「不行！不行了！」

「我看妳連六成都學不像。」淡淡的怒意卻包含著他對我的寵溺，「明天學手法，教妳這個徒弟，還要給妳按摩，哎……」

「嘿嘿，斐崳最好了……」趕緊拍拍馬屁。

正享受著斐式鬆骨，歐陽緡帶了個人進了院子，那人在看到我和斐崳的親密舉動後，尷尬得撇過了臉，是夜鈺寒。

「掌櫃的，這位先生說要找你。」

「鈺寒，你怎麼來了？」我笑臉相迎，哪知剛一起身，腰又扭了，「哎呀！」然後就聽到斐崳的嘆氣聲：「哎，二十歲的年紀，卻是五十歲的身子，妳呀……」斐崳無奈地將我扶起，然後雙指在我腰上敲了一下，立刻沒了痛楚。

「斐崳，你真行！」我扭了扭腰，不痛了。斐崳微閉雙眼搖了搖頭：「妳有客人，我過會兒再來找妳。」他招過歐陽緡，對著夜鈺寒微微一行禮，姿態優雅地讓夜鈺寒怔愣。

「好啊。」目送斐崳離開，我走向夜鈺寒，他還在發愣，眼中是一種驚奇，「鈺寒，這樣盯著人家很不禮貌哦？」我調笑著，他回過了神，看了我一會，忽然皺起了眉，將我拉到一邊。

「非雪，妳……妳是個女孩子，怎麼可以……可以……」夜鈺寒對著我欲言又止，接著低頭嘆息。

「可以什麼？」

「男女授受不親啊……」

我恍然明白他看到了斐崳替我鬆骨，我笑道：「原來鈺寒也知道男女授受不親啊。」我提起了手，我的手在他的手中。他愣了一下，隨即放開了我的手：「對不起……」沒想到夜鈺寒如此迂腐，住在這裡的男人從沒一個像他這般，這倒反而覺得他在心虛。

「他們都是我的好朋友，鈺寒你認識我的時候我就是如此了。」

「對啊……」夜鈺寒似乎鬆了口氣，「如果妳與其他女子一樣，那妳就不是雲非雪了，對不起，我只是一下子尚未適應。」夜鈺寒清澈的眼睛裡，充滿笑意，「也就不是我……」他望著我的眼睛裡漸漸佈滿深情，他再次輕輕提起我的手包裹在掌心之中，正要開口間，院外傳來吵鬧聲。

「師父！師父！」

「別叫我！」隨風抱著劍怒氣衝衝地走進了院子，撞見了我和夜鈺寒，下意識地愣了一下，然後從我們身邊擦過，出了另一邊的院門。緊接著，後面跟來了思宇，愁眉苦臉。

「怎麼了？」我攔住思宇，思宇整個人垮了下來：「我握劍的時候一個沒拿穩，結果……結果……」

「結果怎麼了？」

「結果甩劍的時候，劍……就飛了出去……」思宇越說越小聲，不好意思地戳著自己的手指，「差點刺中隨風……」

「啊？哈哈哈哈……」我幸災樂禍地大笑起來，思宇不滿地朝我做鬼臉：「不說了，我要去把那小子揪回來！」說著就跑出了院子。

這個思宇啊。

「我今天終於見到傳說中的斐崳了。」夜鈺寒忽然對我說道：「果然自愧不如啊。」一絲淡淡的自卑滑過他的眼神，他的眼中帶著茫然。

我變得不知所措，一時不知該如何接話，怕說錯了，給他錯誤提示，例如我對斐崳沒什麼，或是我覺得鈺寒你比較好之類的，都會讓人覺得我好像在故意給他機會，其實我現在對夜鈺寒暫時還沒那份感覺，只有慢慢培養了。

「鈺寒今天來是不是有事？」我轉移話題。

夜鈺寒失望地看了我一眼：「沒事就不能來嗎？」

「不是的，我的意思是……意思是……」我急了，都不知道該說些什麼，偷偷瞄他一眼，他嘴角含笑地欣賞著我的窘態。我想起他最近比較忙，便道：「我其實聽說你最近比較忙，好像是五國會的事情吧。」「是啊……」夜鈺寒的臉上露出了疲態，轉而又精神煥發地看著我，「所以想來看看非雪，看到妳，我就覺得不累了。」

「啊？」心中有一絲甜蜜，女人終究擋不住這糖衣炮彈，枉我還自詡聰明教別人泡妞，結果還不是一樣飛蛾撲火？

「妳笑什麼？」

「在笑自己，沒想到鈺寒也很會哄女人開心呢。」

「非雪，今後的幾天我無法來看妳了，今天能多陪我一會兒嗎？」夜鈺寒用期盼的眼神看著我，我又怎能拒絕：「好啊。」

和夜鈺寒坐在院子裡開始聊天，過了一會，斐崳派歐陽緡為我們送來的涼茶，斐崳的細心，讓夜鈺寒感慨萬千。而後，思宇終於找回了隨風，還故意做電燈泡在我們這個院子練舞，其實我還要感謝她呢，和夜鈺寒這樣單獨相處，實在有點尷尬。

我和夜鈺寒坐在石階上一邊聊天，一邊欣賞著思宇的「舞姿」聊得正歡時，一個不明物體忽然朝我飛來，夜鈺寒大喊一聲「小心」，就將我拉入懷中，只見一把劍柄與我擦肩而過。

「哎……還好我給她換了劍柄。」隨風在一旁嘆著氣，搖著頭，而那個罪魁禍首，抱歉地笑著，她那副楚楚可憐的樣子，讓妳的氣全憋回了肚子。

「沒事吧。」夜鈺寒關切地問著，微熱的氣息滑過我的耳邊，我慌張地坐好身體，笑著：「沒事，還好有鈺寒在，呵呵……」有點僵硬，有點尷尬。

「沒事就好。」夜鈺寒笑著，忽然將我擁入懷中，突然的舉動讓我毫無準備，看得隨風扭頭就走，思宇再次追他而去。

院子裡，一下子又安靜下來，帶著夏意的風經過，揚起我和他的髮絲。我僵硬地待在他的懷中，推開也不是，不推開也不是。

「鈺寒……我現在……現在……對你……」

「我知道……」他用一種輕鬆地口氣在我身邊說著，溫柔的聲音融化我的緊張，「只一會兒，只是一會兒……」

只是一會兒啊……

他就這樣擁著我，俊秀的臉枕在我的肩上，閉上雙眼，平靜地呼吸，似乎是在享受，又像是一種擁有。我靜靜地依偎在他的身邊，聽著自己漸漸平息的心跳。曾幾何時，也是如此，和他依偎在一起，即使不說話，卻也覺得幸福。

可這一會兒似乎也太長了吧……就連夕陽也出現了……

他緩緩放開了我，然後笑著離去。

我目送著夜鈺寒的馬車，心中是一絲淡淡的不捨，或許，已經開始有那麼一點點的感覺。

「他喜歡你。」隨風靠在門邊，看著那漸漸遠去的馬車。

「我知道。」隨風還真是神出鬼沒。

「他在告誡我們你是他的。」

「為什麼？」我疑惑。

「他在我們面前抱你就是最好的告誡。」

「啊？」原來夜鈺寒也挺壞。

「我原本挺欣賞他，不過他看上了你……」隨風揚著眉毛笑著：「我開始懷疑他的眼光。」

「呿，小屁孩懂什麼，只會以貌取人。」我嘲笑著。

隨風的臉立刻拉長：「我說過，不准叫我小屁孩！」

「那就小雞仔。」我更加得意地笑，一片陰雲瞬即遮住了落日，平地忽然刮起了大風。

「我好像記得……」隨風露出陰森，讓我害怕的笑容，「我說過，在恢復功夫後，我要挖出某人的眼睛！」他抬起了右手，兩隻手指在我面前彎著。渾身一陣戰慄，拔腿就跑，這小子我惹不起。

隨風依舊是隨風，我永遠都不指望能和他和平相處，除了打電腦的時候……

接下去的兩天，我都跟著斐崳學那套針法的手法，他的動作很優美，亦很流暢，針線甩出去，有力而準確，而我甩出去，都到一半軟了下去，最後線亂成了一團。好在我刻苦，終於在第三天將整套動作學會，然後開始和那段紅袖鼓舞相結合。思宇那裡進度明顯比我快得多，考慮到她有「飛」劍的習慣，隨風將劍柄和思宇的手栓在了一起，這樣即使她要甩劍也甩不遠。

經過斐崳的特殊按摩，這些天下來，腰身居然變得越來越柔軟，整支舞蹈也已能揮灑自如，除了……那個後翻……

渾身舒爽地躺在石塌上，享受著睡前的寧靜，這幾天真是累壞了啊……看著上方星光燦爛的天空，已經入夏了，沒想到我們在這個世界已經四個多月了。上官今天送來了信，舞娘一時無法學會兩支舞蹈，所以明天先讓思宇入宮，她們看了後，然後再讓我入宮傳授另一支舞。到底是專業跳舞的，看一遍就會，哪像我們，學了七天，也才會了七八成。一縷青煙般的薄雲擦過空中銀盤，轉眼就將進入酷暑，沒有空調，沒有冰淇淋，沒有除蚊器，只有一大堆蚊子，真是：

「夏眠不覺曉，處處蚊子咬，夜來巴掌聲，不知死多少？」

哎，這個夏天怎麼過？

拎著酒壺懶散地躺著，我雲非雪只想自由自在地過日子，追求自己嚮往的生活，在那個世界沒有達成，這個世界，我一定要完成這個願望，踏遍這個世界每一個角落，留下我雲非雪的足跡。

自由自在地翱翔在藍天之上，天為被，地為床，瀟灑一生，其樂無窮。

倒酒，酒壺已乾，以前也常常買上一打啤酒，在天臺上看景喝酒，頗有種風流人物的感覺。

脖子上好像有蚊子，我揮手隨意一趕，碰到了一樣物體。那東西很細，紮在我的脖子上，頭開始發沉。

我拔下那東西，視線開始無法聚焦，暈翻了，居然是銀針哪……

十、紅樓樓主

一片朦朦朧朧的黑暗，扭曲的黑色人影，模糊的聲音，他們似乎在問我話：「阿……牛……是……誰……？」

阿牛？是刺客歐陽緡，嘿嘿，我絕對不會告訴你們的啦。

「他……怎……麼……失……憶……的……」

是我弄的，哈，也不告訴你們！

「你……為……什……麼……要……這……麼……做……」

當然是為了躲避不必要的麻煩囉，順便也救歐陽緡的小命。

「你……救……他……什……麼……目……的……」

因為他好看，呵呵。

「還……有……哪……些……人……知……道……」

當然沒，這種好事怎會讓別人知道！

「樓……主……還……有……什……麼……要……問……的……嗎……」

「◎！#￥￥」

「是……」

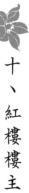

一陣冰涼刺骨的寒風頓時把我吹醒，我抹著臉，原來是冷水，整個人當即清醒過來，除了腦袋還有點疼。睜開迷濛的眼睛，四處一片黑暗，好像是一間屋子，周圍站著幾個身著黑衣的人，而腰間那條猩紅的腰帶立刻映入我的眼簾。

該來的終於來了！

我當即想站起來，卻發現全身酥軟，使不上力氣，可笑的是，手裡居然還提著那個酒壺。

這些黑衣人個個都蒙著面，凜冽的目光中帶著殺氣。

「你們是誰？」我裝作不知。

「哼……」一聲輕哼從前面傳來，「少給我裝蒜！」面前的人一把掐住了我的下巴，我看著他，他臉上戴著一個詭異的面具，森森的寒光正從裡面射出。

「無常，別這麼對待我們的客人。」又是一個女人的聲音從一邊傳來，她一身妖冶的紅衣，臉上同樣戴著一個面具。

陰森的殿堂上，圍繞著詭異的恐怖氣氛，讓我心底發寒。

那個男人在聽見女人的話後，不屑地放開了我的下巴。

「呵呵……開化妝舞會啊……」我雙手撐地開始後退，終於看清了這個大堂的環境。黑洞洞的大堂裡，可以用森羅殿來形容，忽明忽暗的燭光，兩側各站著六個人，而正前方，有著數級臺階，臺階上是一副白色的幔紗，幔紗在輕風下詭異地掀起，露出裡面一個陰森的人影。臺階下方，就是那一黑一紅的兩個人，既然男的叫無常，那麼女的莫非叫夜叉？

「雲掌櫃，今日請你來，是為了做一筆買賣。」那紅衣女子走到我的面前，冷冷地看著我，眼神中還帶著鄙夷。

「買賣？呵呵，做衣服？」我想爬起來，發現腿依舊無力，只有這樣仰視別人，感覺很不好，「我們【虞美人】不提供制服訂做。」

「制服？」

「就是統一著裝，而且你們的衣服很好看，很適合你們的職業。呵呵……」

「哦？莫非雲掌櫃知道我們是什麼職業？」

「哇……俠女，你們難道不是黑夜裡的遊俠嗎？」

噌！一道寒光閃過，美女就把劍指到了我的脖子：「雲掌櫃的確很會裝蒜啊……」

我小心翼翼地將劍尖移開，笑道：「哎呀，小妹妹，這可不是玩具啊，別動不動就拔出來，萬一刺傷我怎麼辦？就算不刺到我，刺到花花草草也不好啊，萬物都是有靈性的，我這麼一個大活人可是一條生命啊，雖然我的命也比較賤，但螻蟻尚且偷生，更何況我這大好青年？」我發現這個女人捏劍的手開始顫抖，原來唐僧箴言真的很管用，我繼續滔滔不絕：「人活著是多麼美好啊，妳看，可以跟姑娘們一起玩，哇塞，講起姑娘我就不得不提【梨花月】的姑娘，她們各個都是沉魚落雁，美得我直掉口水，那皮膚，真是……啊，既然今天大家也算相識一場，我雲某也絕不會小氣，你們開心，我買單，大家開心才是真的開心，天下都開心了，還有什麼紛爭，至於姑娘妳嘛……雲某可以介紹幾個男倌，哇塞，那也是相當……」

「住口！」女人忍無可忍地厲聲大喊，劍尖一掃，我束髮的轡頭立刻掉落一邊，咕嚕嚕滾了一圈，躺在了地上，幾縷青絲飄過我的面前，一頭的長髮當即撒在臉邊。或許是酒精的作用，我居然沒感到害怕。

「我……要殺了你！」她恨地咬牙切齒，那個無常立刻阻止她：「夜叉，冷靜點！」

「他的廢話實在太多了，簡直就像…就像！」

「蒼蠅？」我提醒她。

她點頭：「沒錯！」忽然發現是我的提醒，立刻再次舉劍朝我劈來。

「夜叉！」一聲低沉而冰冷的聲音從那幔紗後面傳來，那聲音似乎作了偽裝，「住手！」

夜叉狠狠瞪著我，我微笑，她恨恨地收好劍站到一邊。

「夜叉脾氣暴躁請雲掌櫃見諒。」那男人用偽裝過的聲音對我說著。

「沒事沒事。」在唐僧箴言下，誰都會受不了，她不自殺就已經不錯了。

「那我們繼續談生意吧，請雲掌櫃交出歐陽緡。」

「歐陽緡？誰？」

「哼！你別裝蒜了！」那個無常再次走到我的面前，「剛才你已經把救歐陽緡的事，以及把他強留在身邊的事全說了！」

心底大驚，驚地啞口無言。心臟開始猛烈地撞擊，我有沒有說錯話！心，撲通撲通地跳著，自己到底說了多少，有沒有出賣其他人，現在都一無所知。

「你們陰我！」我狠狠瞪著他們，「你們居然用藥物陰我！」

「怎麼？想起來了？還不把歐陽緡交出來！真沒見過會有你這麼賤的男人，居然因為美色強留我們的歐陽緡！」

努力回憶了一番，終於想起了一些，這個年代的藥物還不是很先進。想起最後一個問題，心下鬆了一口氣，還好把斐崳他們當自己人，所以他們在問的時候，我潛意識裡會做出那樣的回答。當然沒有別人知道，除了自己人。只要沒出賣他們，我一人還怕什麼？

我揚起一抹壞笑：「怎麼？難道你也喜歡歐陽緡？」

「你！」無常當即怒不可遏，「無恥！」

「哈哈哈，不然這麼緊張他做啥？還是……」我歪過頭，望向帳幔後面，「裡面那位喜歡？」

「大膽！」這下連無常也拔劍相向了。

「住手！」

劍尖滑過我左側的脖子，帶出一縷血絲。詭異的風忽然吹過大堂，掀起那白色的帳幔，裡面的人微微動了一下。我緩緩撫上脖子，手上一片濡濕，看著掌心的鮮血，我放聲大笑：「哈哈哈……既然雲某的命在各位手上，還談什麼生意？你們直接殺了雲某，再去搶歐陽緡不是更簡單？反正殺人對你們來說，就跟殺雞一樣簡單！」

我雲非雪還怕什麼？來到這個世界就沒打算能好好活下去！本身就是孑然一身，了無牽掛。居然要脅我！不知道我雲非雪吃軟不吃硬嗎！我當即將手上的酒壺就甩了出去，甩向幔帳裡的人，酒壺在眾人驚訝的神情下，跌落在臺階下，砸了個粉碎，在寂靜的大堂裡響起一聲清脆的聲音，「啪！」

「說！如果我不交出歐陽緡會把我怎樣？」

大堂一下子變得鴉雀無聲，眾人都看著幔帳裡的人，僅管我和他有著一帳之隔，但我卻隱隱感覺到了他的注視，他緊緊的注視。

「紅門的規矩，以命換命！」毫無感情的話，從裡面緩緩傳來。

我輕笑一聲：「不過如此，來呀，痛快點！」我指著自己的脖子，滿手的鮮血。

「他對你真那麼重要！」裡面的人口氣有點急切。

「我雲某不是說了嗎？正因為他是美人才留下他的，呵呵，美人啊美人……」

「下賤！」

「無恥！」

一聲聲鄙夷地咒罵迴盪在大堂上。

我笑看著簾裡的人：「君子一言，駟馬難追。」這句成語也不知道那裡面的人懂不懂，「答應我的事別反悔，以命換命，以後你們就別再打擾歐陽縉的平靜生活！」我的神情轉為認真，緊緊盯著簾裡的人，會是他嗎？如果是他，他對我真下得了手嗎？

「好吧，那就成全你！」我不知道武功高強的人是怎樣的？但等我發現的時候，他的手就已經在我的脖子上，一身玄色的長衫，飄逸的長髮，和一個銀質的鬼臉面具。

一絲由這個男人帶來的風，揚起了我幾縷髮絲，他只是握住了我的脖子，我細細的脖頸在他的手中，猶如一支隨時可以折斷的花草。而在他的身上，卻沒有殺氣。

「為什麼？」面具下的眼睛注視著我，透露出複雜的情愫，「你為什麼不肯說出真話？」

「真話？」我輕笑，「說出來你們信嗎？」

「信，只要是你說的，我就信！」他的手離開了我的脖子，我殷紅的鮮血染紅了他的手指，「只要你說了，我就放你一條生路！」

「樓主！」眾人驚呼著，面前的男人手一甩，他們立刻變得無聲。

「其實……很簡單，只是想讓他從此離開血腥的生活……」我掃視著堂上的人，「這裡有多少人是想做殺手的？有多少人是出於無奈才走上這條路的？」我看著他們眼中短暫的迷失，苦笑著：「當時救他的時候，他滿身是傷，這樣充滿殺戮的生活，他恐怕早就厭倦了吧……」我揚起臉看著面前的樓主，他的眼中已經是毫無神情的深沉，擁有這樣的城府，要經歷多少磨難才能練成？

「所以我就讓他失憶了，他已經不記得自己是個殺手。樓主，歐陽緡已經死了，現在你們看到的，只是蠢蠢笨笨的阿牛，雖然傻呼呼，但卻開心地活著，你明白嗎？是沒有任務，沒有仇家，沒有血腥的平淡生活！而最關鍵，這是他自己的意願！我雲非雪不是什麼聖人，無法讓天下的人都能過上這樣逍遙的日子，既然看見一個，就儘量去解救一個，所以，請樓主高抬貴手，忘了歐陽緡這個人吧，雲某絕對會守口如瓶，因為他是雲某的好朋友，雲某怎麼可能救了他還去出賣他？」面前的樓主，沉默不語，他只是站起身，看著周圍的人，他們都垂下了臉，不敢對視他的眼神，一種莫名的淒涼彌漫在空氣中，彷彿傳來聲聲痛苦的嗚咽。

樓主彎下腰，對著我伸出了手，我有點發愣，他卻拉住我的胳膊將我拽起，雙腿發軟，順著他的拉力跌入他的懷中。腳好像塞滿了棉絮，只是一個裝飾品，我根本無法站立，下意識抱住了他的腰，碰到了他腰間的一塊硬物。無限的苦澀從心底湧起，果然是他啊……再怎麼不想面對的，終究還是面對了……

「還不能走嗎？」雖然他的聲音僵硬，但我卻感覺到了他的關懷。

我扶住了他的手臂，抱著一個男人總不像話：「你們的藥可真厲害啊，呵呵。」一定是直接麻痺中樞神經的藥，土著人就愛用這個。

忽地，他抱起了我，這讓我很是驚訝，雖然他從以前就待我不薄，可好像還沒好到這種地步。

「樓主！」夜叉焦急地喊了一聲，他只是冷聲命令道：「歐陽縉的事就到此為止，不准再去打擾他們！」

我在他懷裡放心地笑了，他看著我，我感激地看著他，我究竟該如何做才能把你也解救出來？

「雲掌櫃能閉上眼睛嗎？」

「啊，是！」現在他是老大，我肯定要聽他的。

感覺到他在飛翔，莫不是要把我送回家？太好了，回去先讓斐崳看看脖子，糟了，脖子一直在流血，不會流光光死翹翹吧，可是好像沒有感覺到失血的症狀，難道他早就幫我止了血？

有武功真好，隨便戳兩下，就止血了。四周靜悄悄的，空氣中彌漫著屬於夏夜的味道，淡淡的泥土味，淡淡的花香，一聲聲蟲鳴在夜間迴盪。漸漸的，耳邊傳來水流的聲音，怎麼：不是回家嗎？我始終閉著眼睛，老老實實地待在他的懷裡，不想看清回家的路，不想給自己再找麻煩。感覺到他似乎穿梭在樹林之中，因為他每一次下落都傳來樹葉搖擺的沙沙聲，偶爾還聽到鳥兒驚起的翅膀拍打聲。一會兒他又下落了，這次似乎落地時間比較長，他停了下來，將我放下：「可以睜眼了。」

「好……」我聽話地睜開眼睛，映入眼簾的卻是一個小湖，淡淡的月光撒在湖上，泛起一層奇異的藍光。果然不是回家啊……

「這是哪兒？」我扶著他的手臂，看著四周都是高高的樹林，除了那小湖，我身後還有一汪清泉，腳已經能站立，一陣針紮般的痛從腳心竄了上來，我放開他坐在地上，開始拍打自己的腿。

「你們的藥力可真厲害！」根據我的推測，這藥力由脖子蔓延至全身，最後沉積在下部，慢慢消退，所以這雙腳最慢恢復。

他不說話，只是走到泉邊將帕巾濡濕，然後走到我的身邊，探向我的脖子。

我下意識地躲開，不解地問他：「你想幹嘛？」

他蹲在我的身邊，只是掃了我一眼，也不管我是不是同意，撩開我的長髮，就將帕巾按在了我的脖子上，原來是要幫我擦汙血。

我笑道：「這種小事還是讓我自己來吧。」說著，我便去取他手上的帕巾。他輕輕扣住了我的手腕：「別動！」

命令的眼神加上霸道的口氣，讓我一下子懵住，一動不動。我僵硬著脖子，用自己的餘光瞟著他，有點不理解他現在的舉動。

如果是歐陽緡的事件，既然他答應不再干預，那應該就算了結。而雲非雪立場問題，似乎也不是他這個身分能左右的，那他現在對我這麼好，又是怎麼回事？

難道他想交我這個朋友？或許就是看我順眼，很單純地關心我而已。

冰涼的帕巾輕輕拭在我的脖子上，降低了那傷痕帶來的灼痛。他輕柔地擦著，小心地避開我的那道傷口，帕巾順著我的血絲慢慢往下，他拉開了我的脖領，我反射地躲開，瞪著他：「幹嘛？」

他似乎被我強烈的反應怔住了，拿著已是血色的帕巾愣愣地看著我。

我尷尬地撇過臉：「這個……裡面我自己會回去洗澡……」

身邊傳來衣服摩擦的聲音，只見他拿著帕巾走到泉邊清洗。

「謝謝。」這回我是誠心誠意的。

他的手頓了一下：「謝什麼？」

「謝謝你幫我止血，不然早就流乾了。」

他愣了一下，側過臉看我：「你知道？」

「我猜的。」我笑了，「雖然我不會武功，但我知道武林人士通常用點穴來止血。」

他輕笑著點了點頭，拿著帕巾再次來到我的身邊：「我現在給你上藥，可能會有點疼，你忍忍吧。」

「會比割傷我的時候疼嗎？」其實無常的劍相當快，我甚至沒感覺到痛，血就流了出來。

面具後的眼睛眯了眯，帶出一絲愧疚和殺氣：「對不起，我回去會處罰他！」

「不用！」我情急之下抓住了他的胳膊，他那股肅殺之氣漸漸消失，我真的好怕他會說到做到。

他看著我，用一種不理解地眼神看著我。

我道：「他那樣做也是對你的忠誠，他不允許任何人說出侮辱你的話，所以，我不怪他，誰叫我這張嘴這麼毒？呵呵……」我笑了起來，「真不好意思，把你的人都氣瘋了，哈哈哈……」越想越得意，我居然把夜叉氣得抓狂。

面具下傳來他輕輕地笑，他笑了，我一直喜歡看他笑的樣子，眼睛彎彎像半月。

他從懷中取出藥瓶看著我，我看著他的藥瓶有點害怕，會比往傷口上撒鹽更痛嗎？他緩緩抬起手，我心裡開始緊張，肯定很痛，一想到痛，我的臉不由自主地全都皺在了一起，只希望他手腳快點。冰涼的手指碰到了我的脖子，我一陣汗毛，他的手好涼，似乎比我們女生的手還要涼，他拾起我左邊的長髮全部順到了我的右邊，露出我左側的脖頸，我自然而然地微微朝右邊歪了歪頭，這是一個下意識的舉動，這樣可以讓對方更好更清楚地看到傷口。

可是我歪了好久，都沒見他為我上藥，我疑惑地扭過臉看他，卻沒想到他在發愣：「你怎麼了？放心吧，我不怕痛。」我對著他笑著，其實心裡很怕。

面具下的眼神閃爍了一下，他好像不自在地咳嗽了兩聲：「坐好。」他終於舉起了藥瓶，麻利地將藥粉撒在了我的傷口上，我的天啊，果然跟傷口上撒鹽一樣痛哪。幸好我痛覺神經不發達，咬咬牙就過去了，之後，被一片清涼所替代，不再有任何痛楚。我想扭動一下脖子，畢竟這樣歪久了也會酸，誰知道他的大手按住了我的腦袋：「還沒包紮，別亂動！」

「哦……」我鼓起臉無聊地看著小湖中的明月，偶爾有幾個螢火蟲飛過，帶來一片微微的綠光。轉眼間，他已經拿出了紗布，到底是殺手，居然隨身帶著繃帶，他輕輕地按住我的傷口，然後開始包紮，為了讓他包紮起來方便，我微微提起了自己的頭髮，一陣清涼灌入領口，果然沒有長髮的遮擋，涼快許多，完了，這個夏天怎麼過！

他的手重複地在我的脖子上環繞著，然後，他打了一個結，淡淡道：「好了。」

我爬到湖邊一看，脖子上一圈白紗布，由於包紮技術太好，過於整齊，怎麼看怎麼像狗狗項圈。其實應該傷得不深，不用包紮地這麼好吧，又沒空調的，真擔心會捂出痱子。

「記住每天換藥。」他背對著我坐在草地上，將藥瓶遞給了我。

「哦……」我接過藥瓶，打開瓶蓋嗅了嗅，好香，應該有甘草和薄荷，可以消炎殺菌，「謝謝，那我……」

「坐下！」

剛剛離開地面的屁股被他一聲「命令」再次老老實實坐在了地上，依舊和他背對背地坐著。

「怎麼，你很忙嗎？」聽不出任何語氣的聲音從身後傳來，我的兩隻眼睛一時無處看，只有放在了湖面上：「不忙……」

「那就好，陪我一會兒。」

暈，早知道就說忙了。

「雲掌櫃很會搶人啊。」

「啊？」不就是搶了一個歐陽緡嘛，「莫非樓主後悔了？」我背對著他說著，一隻螢火蟲飄過我的眼前，落在了湖面上的一片樹葉上，一閃一閃。

「呵，我紅龍說過的話不會反悔。」原來他的另一個名字叫紅龍。

「真的？」

「真的！」

「不需要任何交換條件？」這種天上掉餡餅的事總感覺隱隱透露著陰謀。

「莫非雲掌櫃覺得有愧於我，想給我點好處？」

多嘴了……我立刻搖頭：「雲某這裡哪有什麼能比得上歐陽緡的，樓主您可真是一個大大的好人啊，請接受雲某一拜。」

我轉過身，對著他的背雙手抱拳，就朝他拜，反正大家都坐著，也不吃虧。

「不用！」他忽然轉身扶住了我，雙手抓住我的胳膊笑看著我：「在下只是聽到了梨花月的一些傳聞，所以才佩服雲掌櫃搶人的本事。」

我整個人立刻石化，僵硬的笑容掛在臉上：「呵呵……這個……那個……誰叫梨花月得罪了我，我就搶了他們的頭牌，讓他們也鬱悶鬱悶！」

「哈哈哈……」紅龍放聲大笑起來，放開了我的胳膊，「果然誰得罪雲掌櫃，誰就遭殃。紅樓在刺殺拓羽的時候得罪了雲掌櫃，雲掌櫃就搶了紅樓的頂級殺手，梨花月得罪了雲掌櫃，雲掌櫃就搶了他們的新倌，而那斐崳更是柳讕楓的心頭肉，居然也會對雲掌櫃死心塌地，雲掌櫃，你到底是什麼人？」他說完直直地盯著我，似乎在等我的答案。

「你們調查了我？」對啊，他們怎麼可能不調查我！紅龍的眼角落到了一邊，不再看我。

「沒關係，調查我是正常的，你們調查了那個隨風沒？」

紅龍訝異地扭回頭，似乎因為我這個奇怪的問題而發傻。

「哎，原來你們也不知道，本來還想問你他的來歷，也好把他送回家，一個十五六歲的孩子隻身流落在外面太可憐了，肯定是離家出走什麼的，看來我要好好打探一下他的家人，他們一定快急瘋了。」

「雲非雪，你……你實在太奇怪了！」紅龍用一種奇怪的眼神看著我，「你總是在為別人著想嗎？」

「怎麼可能？我也很自私的，例如和大家一起吃飯，我都是把好吃的先放在自己的碗裡，如果有必要，我還會對著那盆菜打個噴嚏，哈哈，那不就是我一個人吃？還有啊，跟小王爺水無恨玩的時候……」我刻意地頓了頓，不去看紅龍的表情。

「怎樣？」

「嘿嘿，其實我經常欺侮他，我不會讓著他的，陪他玩是件很累的事，我這人又懶，就會借著畫畫讓他安靜，或者直接哄他睡覺，他一睡覺就不會吵我啦。我還借著給他做衣服的名義貪污了不少王府的好布料，給自己做衣服。所以我沒你說的那麼好，哈哈哈……」我仰天大笑著，只想告訴他，作為水無恨的你，我很喜歡，為什麼你就不能無憂無慮地，只是單純地當水無恨呢。

清涼的湖風掀起了我的長髮，滑入我大張的嘴裡，很不舒服，幸好現在的頭髮只長及胸前，其實我總覺得長到腰部的頭髮，有時晚上看起來怪嚇人。

我找了根樹枝，隨意將長髮盤起，這下連脖子也涼快了。

「雲非雪，你真的很有趣。」

「是嗎？難道沒其他的了？例如……和我在一起很開心？」我笑著看他，用看水無恨的眼神看他，抬手搭住他的肩膀，朝他眨眨眼睛。

發現他面具下的眼神有點慌亂，說實話，現在真想捏捏他的臉蛋，然後說：小子，不如跟著我回【虞美人】，別理什麼恩怨情仇了。當然，他不會，所以我放過了他：「因為很多人都說和我在一起很快樂，會忘記所有的煩惱。」

「難怪他們都願意待在【虞美人】。」紅龍發出了一聲感嘆。他的身體略微向我這邊傾斜，「現在歐陽緡是你的人了，我晚上的問題怎麼解決？」

他的話讓我立刻發懵，不會吧，難道歐陽緡真是他的寵物？這可怎麼辦？趕緊收回搭在他肩膀的手，老老實實地坐著。

「不用雲掌櫃以命換命……」他緩緩朝我壓來，雙臂撐在我的身邊，我揚眉看著他，心虛道：「難道要以人換人？」

他的眼中滑過一絲狡猾，一張面具將他所有的表情掩蓋地滴水不漏，他抬起手輕輕扣住了我的下巴，我立刻沉下臉，一本正經道：「既然如此，那雲某不換了。」

「哦？太晚了……」他的臉靠了過來，面具緊緊貼在我的臉龐，「而且，雲掌櫃睡過的人，你說我還會要嗎？」

「睡？我沒…絕對沒！」他忽然壓了下來，我的後背摔落在草地上，首先想到的是，不能讓他靠近我的胸部，只要他壓下來，就知道我是女人。

我雙手抵住他的胸口，努力保持自己的冷靜，水無恨絕對不是這種人，不然當初他抓夜鈺寒時也不會彆扭地臉紅，所以只有一個結論，他在逗我玩。

「既然歐陽緡是樓主那個什麼，雲某願意退還，或者您每晚光臨我們【虞美人】我也很歡迎，到時雲某絕對會為二位準備上好的房間，決不會讓樓主睡得不舒服。」我無賴地笑著，他像看好戲地看著。「是嗎？可我現在喜新厭舊看上雲掌櫃你了。」他抬起右手握住我按在他胸前的一隻手，我心驚地猛跳起來，就像有隻袋鼠在胸口亂撞，他此刻的手不再冰涼，而是熱燙，是可以將我的手融化的熱燙。

「我？我……有什麼好，不如……不如隨風吧……」我開始害怕，害怕得沒了頭緒，「隨風可是個美人，而且最關鍵他是清倌，一定符合樓主的胃口。」

「我！不！要！」和水無恨一模一樣的口氣，一模一樣諧趣的眼神。

「那……沒辦法了……」我撇過臉，皺起了眉，「非雪只是擔心太過激動迸裂了傷口，導致大出血，血染草坪，就影響了樓主的雅興，和視覺的美觀，哎……到時非雪魂歸蒼穹更會給樓主造成嚴重的心裡陰影，萬一以後不能人事，豈不都是非雪的罪過……」雖然我不知道他面具下的表情，但他握著我的手越來越冷，漸漸恢復了正常的溫度，說不定他此刻的臉拉得比驢還長。

「好了，本尊只是跟你開個玩笑而已，何必說那麼嚴重！」他站起身，順手將我帶起。我滿心歡喜，心裡打著V字，逃過一劫。

「雲非雪！」紅龍忽然認真地喚著我的名字，他捉住我的雙臂，越捏越緊，他怎麼了？「如果你為拓羽辦事，我們就是敵人！」他的口氣突然變得威脅，威脅我不能與他為敵！

我看著他，我想我知道……

我垂下了臉，看著他玄色的衣擺在風中輕輕飄揚。他再次抱起了我，平地而起。

我沉默不語，下次再見面，我們是朋友，還是敵人？或許他對我產生了友情，也是他的意外吧……

落在原先帶走我的院子裡，他依舊將我放在石塌上，忽然將我擁緊，我錯愕地睜大了眼睛，然後他看了我一眼，轉身離去，清冷孤寂的身影，讓人心疼。

水無恨，一個讓人心疼的男人……

望著他離去的方向開始出神，我們真會成為敵人嗎？他剛才為何擁抱我……

「哼，真沒想到你長得不怎樣，魅力還挺大。」這討厭的聲音還能有誰，我一眼就看見靠在牆根的隨風，「先是滄泯宰相夜鈺寒，現在又是紅樓門主紅龍，兩個可都是叱吒風雲的男人，你打算選哪個？」

我躺下身體，躺在石塌上，不理他。

「非雪！」忽然，燈光照亮了整個院子，斐崳和思宇急急走到我的塌邊，思宇當即撲在我的身上：「非雪妳沒事吧，擔心死我了。」

「是啊。」斐崳的臉上也寫滿憂慮，再一看，他身後是同樣擔心的歐陽緡：「阿牛說有人闖進了院子，等我們來的時候你就不在了，然後隨風就去追你了，你沒事吧？呀！你怎麼受傷了！」斐崳驚慌地撫摸著我脖子上的繃帶，好像我快掛了。

慢著，他們說隨風來追我們！

我立刻坐了起來，瞪著依舊在那邊裝酷的隨風：「臭小子你跟著我們，為什麼不救我！」

「我可不會打擾你和那紅龍卿卿我我。」隨風一副慵懶的神情，好像我的死活完全不在意。

太可氣了，如果他肯現身，我就不會受傷了，越想越氣，我脫了鞋就扔他，他瞪著漂亮的眼睛輕巧地閃過，一下子飄到我的面前：「雲非雪，剛才是誰要我去陪男人的？」

一時語塞，他全聽見了。

「你夠狠啊，為了自己的清白就犧牲我啊！」他揚起了眉毛，一臉的怒容，不過他的怒容有點奇怪，彷彿還夾雜著一絲笑意。

「非雪，到底怎麼回事？」思宇開始焦急地晃著我，我被她晃得眼花繚亂。

「還……不……是……為……了……歐陽緡……」

「啊？」斐崳和思宇都驚道，一起朝歐陽緡看去，歐陽緡一臉傻樣，臉漸漸紅了起來。

思宇不再晃我，我終於可以正常說話：「紅龍答應放過歐陽緡，讓不讓他恢復記憶就看你們了。」我看著斐崳，他淡淡地蹙著眉，他讓歐陽緡失憶，讓不讓他恢復記憶，主要在於他的決定。

他看著歐陽緡，歐陽緡紅著臉傻傻地看著我們，斐崳淡淡地嘆了口氣：「罷了，他現在這個樣子實在太傻了。」

我和思宇忍不住笑了起來。

「阿牛，跟我來。」斐崳幽幽地轉過身，走向自己的院落。

「哦，是……」歐陽緡的臉又紅了幾分。

我拉起思宇：「思宇，今晚陪我，我有話跟妳說。」

「好。」

我抬眼看了一眼隨風，他嘴角微揚，衝我壞壞一笑，消失在黑暗中。

回到房裡，我便將事情的前前後後詳詳細細地告訴了思宇，我覺得有些事不能再瞞下去，當思宇得知紅龍就是水無恨時，她驚訝地瞪大了眼睛，隨即擔憂地看著我。

一個晚上，我和她都沒闔眼，她和我想的是同一個問題：今後該怎麼辦？

水無恨是認我這個朋友的，所以不想與我為敵，而夜鈺寒也已經知道我是女子，自然不會再強迫我入朝為官，接下來，就是上官，如果我們就此置身事外，對她是不是太不夠義氣？

或許她遲遲未來找我們，是不是不想為難我們？現在想來，越來越覺得慚愧，我和思宇都以小人之心度君子之腹了。最好還是將我們知道的告訴她，讓她也好在宮中有所防備。

第二天醒來的時候，睜眼就看見了斐崳，真是開眼見美人，一天好心情，只是美人臉上帶著憂慮，似乎欲言又止。

「斐崳，是不是有什麼事？」我撐起自己的身體，斐崳將我扶起枕在他的臂彎：「師傅要我回去一趟，所以來跟妳告別，只是妳的傷……」哈哈，靠在大帥哥的肩上，傷還不好？我立刻道：「沒事沒事，我有藥，看！」我從枕邊拿出紅龍給我的藥瓶。斐崳拔開瓶蓋在鼻尖仔細地嗅著，他的神情漸漸變得驚訝：「雪溶散！果然是好藥，還可以生膚修容，非雪妳的傷不會留疤了。」

「太好了！」

「呵呵，傻丫頭，就算他不給妳這麼好的藥，我對妳的疤怎麼可能坐視不理？」斐崳明亮的笑容讓我看傻了眼，他從沒這麼笑過，他一直都是那麼沉靜，那麼不可接近。

門外又走進了幾個人，是思宇、歐陽緡和隨風，奇怪的是歐陽緡今日沒再穿勞動服，而是一身輕便的藏青長衫。

「斐崳你要走了？」思宇嘴唇顫抖，眼中淚花開始打轉。

斐崳站起身，張開自己的懷抱，思宇一個飛撲就撲入斐崳的懷中：「哇……」思宇大哭起來，「我會捨不得你的……嗚……」

「傻瓜，我只是離開幾天而已。」斐崳淡淡的眉毛皺在了一起，眼中是對思宇的寵愛。

「歐陽緡！」我試著喚歐陽緡，他果然朝我望來，眼中不再帶有任何傻氣，他看著我，揚起淡淡的笑容：「謝謝。」我笑了，歐陽緡看來恢復了記憶，不過，還是傻傻的他可愛：「要報答我，就好好保護斐崳吧。」

「斐先生？」歐陽緡疑惑地看向斐崳，清明的眼神不再像以前膽小地遊移，「非雪你是讓我護送他？」

「沒錯，他一個人上路我不放心，畢竟他太漂亮了。」

「非…雪？」斐崙不滿地側臉斜睨著我，瞇起的眼睛像狐狸，我開始懷疑斐崙會不會是深山狐狸精？

「我明白了！」歐陽緡就像接到任務一樣的口氣，正視著我，他有著讓人看了就會信任他，甚至把生命都會放心地交給他的眼神。

「那非雪妳呢？」斐崙顯然更加不放心我。

我笑道：「雖然隨風還是個小屁孩，不過我想他不會那麼沒義氣，是吧，隨風？」我看著原本帶著笑容的他，在聽到我那小屁孩的稱呼後沉下的臉。

他冷冷地哼了一聲，甩過臉不看我。

斐崙撫了撫我的長髮，喊道：「小妖。」

一個銀色的身影立刻躍進了屋子，攀上了斐崙的肩膀，順著他的手臂，落在我的頭頂。

「我把小妖留給妳，最近【虞美人】……」斐崙皺了皺眉，止住了話語，「小妖會保護大家的飲食。」

「斐崙……」我簡直感動地無法言語，他居然把小妖留給了我，鼻子有點泛酸，我紮進了他的懷裡躲起來，怕自己真的哭出來。

番外篇　醉是紅顏夢

大紅的喜被，華麗的床。上官靜靜地躺在床上，曼妙的胴體被一捲粉紅的薄被捲起。在這裡，皇帝納妃沒有大紅花轎，也沒有隆重的禮儀，納了就是納了，在皇帝要納妳的那一刻，妳就是他的女人，也只是他的女人，這和她原來所做的身分並無兩樣。

是啊，她原來就是一個情婦，而且是比較乖巧的情婦，不與他的老婆爭權，不與其她女人爭寵。她所要做的，就是在他需要她的時候，做一個乖巧的花瓶，她所要做的，就是在他需要的時候，貢獻出她的身體。她的身體重要嗎？在上官的字典裡，已經沒有身體的定義，在她的世界裡，也就是在情婦的世界裡，重要的，只是錢。她只要微笑、軟言、少話，就會得到大筆的錢，這樣的生活，對於從小窮苦的她來說，就是天堂。是的，她窮怕了！誰說大學生一定有地位？

大一，她是隻醜小鴨，窮苦的她靠打工來維持自己的生活費，唯一能讓她交上學費的，就是獎學金。她好辛苦，她過得真的好辛苦。誰不想自己變得漂亮，誰不想穿一身名牌？她也是個女孩，一個十九歲如花一般的女孩，為什麼她就要穿得比別人差，過得比別人苦？她也想有男生追，有男生愛！然後他出現了，他們相遇在咖啡廳，她在那裡打工。

他是一個衣冠楚楚的男人，三十歲的年紀，成功的事業，英俊的外貌和紳士的舉止立刻深深吸引了她。

於是，她像所有純情的少女，陷了下去，而且無法自拔。

他給她買名牌的衣服，首飾，化妝品和鞋包，讓她在女生們面前一下子成了焦點，她得到了從未有過的尊重和吹捧，讓她的虛榮心在這些吹捧中不斷發酵、膨脹，讓她無限滿足。於是，當她知道自己不過是個情婦時，她已經無法捨棄這種可以任意揮霍的日子，她不想被打回原形，不想，絕對不要！只要有錢，她做情婦又有何妨？

眼圈邊變得濕漉漉，她疑惑地望著上面的紅色幔帳，為什麼？為什麼自己明明達到了目的，成功地進入了皇宮，再次做了一個情婦，至少這次還是有名份的情婦，何以會覺得空虛？眼前閃現出兩張笑臉，那是雲非雪和寧思宇的笑臉，為什麼？此時此刻會想起她們？甚至，還很想她們。是啊，她們是和自己一起來到這個世界的姊妹，兩個一看就知道乾乾淨淨、清清白白的女人。她們和自己不同，是的，完全不同。

新房裡燭光搖曳，宜人的春風帶進了桃花的芬芳，滄泯的皇宮很美，聽說一年四季都開著繽紛豔麗的鮮花，記得非雪曾對自己說過：若能住在這麼美的地方一定會很幸福。

一抹滿足的笑容從上官的嘴角滑過，皇宮，一個都說是女人煉獄的地方。上官不屑地笑了笑，那是那些女人自找的，如果像自己一樣，只為衣來伸手，飯來張口，誰會來跟妳折騰？當初她就是一個很乖的情婦，所以她覺得，做一個很乖的妃子，對她來說，並不難。可是，為何心裡總是惦記著雲非雪電腦裡的《金枝玉葉》？想起雲非雪看著自己那種擔憂的眼神。

雲非雪，一個厲害的女人。

至少，上官是這麼想的。她一直很羨慕雲非雪，她是那種天塌下來當被蓋的女人，彷彿什麼事情都不會影響她的情緒。

就拿當初她們來到這個世界來說，雖然，起先她和思宇都興奮了一陣子，可當發現在樹林裡迷路的時候，都急得想哭。而那個雲非雪，卻找來樹枝，在溪裡捉魚吃，一副皇帝不急急死太監的模樣。她們喊過，罵過，可雲非雪就是雷打不動地捉魚，直到魚香飄散，她們才意識到自己都沒吃過東西，而這個時候，雲非雪卻淡淡地說：古人喜歡靠山吃山，靠水吃水，所以順著小溪，就一定能找到人家。結果，果然，她們順著小溪便找到了一戶山裡人家，獲得了幫助，終於到了滄泯。

上官柔一直好奇雲非雪那些古人知識是如何而來的，而這時，那個該死的雲非雪卻打起了馬虎眼，抱著自己的筆電笑道：「為了穿越時空時刻準備著。」一聽，就知道她在說假話撒謊，也不知是誰，當初來的時候喊得最響，哭著鬧著要回家，還差點被雷劈。想到雲非雪被雷劈，上官不由得笑了，情不自禁地發出了傻傻的笑聲：「呵呵……」

「在想什麼？這麼好笑？」一聲輕柔的問話拉回了上官的思緒，上官驚愕地看著此刻就坐在自己身邊，溫熱地看著自己的拓羽，他幾時進來的？

「皇上，你……」上官欲起身，卻被拓羽輕輕按回，包裹在上官赤裸肩膀上的手，有點熱燙，那不同尋常的溫度，讓上官的心漏了一拍，臉不禁紅了起來。上官心底疑惑著，自己和男人一起也不是一次兩次了，先前和拓羽在一起，也是佯裝羞澀，何以現在看到拓羽就會臉紅心跳。

拓羽看著上官柔那羞澀而有點驚慌的神情，心底不由得熱了起來，方才他進來的時候，就發現上官柔在發呆，時不時露出甜美的笑容。

那是一種嫣然一笑百媚生的笑容，看得他出了神，想自己後宮的那幾個女人不是驕橫，就是柔弱，何曾有像上官柔這般的百變佳人？

她動，可以像藍天的流雲，

她靜，可以像冬季的白雪。

她可愛的時候，像可人的白兔，

她頑皮的時候，像狡猾的蝴蝶。

她彷彿是各種各樣女人的集合體，時時刻刻都讓他驚喜。就像方才，她又像待字閨中的少女，嫻靜而羞怯，他很好奇，究竟是什麼能讓她露出那樣溫馨的笑容。

「我的好柔兒，妳剛才在想什麼這麼好笑，說來也讓朕聽聽。」拓羽抬手輕輕撫過上官柔嫩細滑的臉龐，她的一切都讓他欲罷不能。

指尖的輕輕觸摸，帶出了一竄電流，引起上官柔一陣戰慄，她羞澀地垂下眼瞼，長長的睫毛覆蓋住她明亮如水的眼睛，她輕聲道：「在想大哥。」

一絲不悅瞬即滑過拓羽的臉，心中暗道：那個小矮子到底有什麼好，總讓柔兒想著他！

拓羽臉色的陰沉上官並未覺察，因為她的視線，始終落在自己的被單上，她自己也不明白為何自己變得不敢正視拓羽。

她還依舊說道：「她很溫柔，但也很木訥，總是做出一些傻事，呵呵，跟她在一起，其實很快樂。她是一個會找樂子的人，尤其是逗她，更有趣，她總是上我和思宇的當呢……」

「是嗎！」拓羽終於不耐煩地打斷了上官，上官也察覺到拓羽的語氣已帶著寒意，她小心翼翼地望向拓羽，發現他的臉色相當難看。心裡一喜，上官明白，拓羽吃醋了。奇怪，以前那個男人吃醋她從來都沒感覺，何以這次看著拓羽吃醋會如此的開心。小心眼動了動，上官更加刺激道：「大哥若不是喜歡男人，一定是個好丈夫。」

「那妳就是說朕不如他！」拓羽真的生氣了，這個該死的妖精，難道不明白他有多麼寵愛她，僅管這裡頭夾雜著一些額外的因素，但他對她的寵愛已經超過了對其她女人的寵愛。

而這個女人，在他們的大婚之夜，心裡卻想著另一個男人，還為那男人露出如此甜美的笑容。他好嫉妒，他不明白那個娘娘腔有什麼好！他忽然很惱火，那個男人一看就知道是被人壓在下面的，怎能和自己的英明神武相比！真該讓柔兒看到雲非雪被男人壓在下面那淫賤的樣子，讓她徹底死心。

一陣汗毛豎遍全身，自己為何會有這種想法？雲非雪雖說是男愛，但畢竟是柔兒的哥哥，想來想去，拓羽覺得還是自己丟臉，居然把自己和一個男愛相比，那豈不是抬高了那傢伙的身價？真是氣糊塗了！

「皇上……皇上……」上官柔見拓羽眼裡怒火燃燒，明白鬧也要有個分寸，輕提被褥，趴到了拓羽的腿上，用自己柔軟的身體將拓羽心中的怒火澆滅。拓羽瞬即回神，看著懷中的溫香軟玉，沉聲道：「和朕在一起的時候居然想著另一個男人，朕要妳今晚付出代價！」

充滿霸氣的口吻裡帶著邪氣，燭火熄滅的那一刻，便是懲罰的開始……

國家圖書館出版品預行編目資料

黯鄉魂 / 張廉作. -- 初版. -- 臺北市：臺灣國際角川, 2011.08
面； 公分. -- (Kadokawa fantastic novels DX)

ISBN 978-986-287-248-2(平裝)

857.7 100011228

Kadokawa
Fantastic
Novels
DX

黯鄉魂 1

2011年8月11日　初版第1刷發行

作　　者：張廉
插　　畫：Ai×Kira
發 行 人：塚本進
總　　監：施性吉
總 編 輯：呂慧君
副總編輯：蔡佩芬
主　　編：吳欣怡
文字編輯：黃怡菁
美術副總編：黃珮君
美術主編：許景舜
美術編輯：宋芳茹
印　　務：李明修（主任）、張加恩、黎宇凡

發 行 所：台灣國際角川書店股份有限公司
地　　址：105台北市光復北路11巷44號5樓
電　　話：（02）2747-2433
傳　　真：（02）2747-2558
網　　址：http://www.kadokawa.com.tw
劃撥帳戶：台灣國際角川書店股份有限公司
劃撥帳號：19487412
法律顧問：寰瀛法律事務所
製　　版：巨茂彩色印刷品有限公司
ISBN：978-986-287-248-2
香港代理：角川洲立出版（亞洲）有限公司
地　　址：香港新界葵涌大連排道200號偉倫中心第二期20樓前座
電　　話：（852）3653-2804